断罪必至の悪役令息に転生したけど生き延びたい

CHARACTERS
ガブリエレ・
デ・ヴィオラ
真面目で自分のやるべきことを
完璧にこなしてきた『悪役令息』。
前世の記憶が戻ってきてからは、
少しゆるい性格になり
周囲を困惑させる。
ベル
ガブリエレの従者。
彼に拾われて以降、溺愛し続けている。
基本的には無表情だが、
ガブリエレには豊かな表情を見せる。

アンドレア・
デ・ガロファーノ
宰相の息子で、
BLゲームの攻略対象者②。
真面目で神経質な性格が
裏目に出ることが多い。
ロレンツォ・
デ・ナルチゾ
魔術師団長の息子で、
BLゲームの攻略対象者④。
魔法にしか興味のない魔法オタク。
ルカに惑わされているようだが……？
ヴァレリオ・
デ・バルサミーナ
BLゲームの攻略対象者③。
剣の腕を磨いてきた。
苛烈な性格で、直情的。
リカルド・
デ・フィオーレ
ガブリエレの婚約者にして、
BLゲームの攻略対象者①。
王族としての責任感はあるものの、
どこか頼りなく、ルカに惑わされている。
ルカ・
デ・ジラソーレ
男爵家の庶子。
BLゲームの主人公であり、
前世の記憶持ち。
性にも奔放で、傍若無人。

目次

プロローグ

『ついにハーレムルートクリア！　隠しルートに突入だよ～』

妹から送られてきたメッセージを見て、思わず笑みを漏らす。

両親が忙しくて子どもの頃から二人で留守番をする生活が長かったせいか、僕が大学生になり、妹が高校生になっても、僕と妹は仲が良い兄妹を続けていた。

ゲームクリアの報告を、メッセージで受けるぐらいには。

妹は、最近、BLゲームの『王立学園に花は咲き誇る　～光の花を手折るのは誰？～』に夢中だ。

通称『ハナサキ』というそのゲームは、美麗なスチルと人気声優陣が起用されていることで人気を集めている、そうだ。

僕も妹のせいで大体のストーリーを覚えてしまった。

物語はこんな内容だ。

――主人公のルカは、平民として育てられた。

しかし、十七歳の時にジラソーレ男爵の庶子であることがわかり、男爵家に引き取られたことで、貴族の令息令嬢が通うフィオーレ王立学園に転入することになる。

ルカは、可愛らしい容姿と、貴族の令息令嬢にはない無邪気さと生き生きとした明るさで、高位貴族の子息たちを攻略していくことになる。

攻略対象は、フィオーレ王国第一王子リカルド、宰相の子息アンドレア、騎士団長の子息ヴァレリオ、魔術師団長の子息ロレンツォの四名だ。それぞれに本来の婚約者がいるが、堅苦しく、定められた相手よりも、自由で明るいルカに「真実の愛」を求めていく。

これだけだと、普通の恋愛アドベンチャーゲームだが、このゲームの特色はそのエンディングにあるイラスト……スチルの多様さにある。

ハッピーエンドではルカはそれぞれの攻略対象と愛を育《はぐく》み、結婚する。これにはもちろんスチルが存在する。ちなみに各ルートでは攻略対象の婚約者たちが、攻略対象者たちへの愛を拗《こじ》らせた結果、たいていの場合凶行に及ぶ。そんな彼ら、彼女らが悪役として断罪され、処刑されたり牢獄に繋がれたりするシーンにだってイラストがある。男同士だけじゃなくて、男女、女同士がそれぞれ愛し合うシーンもある。この世界では異性間でも同性間でも神殿で誓いを立て、神に伴侶として認められれば子どもができるのだ。

妹はそういうゲーム画面もいくつか見せてくれた。

その中でも妹が好んでいるのが、主人公のルカのバッドエンドスチルだ。

バッドエンドでは、ルカが牢獄で輪姦された挙句処刑されたり、娼館に売られたり、戦場に送られて兵士に輪姦されたり、監禁凌辱されたりする。

これがまたえげつない絵面だった。

それぞれの場面がエロくていいんだというのは、妹の意見。ちなみにBLゲームだから、それを好まない人はスキップもできるらしい。

まあ、とにもかくにも、ゲームのイベントごとにエロいスチルが用意されている……ということだ。

僕はイベントの内容も知らず、ただそのスチルを見せられるだけなんだけれど、妹がそのイベントをクリアするのに力を注いでいることだけは知っている。

兄としては、勉強にもその力を注いでほしいのだが。

妹の話を聞いていて思ったことは、僕にはあのえげつない絵面のスチルを集める気持ちはわからないということだ。とはいえ、妹が頑張って、その結果を報告してくれるのはうれしい。

スマートフォンに表示されたメッセージをスクロールしつつ、苦笑する。

僕にはBLゲームのことはよくわからない。ただ「隠しルート」があるという情報を見てから、妹は毎日夜遅くまでゲームをプレイしていた。

情報通り、隠しルートがあってよかったな、と微笑ましく思う。

きっと家に帰ったら、ハーレムルートの説明と一緒に集めたスチルを見せてくれるんだろう。

僕もうれしい気分になって、何かお土産を買って帰ろうと思い立った。幸いバイト代が入ったところで、財布に少しばかりのゆとりもある。

メッセージ欄に文字を打ち込んだ。

『おめでとう。お祝いにコンビニでスイーツを買っていくよ。何がいい？』

『期間限定チョコレートパルフェ！』

秒で返ってきたメッセージに再び笑いを漏らして、『了解』と打ち込んだ僕は、駅前のコンビニに入った。

僕は、妹のためにチョコレートパルフェを、そして自分用にとマンゴーパルフェを手に取る。

二つでバイト一時間分の時給とほぼ同じだったけれど、妹の喜ぶ顔を思うと気持ちが浮き立った。

……もしかしたら、マンゴーパルフェも妹のものになるかもしれない。

そんなことを思いながら支払いを済ませ、ガラス張りの自動ドアの方へ向かう。

ふと、ドアの向こうで自動車がこちらに向かってくるのが見えた。どんどんドアに近づいてくる。

おかしいと思った時には、もう逃げることができなかった。

身体にどんっと、大きな衝撃を受ける。

ガラスの割れる音と、悲鳴が聞こえる。

目の前の床にはガラス片が飛び散り、赤い液体が流れている。

焼けるような激しい痛みとともに、僕は意識を失った。

第一章　とにかくゲームは始まった

寝心地の良いベッドの中で、僕は目を覚ました。マットレスには程よい弾力があり、シーツはなめらかで肌触りが良い。

ごろりと寝返りを打つと、寝起きではっきりしない頭がだんだん覚醒してくる。

「夢か……」

自分が死ぬ夢を見るなんて、複雑な気分だ。あの衝撃も痛みも、実感があったし。

そんなことを考えながら手を伸ばすと、ベッドがやけに広いことに気づいた。

再び寝返りを打って、天井を見上げると、上から天幕のように伸びた真っ白のレースが僕の四方を囲っている。

えっと、この眺めは天蓋付きのベッドっていうやつ……？

いや、これは『僕』のベッドで間違いない。

あれ？　僕は日本で……

ガバっと身体を起こす。

同時に頭の中に記憶が次々に湧いて出てくる。

そこで、自分に二つの記憶があることに気が付いた。

僕は日本に住んでいた。両親がいて、妹がいて、大学に通っていた。そして、あの日。コンビニにいる僕の前に車が突っ込んできて――恐らく死んだ。

ああ……、僕は多分妹にチョコレートパルフェを持って帰れなかったんだな……

そんな記憶の隣に、『僕』は、ガブリエレ・デ・ヴィオラだという記憶がある。ヴィオラ公爵の次男で、フィオーレ王国第一王子リカルド殿下の婚約者だと、様々な記憶が告げてくる。

僕はベッドから飛び降りた。それからクロゼットを開くと、その内側についている鏡を見た。見慣れたはずの――黒髪黒目、奥二重《おくぶたえ》の平凡としか言いようのない自分の顔を確かめるように。

でもそこに映ったのは、どう見ても日本人ではない顔立ちだった。

プラチナブロンドの巻き毛に虹彩の大きな菫《すみれ》色の瞳。鼻筋はすっきりと通り、薄い唇は赤い。肌は白くてつやがある。小さな顔に長い手足。

鏡の中には、日本のゲーム画面で見た美少年がいる。

「僕って『ハナサキ』の悪役令息だったのか……」

鏡の中で、美少年が頭を抱えていた。


「ちょっと状況を整理しよう」

僕はベッドに戻ると、そこに腰かけて今の状況を整理することにした。

ベッドはふかふかで座り心地が最高だと思う一方で、いや、いつものことだな、と冷静に思う『僕』がいる。これがきっとガブリエレ・デ・ヴィオラの記憶……ということだと思う。

いわゆる異世界転生というやつだ。そんなことが本当にあるとは思わなかった。

そして、今の僕はガブリエレ・デ・ヴィオラ。そう、『ハナサキ』では断罪必至の悪役令息だ。

「これは、とてもまずいことになっているのではなかろうか……」

僕は、ガブリエレがどのような状況で断罪されるのかを、できるだけ思い出すことにした。

断罪なんてされたくはないに決まっている。それに、もしも完全にゲーム内のキャラクターに成り代わってしまったということなら、前世の記憶がいつまで残るのかわからない。記憶を呼び起こせるうちにそれを記録しておいて、断罪から逃れられるようにしたいと思う。

「よし」

僕は、引き出しにあるはずの新しい手帳を取り出した。

そしてまず、記憶の中にあるゲームの設定を書き留める。

世界観としては、大体十九世紀ぐらいのヨーロッパあたりだ。服装などは、いわゆる貴族らしいものが残っていて、ファンタジーとの美味しいところ取り……という印象だった。

このゲームの攻略対象その一は、フィオーレ王国第一王子であるリカルド・デ・フィオーレだ。

銀色の髪に薄い青の瞳。魔法属性は水。

いかにも王子様といった風情だけれど、性格は俺様で落ち着きがない。

彼が一番、僕——ガブリエレが平和な人生を送れるかどうかに関係してくる。

なぜなら彼こそが、僕の婚約者であり、ガブリエレを断罪する相手だからだ。

ガブリエレは大変優秀な令息ではあるが生真面目で無表情、義務的にしかリカルドに接さず、リカルドはガブリエレに親愛の情を持つどころか、むしろ疎《うと》ましく思っている。

そのうえ、母親である王妃殿下からも、第一王子に相応《ふさわ》しい振る舞いを求められて窮屈な生活を送っていた。

そんなリカルドの前に、愛らしいルカが現れる——というのがメインストーリーだ。

素直な感情を表しながら、物おじしないで自分に近づいてくるルカに、「あなたは自分の力で、この世で一番輝くことができるはず」と微笑まれて、リカルドは恋に落ちる。

それで、ガブリエレが邪魔になって……とまで思い出して、嫌なスチルが脳裏によぎった。

慌てて第二の攻略対象者に思考を移す。

攻略対象その二は、宰相であるガロファーノ公爵のご嫡男、アンドレア・デ・ガロファーノ。

魔法属性は風。紅い髪に緑色の瞳。

宰相である父親に厳格に育てられた真面目で神経質な人物だ。

切れ者の父親に対するコンプレックスが強いうえ、優秀な弟のステファノといつも比べられている。

ルカはそんなアンドレアに、「あなたは、あなたとして生きているだけで素晴らしい」と声をかける。ルカから無垢な笑顔を向けられて、アンドレアは恋に落ちる。ちなみに婚約者はソフィア・デ・ムゲット侯爵令嬢。美しいけれど控えめな性格で、アンドレアは物足りなく思っていた――ということになっている。

攻略対象その三は、騎士団長であるバルサミーナ伯爵のご三男ヴァレリオ・デ・バルサミーナ。

茶色の髪にピンク色の瞳。魔法属性は火。

子どもの頃に、乗っていた車が強盗に襲われて、自分を庇った従兄弟を亡くした。その時に受けた心の傷でヴァレリオの性格は苛烈になり、ただ強さだけを求めて剣の修行をするようになっていた。

彼はルカから「守るものがある人は、強くなる」と聞いて、大切なものを守ることが心を強くすると気づく。そして、ルカを自分が守る対象として意識するようになっていく。婚約者は、ヴァレリオと同じ騎士科に在籍するファビオ・デ・アザレア子爵令息。戦略家のファビオをヴァレリオは小賢《こざか》しいと思って避けていたはずだ。

攻略対象その四は、魔術師団長であるナルチゾ侯爵のご次男ロレンツォ・デ・ナルチゾ。

真っ白な髪に黄水仙色の瞳。

魔法については水・風・火・地の四つの属性を持っている。幼い頃から卓越した魔力を持ち、順調に魔術を修得してきたがために、世界の何もかもが面白くなくて虚《むな》しく毎日を生きていた。

しかし、魔術の実践授業の時に、ルカの使う光属性の魔力の美しさに魅せられて、新しい魔術を探求する意欲が出てくる。そして、その美しい魔力を持つルカに恋心を抱くようになる。

そこで、僕はふと手を止めた。

『僕』——ガブリエレの記憶によると、この世界のロレンツォには婚約者はいないはずだ。

「確かゲームでは、ロレンツォ様にも婚約者がいたよね。妹からの情報だから不確かだけど……」

僕はうろ覚えの部分に疑問符をつけながら、思い出したことをどんどん記録していく。

実際に記憶を文字に起こすことで、主人公ルカの言葉や行動の薄っぺらさに僕は嘆息してしまった。

さらに王族や高位貴族の子息が、安い励ましで次々に落ちていくのはゲームのテンプレだ。

だけど、現実世界の彼らを見ている立場になると、そんなにチョロくて大丈夫なのだろうかと思う。

少なくとも、あのゲームのような行動ばかり取っていたら、貴族として政治の中枢にいるのは無理だ。

高位貴族に相応《ふさわ》しい振る舞いをするよう教育を受けたガブリエレとしての『僕』は、そう考える。

高位貴族に生まれた以上、身分によって与えられる特権を行使できるのと引き換えに、市民の生活に対する責任が生じる。

攻略対象者となっている子息たちが親に厳しく教育されるのは、当然のことなのだ。

ガブリエレはヴィオラ公爵家の子息として、そして王族であるリカルドの婚約者として教育されてきた。その立場にある者として身につける必要があると判断される教養や優雅な立ち居振る舞い、武術や魔法を幼い頃から厳しく叩きこまれてきたのだ。

上に立つ者としての責任や、考え方についても然《しか》りだ。

国民を統治する王族の立場であるリカルドは、もっと帝王学を身につけるべきなのではなかろうか。

なるほど、ガブリエレの視点で見れば、ルカの攻略対象たちには高位貴族としての自覚がなさすぎる。ガブリエレが彼らに対しても厳しい態度を取ってしまうというのは、理解できることだ。

だけど……

「だから、ゲーム通りになっていくのかもしれないのか」

妹から聞いたガブリエレの行く末を、できる限り思い出す。

ガブリエレは、ルカがどのルートを通ってもリカルド殿下から婚約破棄される。

そして、断罪されて処刑されるのだ。罪は、ルカを虐《いじ》めたことによる。

ただしゲーム内においてもガブリエレ自身が虐《いじ》めを行う描写はない。

ガブリエレは、ただひたすらルカに貴族としての振る舞いを身につけるようにと注意をし続けた。

多くの男性と関係を持つような不品行にも、耐えられなかったのだろう。そうは言っても、あくまで、口頭で静かに諭《さと》しただけだ。

しかしそれを見たガブリエレの取り巻きたちが、ルカは嫌がらせをされるに相応《ふさわ》しいと勘違いしてしまうのだ。結果として、ガブリエレは、取り巻きがした嫌がらせの責任を取らされる。

そこまでメモを書いて、また脳内の記憶と齟齬が出た。

「……『僕』に取り巻きっていないような気がするんだけど」

まあいずれにしてもガブリエレに転生した今となっては、それすらもまったく納得できる断罪理由ではないのだが。

金属の軸の万年筆をくるりと手の中で回す。こういう動作は前世と同様にできるようだ。

ふと妹の声が蘇ってきた。

『ガブリエレの断罪は可哀想だったわ。彼自身は悪いことはしてないの。厳しいだけでさ。でも、高潔な公爵令息じゃなきゃいけないという気持ちが強すぎて、自分で責任を取っちゃうんだよね』

妹はガブリエレの処刑について、そんなふうに言っていた。

少し涙ぐみながら可哀想だと言っていたにもかかわらず、ガブリエレが酷い目に遭っているエロいスチルは、熱心に集めていた。

……あの気持ちは本当にわからなかったな、とちょっと遠い目になる。

とりあえず、だ。

そこまでをまとめて僕はゆっくり息を吐き出した。

このゲームにはどうやらいわゆる個人を攻略するルート以外に、ハーレムルートがあるらしい。

そして僕はその結果を聞く前に死んだようだから、その場合にガブリエレがどんなふうに断罪されるのかはわからない。

他のルートでは、地下牢に閉じ込められて、ガブリエレが落ちぶれたことを喜ぶ下種《げす》な貴族たちに輪姦された後、処刑される。しかし、ハーレムルートではどうなんだろう。

……もっと酷い目に遭ってから処刑されるという可能性もあるのではなかろうか。

自分自身が断罪されて、あんな状況になる可能性があるのか……？

そう考えてから、僕は身体をふるりと震わせた。

「あれ？　そういえば隠しルートって……」

隠しルートが開くと、ゲームがチュートリアルからもう一度始まるというネット情報があると妹が言っていたような気がする。

『隠しルートだと、これまでと微妙に登場人物の設定が違うんだって。あと悪役令息の従者が攻略できるって噂もあるの！　あ、ねえねえ、悪役令息や悪役令嬢のハッピーエンドもあるって噂は本当だと思う？』

あの時は、そんなことは知らないと答えたと思う。妹は冷たいと言ってふくれていたが。

それはともかく、悪役令息や悪役令嬢のハッピーエンドもあるという噂。

もしこの世界が隠しルートのゲーム世界だったら、ガブリエレが断罪されない未来もあるのかもしれない。

それだけが今の頼りだ。

主人公、ルカ・デ・ジラソーレは、フィオーレ王立学園に転入してきたところだ。

『僕』が気を失う直前に見た光景は、学園の玄関から入ってくる向日葵《ひまわり》のような金色の髪と空色の瞳を持った少年が、リカルドにぶつかる姿だ。

あれは、ゲームに出てきたルカ・デ・ジラソーレだった。

恐らく、ガブリエレはあれがきっかけで、前世のこと——僕の記憶を得たのだろう。

そこでハッとした。

学園で気を失った僕は、家に運ばれたと推測される。部屋の窓から射し込んでくる光は、眩しいほどで、恐らくは昼過ぎだろう。どれぐらい気を失っていたのかはわからないけれど、目覚めたからには何らかの行動をする必要もあるのではないか。

とにかく、ゲームは始まった。

そう考えて行動すべきだ。

第二章　悪役令息は生き延びたい

昨日までの僕は、ヴィオラ公爵令息に相応《ふさわ》しい行動をすることを第一としていた。

王立学園にいる者が、貴族としての振る舞いができていなければ注意するだろうし、不品行であれば厳しく対処しようとしただろう。

僕にはガブリエレ・デ・ヴィオラとして生きてきた記憶もあるし、人格もある。だけど、日本で生きていた頃の記憶が戻った今は、ゲームの中のガブリエレのような行動をしようとは思わないし、できる気もしない。

正直言って、あんなに高潔かつ厳格に行動するのは無理だ。

「ここが隠しルートの世界だったとしても、どうやって断罪を回避するのか、考えなければならないよね」

自分に言い聞かせるようにそう呟く。

もともとリカルドとは政略結婚だ。愛なんてものはないので、婚約は破棄してくれてかまわない。だけどガブリエレとしては、ヴィオラ公爵家に不利益がないように立ち回らなければならないだろう。

何より、公爵家の子息として当然のことを言っただけで、輪姦されて、処刑されてはたまらない。

妹から聞いただけのゲーム情報で断罪から逃れなければならないのである。

僕にとっては、これこそが無理ゲーなんじゃないのか？

手帳に書かれた少ない情報を見て、僕はため息を吐いた。

ベッドに腰を掛けてとりとめなく考えを巡らせていると、ドアを叩く音が聞こえた。

「失礼いたします。ガブリエレ様、お目覚めになりましたか」

ドアの向こうから聞こえた柔らかい声は、僕の従者、ベルの声だ。

僕を家まで運んだのもおそらくベルだろう。

……正直、今誰かと話すとぼろが出そうだけど……

ガブリエレとして生きなくてはならないうえで、忠実な従者であるベルを避けて暮らすことはできない。というか、『ハナサキ』の世界では、ベルは、最後に『僕』を裏切る相手なのだ。

信頼していたベルに裏切られたことで、ガブリエレは最終的には完全に心を壊してしまう。

つまり、生き延びるためには、ベルの好感度を上げることは必須ということだ。

呼吸を整えてから部屋に入る許可を出すと、優雅な動作でベルが部屋に入ってきた。

黒髪に瑠璃色の瞳。切れ長の目に通った鼻筋。上唇が薄く、下唇が厚い口元。シャープな頬のラインが美しい整った顔。痩せて見えるが筋肉はしっかりついている、背の高い美青年だ。

「わ……」

彼についてはゲーム内のグラフィックをちらっと見ただけだ。

初めて目にする作り物めいた美貌に、僕は絶句するしかなかった。

ベルは、『ハナサキ』の中でも群を抜いて美形なうえ、人気声優が声を担当している、というのが記憶の中にある。

それなのにガブリエレの従者というモブで、攻略対象ではない。妹は、彼が隠しキャラではないかと疑っていたし、ネット情報ではそうらしいと噂が流れていたと言っていた。

残念ながら、僕自身はゲームをしていないし、実際に隠しキャラであったかどうかも知らない。だけど、ベルが隠しキャラである可能性も視野に入れておくべきだろう。

「……ガブリエレ様？　まだ意識がはっきりされませんか？」

訝しげにベルが僕に訊く。慌てて首を横に振る。

部屋に入ってきたベルは、ベッドのわきに跪《ひざまず》き、僕の手を取った。その手つきに、ひえっとする。

これがＢＬゲームか……それとも、貴族令息というのはこんなに従者と距離が近いのか？

「ご気分はいかがですか？　起き上がっていて大丈夫ですか？」

「……ああ、大丈夫だ。僕はどれぐらい気を失っていたのだろうか」

「数時間ほどです。まだ、夕刻にはなっておりません。お目覚めになったことを、マニョリア医師に伝えてお呼びします」

倒れたのが登校時間だとすると、今は大体午後三時ぐらいだろうか。

そんなことを考えながら話していると、ベルは、侍女を呼んでいくつかの指示を出し、再び僕の前に跪《ひざまず》いた。

「お側を離れてしまって、申し訳ありません。ガブリエレ様が倒れた状況を、旦那様に報告しておりましたものですから」

「え？　お父様はもうお帰りなの？　随分お早いようだけれど」

するりとそんな言葉が口を衝《つ》いた。

僕の父、ダニエレ・デ・ヴィオラ公爵は外務大臣だ。日の出ているうちに帰ってくるのは珍しいことである。心配してくれるのはうれしいことだけど。

僕の驚いた声に、ベルがふわりと頬を緩める。

「はい、ガブリエレ様が倒れたと聞いて、急ぎお帰りになりました」

「そう、お父様にも心配をかけてしまったようだね……」

僕は、忙しい父に心配をかけたことについて、申し訳ない気持ちでいっぱいになっている。

いや、良い父親だな。

しばらく会話をすると、ベルは頭を下げて部屋を出て行った。それから部屋にやってきたマニョリア医師の診察では、とくに悪いところもないので今晩だけ安静にするようにという指示が出た。

マニョリア医師の診察には、父も同席してあれこれと質問をしていたけれど、原因はわからないに違いない。

本当のところは前世の記憶が脳に一気に押し寄せて、意識のスイッチが切れてしまったんだろうなと、僕は自己判断しながら二人の会話を見守った。

「――日頃の疲れが出たのだろう。ゆっくり休養するように」

僕と同じ色の髪と瞳を持った美中年の父は、そう言って僕の頭を撫で、部屋を出て行った。再び王城へ仕事を片付けに行くようだ。

その後ろ姿を見て、ぼんやりと瞬きをする。

父にとって、僕がリカルドと婚約したことは不本意なことだったのだ、とガブリエレの記憶が教えてくれる。そして僕に対しては罪悪感があるようだ。

この国には王妃の子である第一王子のリカルド殿下を推す派閥と、側妃の子である第二王子のアレッサンドロ殿下を推す派閥、そして、父を始めとした中立の派閥がある。

本来中立派であったヴィオラ公爵家に王妃がごり押しし、その勢いに負けた国王の命令によって、僕を第一王子のリカルドの婚約者として差し出す羽目になった——ということらしい。

それは、僕が希少な光属性の魔力の持ち主だからだ。

僕にとってもリカルドにとっても望ましいことではないのに。

ん？　僕が光属性の魔力の持ち主だというのは、『ハナサキ』の設定にはなかったはずだ。妹情報だから正確性には欠けるけど。

あれ……？　また情報が食い違っている。

例えば、『ハナサキ』にはルカが珍しい光属性だったからこそ、ロレンツォが興味を持つというエピソードがある。

だけど、ロレンツォは既に僕の光魔法を目にしたことがあるはずだ。

彼にとって、光魔法は珍しいものではないだろう。

ガブリエレの魔法属性の設定が公式にはなかっただけかもしれないけど、もしかしたら今のガブリエレの光属性は、隠しルートの微妙に登場人物の設定が違うっていうのに当てはまるのかも。

今僕が生きている世界が何ルートかはわからない。けれど、後で手帳に書いておこう。生き延びることができる可能性があるなら、その設定を生かさない手はないし。

ベッドの枕元に置かれた水差しからコップに水を注ぎ、喉を潤す。


――さあ、では、明日から僕はどう行動しようか？　まずは、学校でどう振舞うべきだろうか。


そこまで考えて、とりあえず一つ決めたことがある。

当面僕は、ゲームのように厳しい態度でルカに注意をするということをしないでおく。もっとも、今の僕にはガブリエレのように自分にも人にも厳しくできる気はしないのだが。

そして、ルカと関わらないことだ。接触がなければ、断罪する材料はなくなるはず。

父はガブリエレのことを大切だと思っているようだから、たとえ冤罪をかけられて断罪されそうになったとしても、ヴィオラ公爵家の権力で助けてもらえるのではなかろうか。

僕の知っている『ハナサキ』のルカのハッピーエンドでは、ヴィオラ公爵家は外交上の不正を行っていたことがわかって取り潰され、父と兄は他国へ亡命する。ガブリエレは処刑されているので、それには関係ない話だけど公爵家が外交で不正を行っているかについても調べておく必要があるかな……

「――ガブリエレ様……やはりまだご気分がお悪いのですか？」

考えに耽《ふけ》っていた僕は、ベルの声で現実に引き戻された。

気が付くと、心配そうにベルがドアから顔をのぞかせている。

僕が悪役令息として、ガブリエレとして生きているのは、現実なんだな。

僕の許可を得て部屋に入って来たベルは跪《ひざまず》いて僕の手を握る。こちらを見上げる瑠璃色の瞳は、金粉を散らしたような光を帯《お》びて美しい。

だけどこの距離って……、前世の感覚だとかなり近いんじゃないか？　まあ、そうは言っても僕の中にあるガブリエレの記憶は、ベルがとる行動としては、それを当たり前のものとして受け止めている。

やっぱり、この世界の主人と従者の距離というのは、こんなものなのかもしれない。

日本にいた僕とガブリエレの感覚と記憶は、色がはっきりしたままマーブル模様を描いている。

完全に混ざり合ってはいない。

「いや、大丈夫だ」

「お飲み物をご用意いたしましょうか？」

「ああ、頼む」

そう言うとベルがさっとティートロリーを部屋へ運びこみ、水差しを取り上げる。

茶器を用意し、美しい所作でお茶の準備を始めるのをぼんやりと眺めた。お湯を沸かすのに使われているのは火の魔石だ。

この世界では、機械を動かすのが電気ではなく魔石と呼ばれる魔力を込められた石なのである。

庶民は火や水を普通に扱っているが、貴族の家では魔石ですべてをまかなう方がよほど多い。

魔石で温められたポットからガブリエレお気に入りの茶葉の心地よい香りが漂ってくる。

ベルの淹《い》れてくれるお茶は美味しい。

僕は真剣な顔で紅茶を入れる横顔を眺めた。

――ベルと初めて出会ったのは、ガブリエレが七歳の時、王都の市街でだ。

教会で奉仕活動をした帰りの車の中で、僕は王都の街並みを眺めていた。

幼い頃の奉仕活動の帰りにはいつも疲労感があったので、その日もそうだったのだろう。

……あの頃は光魔法をうまく使えていなかったからなのだと、今ならわかる。

貴族が住む住宅街に差し掛かる辺りで、車の調子が悪くなったので、一旦車を止めた。

魔石の不具合か何かだったのかもしれない。僕は、車を降りて護衛に守られながら、車が動くようになるのを待っていた。

ふと、近くにある植え込みに、黒い塊があるのが見えた。目を凝らしてみると、人……、それも子どものようだった。護衛に声をかけ、一緒にその場に行くと、やはりそれは子どもだった。

「君……大丈夫かい？」

護衛が声をかけると、その子どもはおびえたように身体を震わせた。瑠璃色の目が、大きく見開かれていたのを今も覚えている。

彼は汚れてはいるものの、さほど酷い身なりではなかった。

「……僕はガブリエレという。君の名前を教えてくれないか？」

そう声をかけた僕を見つめる瑠璃色の瞳は、きらきらと金粉を散らしたように輝いた。子ども同士ということで安心したのか、彼はやっと口を開いたのだ。

「ベル……」

それが、ベルと僕の出会いだった。

警察騎士団に連絡する手配をして、ベルを我が家に連れて帰ったのは、イレギュラーなことだったと思う。何より、ベルが僕の側を離れることを拒否したので、周囲が無理に引き離すことができなかったのだ。

そして、誘拐されてきた子どものように見えたベルだったが、結局身元はわからなかった。

本人から出てきたのは、ベルという名前と、僕と同じ年齢であるということ。ベルは記憶があいまいになっているようで、どこに住んでいたのかということも覚えていなかった。

外国から連れてこられた可能性もあったが、結局それらしき尋ね人はいなかったのだ。

そして、そのままベルは僕の従者としての教育を受けることになった。

するとベルは学業も剣術も魔法も優秀だった。魔法属性は火と水と風。平民が三属性もあるのは珍しいので貴族の血を引いているのかもしれない。

それほどの力のある者を、ただ僕の従者にしておくのは惜しいと考えた父と兄は、一時期、ベルを父の秘書候補として教育しようとした。

その時は、ベルのためになるなら、それも良いのではないかと僕は考えていた。

学園には十五歳で入学する。ベルは、従者として僕と一緒に学園に通う予定だった。だから、その前の経験として、半年ほどベルは父の外交に同行した。僕も一緒に行きたかったが、残念ながら第一王子の婚約者には、国を離れるなど許されることではなかったのだ。

しかし僕から離れて父に同行することは、ベルにとっては不本意なことだったようだ。帰ってきたベルは、僕の前に跪《ひざまず》き、僕の手を取って言った。

「二度とガブリエレ様のお側から離れたくありません。どうぞ、いつまでも側に置いてください」

再び僕の従者になったベルは、それ以来ずっと僕の側にいる、というわけだ。

まるで物語のようだが、ここはそういう世界なのだろう――

「ガブリエレ様、お茶が入りましたが、ベッドにお運びいたしましょうか？」

「いや、テーブルでもらうよ」

「かしこまりました」

頷いたベルは、僕が座っているベッドまで大股で歩いてくる。そして、僕をひょいと抱き上げた。

……これはいわゆるお姫様抱っこというやつでは？

え？　どういうこと？

僕の頭は困惑しているのに、ガブリエレの身体は当たり前のようにベルの首に手を回し、胸に身体を預けて大人しく抱かれている。

そして、ベルはガブリエレに頬を寄せる。ふわりとベルから良い香りがした。

驚いたことにこれもガブリエレとしては違和感がないのだ。前世のことを思い出した僕の感覚からすると、恋人同士の行為としか思えないんだけれど……？

さっきのベルのガブリエレへの距離の近さを思えば、この世界の主人と従者というのは、こんなものなんだろうか。

ガブリエレとしてはいつものことだし、僕が思うほどの意味はないのかもしれない。

ただ、僕としてはとんでもなくハラハラする――というかドキドキする。鼓動が高鳴っているのがベルに伝わってしまうのではなかろうか。

「なんともないようで、ようございました」

ベルは、僕をソファの上に下ろし、安心したように言葉をもらした。笑顔が美しい。

ベルの淹《い》れた美味しいお茶を味わいながら考える。

ガブリエレの記憶の中のベルは、献身的に自分に仕える従者だ。家族を除けば、いや、家族同様に信頼している人物であると言っても過言ではない。

でも、ベルはいずれ僕を裏切る。現在のベルのガブリエレに対する献身は、疑いようがない。

それなのに、どうしてガブリエレの断罪に協力することになるのだろうか。断罪を避けるためには、それを探らなければならない。

◇◇◇◇◇

気を失って倒れた翌日、僕は、いつものように学園に登校するため、車に乗り込んだ。

断罪を免れるためにとりあえずできることは、ルカの行動を非難する者が出ないようにすること。

それから、穏便に婚約解消をすることだ。

そもそも光属性であることが理由で僕がリカルドの婚約者に選ばれたのなら、同じく光属性のルカがリカルドの婚約者になるのは僕にとっても都合がいい。

僕が婚約者じゃなくなれば、リカルドとルカの邪魔にはならないし、断罪だって回避できるんじゃなかろうか。それが、隠しルートの悪役令息のハッピーエンドという可能性もあるし。

とにかく、輪姦処刑なんてことにならないように、慎重に行動しなければならないのだ。

当面は、これまでのガブリエレではしないような態度をとって、僕が知っているゲームとは違う流れを作りたい。

決意も新たに握りこぶしを作っていると、怪訝な顔をしたベルが僕の顔を覗き込んできた。

相変わらず距離が近い。

「ガブリエレ様、ご気分が悪くなられたら、おっしゃってください。倒れた翌日にも登校されるとは、真面目過ぎます」

「わかっている。まあ、いつもベルが僕の側にいるのだから、安心しているよ」

「ガブリエレ様、油断されませんように……」

そう言うベルは心底僕の身を案じているようにしか見えない。

とりあえず、彼に嫌われるわけにはいかないのでガブリエレらしい返答をしておく。僕の答えにやや訝しんだ顔をしつつも、車から降りたベルは僕の隣を歩き始めた。

学園は、貴族が学ぶ場所だが、優秀な平民も通っている。また、貴族の優秀な従者は主人とともに学ぶことが許されている。

ベルは僕の従者であるので、僕とともに授業を受けている。

授業は僕に合わせたものしか選択できないが、将来父の秘書になるのならば、特に問題はないと思われる。もちろん、僕の従者を続けるとしても十分役に立つだろう。

そう思いつつ、ベルを見上げる。

彼は同じ年なのに僕より随分背が高い。僕の視線に気が付くと、ベルはにこやかに笑みを浮かべた。

記憶をたどっても、ベルが、僕を裏切る理由がさっぱり思い当たらない。僕としては、なんとかベルが僕を裏切らないように、これまで以上の信頼関係を築きたいところだ。しかし、この献身的な態度のすべてが嘘であるという可能性もある……既に深い恨みを抱いているかもしれないのだから。

「どうかいたしましたか」

「いや」

首を横に振って、歩を進める。

もしこの心配そうな表情も、僕の一挙一動を見逃さないような視線すらも演技なんだったら……

それはちょっとへこむな、なんて思いながら。

学園に到着してからは、ベルを従えてガブリエレらしい優雅な歩き方で教室へ向かう。

このあたりは完全に身についた動作だ。

教室に入ると、ムゲット侯爵令嬢ソフィアとクリサンテーモ伯爵令息パオロが、僕に近づいてきた。

記憶では友人、と『僕』は思っているけれど……もしかして、ゲーム上の取り巻きって、彼らなのか？

「ソフィア様、パオロ様、おはようございます」

「おはようございます、ガブリエレ様」

「ガブリエレ様、おはようございます。もう、お身体はよろしいのですか？」

ソフィアはつやのある栗色の髪に灰青色の瞳の美しい令嬢である。

パオロは、うちのお抱え医師であるマニョリア医師の甥で、灰色の髪に灰色の大きな瞳の可愛らしい顔立ちの令息だ。

確かに、ゲーム内だと二人のキャラクターが断罪に巻き込まれていた。

ゲーム内では、ルカの視点で物語が進むから、ただのガブリエレの友人でも『取り巻き』なんてものに見えたのかも。正直、記憶の中の彼らとガブリエレはとても対等だったはずだから。

僕は、そんなことを考えながら、二人に言葉を返す。

「ご心配をおかけしてしまったようですね。ただの疲れだとマニョリア先生には言われました」

ソフィアとパオロの気持ちがうれしくて、思わず僕は微笑んだ。

それを見て、二人がぽわっと頬を染める。同時に明らかに戸惑っているように見えてハッとした。

――しまった。失敗した。

僕は王子の伴侶教育で、感情を表に出さないようにと厳しく言われている。

前のガブリエレであれば、顔に張り付けたような曖昧な微笑みでふたりの問いかけに答えただろう。

しかし、日本での記憶が戻ったために、つい、うれしいという気持ちが表情に出てしまったのだ。

「ガブリエレ様、そのようなお顔を教室でされては、皆が困ってしまいます」

「ひぁ」

ベルが耳元で、僕に注意を促す。

また貴族にあるまじき声を漏らしてしまった。視線を向けると、パオロとソフィアがさらに耳を赤くして俯いている。

やばい。二人に見捨てられてしまったら、もはやゲーム内よりも酷い結末が待っているかも。

慌てて記憶通りの貴族らしい微笑みを浮かべて、僕はパオロに向き直った。

「……失礼しました。自分を心配してくれる友人がいるのはうれしいと思ったのが、表情に出てしまったようです。貴族として、相応《ふさわ》しくないことでしたね」

「……いえ、そんな。違うんです、注目されてしまいますからね。お綺麗すぎますから……」

パオロの言葉の最後が、もごもごとして聞き取れなかったが、確かに注目されてしまっているようだ。

周囲を見回すと、生徒たちが目を逸らす。

僕はリカルド殿下の婚約者なのだから、悪目立ちしてはいけない。

気をつけよう。

断罪を回避するために、僕はできるだけ大人しく他人から好意的に見えるような態度で過ごさなければならない――とまで考えて、ん？　と思った。

断罪を回避するためには、ゲームストーリーと違う行動をとった方がいいのではないか、と僕は思っていた。つまり、ガブリエレが『らしくないこと』をするのは僕の計画には合っているんじゃないか。……いや、でも高位貴族として恥ずかしい行動をしていては、それが断罪する理由になるのだろうか。

難しい。

僕はこれからの振る舞いの最適解を考える。

「さあ、お二人とも、授業が始まってしまいますわ」

しかしソフィアの落ち着いた声を聞き、考えは中断されることとなった。

席につき、授業を受けるための準備をする。

始まった授業の内容は、幸いガブリエレの元の知識が僕を助けてくれて、十分に理解可能な範疇だった。

昼の休憩時間になり、三人でカフェテリアへ向かう。カフェテリアは、全校生徒が入れる十分な広さがあるので、急ぐ必要はない。

学園では平等なので、様々な身分の者が入り交じって食事をしている。

仲間うちだけで食事をしたい場合は、サロンを予約することができる。ガブリエレはときどき、有力な貴族や大きな商会の令息令嬢と、お茶会を開いていた。

王子の伴侶になった時に役立つ人脈を作るためだ。

お茶会はそれほど好きではないけれど、将来のためにと開催していたのだ――と記憶を知ってからはわかる。

ちなみにリカルドは、自分のお気に入りとサロンで食事をすることはあるが、いわゆる社交は一切していない。ガブリエレのお茶会にも参加することはない。

婚約者の僕は義務でがんじがらめにされているのに、本物の王子であるリカルドの方が自由にしているなんて解せないところだ。

僕とリカルドは、本当に仲が良くなかった。嫌いなわけでももめているわけでもないが、お互いに義務で結婚するだけと思っているのだ。

それで、リカルドに好きな人ができたからって処刑されるなんて、不憫すぎるな。ガブリエレ。

リカルドの方が不貞で罰せられてもいいんじゃないのか。

カフェテリアのカウンターで注文した食事を受け取り、テーブル席へ座る。

ソフィアとパオロは同席するが、ベルはいざという時に駆け付けられる程度に近いけれど、僕らとは離れた席で食事をとる。従者は主人と同じ席についてはいけないと教育されているからだ。

以前のガブリエレはそれを当然だと思っていたけれど、今の僕には違和感がある。

……だって、学園では平等なんだよね？　学園内でも一緒にご飯を食べる機会があってもいいんじゃないかな。

そう思いつつ、僕は自分のお皿に視線を落とした。

カフェテリアのランチは、いくつかの料理から好きなものを選ぶことができるシステムだ。今日は、鶏のローストバジルソースを選んだ。

ホワイトソースとチーズをかけてローストしたじゃがいもとブロッコリーが美味しい。

サイドメニューはサラダとコンソメスープだ。日本のおしゃれなランチぐらいのボリュームなんだなと改めて思うし、とても美味しい。ガブリエレとしても、カフェテリアのランチは安心できる味わいである。公爵令息であるガブリエレにとってはとても簡易な食事だけれど、僕にとっては十分なものだ。

三人で談笑しながら食事をしていると、カフェテリアの入り口あたりがさっと静かになった。

視線を向けると、リカルドが側近である他の攻略対象アンドレア、ヴァレリオ、ロレンツォとともにやってきたようだ。リカルドの隣には、小柄な向日葵《ひまわり》色の髪の少年がいる。

ルカの姿だとすぐわかったが反応はしない。ガブリエレは彼が誰なのかは知らないのだから。

「リカルド殿下がいらしたのですね」

ガブリエレの記憶も、僕自身もそれ以上の感想はない。

けれど僕の何気ない呟きに、ソフィアとパオロは眼を鋭くした。

「殿下のお隣にいるのは、転入生ではありませんか。腕など組んで、図々しい」

「確か、ジラソーレ男爵令息でしたか」

腕？　と思いつつ、再びこっそり視線を向ける。

確かにルカはリカルドの腕に自分の身体を押し付けるようにして腕を組んでいた。

……僕が倒れたのは、ルカが転入してくるのを見たから。さすが主人公。つまり、転入してからたった一日であれほど仲良くなったのか。

そんなルカを、アンドレアとヴァレリオが微笑ましげに見ているのも印象的だ。

ロレンツォは無表情だが、彼はもともと感情を前に出さない。まあ、ゲームの流れを考えれば、リカルドたちと同じようにルカに好意を持っていると考えるのが無難なところだろう。

リカルドは、ルカと目を合わせて僕が見たことのないような笑顔を浮かべている。

「ねえ、リカルド、ここのランチって何が美味しいの？」

「ああ、今日のメニューだと鶏のローストが美味しいぞ。バジルソースが良い香りでな」

「ええー！　バジル嫌いだあ」

「そうか、では、サーモンのクリーム煮にするか？」

「そうするー」

カウンターの前でリカルドとルカが話しながらメニューを選んでいた。二人の声が大きいので、カフェテリア中に何の話をしているのが聞こえている。はしゃぎながら話す様子はとても楽しそうだ。

ルカのことがよほど気に入ったんだろうな。

僕には、あんなに気さくにリカルドと話をした記憶がないな、と思いながら鶏のローストを切り分けて口に運ぶ。

ガブリエレも以前はカフェテリアでリカルドを見かけた時は挨拶に行っていたのだけれど、ある時に面倒くさいから来なくていいと言われてしまった。

ゲームのガブリエレはそれでも挨拶に行っていたはずだけど、今のこの僕に行く気はない。

美味しいな、と思いながらローストの最後の一切れを口に入れ、静かに咀嚼した。

同時に大きな声が聞こえなくなって、カフェテリアの雰囲気が弛緩する。

リカルドたちは、サロンへ行ってしまったようだ。

ちょうどいい。

僕たちは食事を終えて、カフェテリアを後にした。

「ガブリエレ様、よろしいのですか……」

カフェテリアを出てから、僕の隣に急いでやってきたベルがそっと僕に聞いた。

おそらく、多くの生徒の前で、婚約者であるリカルドがルカと身体を密着させて仲睦まじくしていたことについてだろう。だけど、ベルが引っ掛かっているポイントが何なのか僕にはわからない。

礼儀のことなのか、不貞のことなのか、それとも他に何かあるのか。

気持ちとしては『よろしいのですよ。どうでも』なのであるが。

リカルドが何をしようと、どうでもいいのだ。僕は、自分が生き延びることができればそれでいいのだから。

僕は、リカルドと結婚をしたいわけじゃない。リカルドが主人公と幸せになるために、僕を処刑しなくてもいい状況を作ればそれで丸く収まる。

「交友関係については、リカルド殿下が自らなさっていることだ。僕から何か申しあげることはないよ」

僕はベルに小さく笑顔を向けてから、無表情を作って廊下を歩く。

ベルが息を呑んでいるのが聞こえる。

「出過ぎたことを申しました……」

「いや、ベルは僕のことを考えて言ってくれたのだと理解している。ありがとう」

ベルが、本当に僕のことを考えているかどうかはわからないが、ここは無難な笑顔を向ける。

ベルはうっすらと頬を染めると、一礼して、いつものように僕の斜め後ろに控えた形で歩き出した。

周囲の生徒たちがこちらをうかがって、真っ赤になっている。ベルのような美形は頬を染めるだけで、恐ろしい破壊力を発揮するのだな。

「小悪魔になっていらっしゃる……」

「あの笑顔……眼福……」

そうだろう、と若干誇らしい。

ゲーム内で見ていただけではあるけれど、ベルの美貌は尋常ではない。ちらっと後ろを見ると、ベルは珍しく不機嫌そうに周囲の生徒たちを睨んでいた。

僕が従者を虐《いじ》めているという噂が立っては困るので、その対処も考えておくべきかな。悪いイメージは払拭しておかないと。

断罪を逃れて生き延びるためには、多くの方策を考えておいた方がいいに決まっている。

ただ、この世界が僕も妹も知らない隠しルートの中で、僕の行動もその設定どおりだとしたら展開が読めなくなっちゃうんだけど。

とにかく今の時点では、ガブリエレとしての記憶はあてになるけれど、真面目過ぎた中身を今の僕らしい感覚に修正して、動き方を考えていかなければならない。ガブリエレは賢いから、真面目過ぎなければ臨機応変に動けるはずだ。

僕の記憶は妹情報だから不確かなところがある。だから、しっかり状況を判断していかないとね。

そんな調子で、転生したとわかってからの一日目は過ぎ去った。

◇◇◇◇◇

前世の記憶が蘇ってから一か月ほど。

だんだんとガブリエレとしての記憶と、僕自身の記憶が馴染んできた。

王立学園内の中庭を歩いていると、若葉に太陽の光が透けていて美しい。

暦の上では初夏になるこのあたりの季節は過ごしやすくていいとベルに話しかけながら、図書室のある校舎へと続く回廊に向かう。

大きな動きはないのだが、ルカは順調にリカルドと仲良くなっていっているようだ。そして、学園内で見かけると、攻略対象にいつも囲まれている。

全員と距離が近いから、ハーレムルートに進んでいるのかもしれない。

僕が知っているよりももっと酷い目に遭う可能性があるのだと思うと、身体が震える。それを避けるためにも、ガブリエレの行く末を変えることができるように動いて行かなければならない。

そこでルカを攻略対象と引き離すことも考えたけれど、そちら方面に動くと悪役令息として断罪するための材料を彼らに与えてしまうことになりそうなのでやめた。

しかし、もともと学園内ではリカルドと接点があまりないという事情もあって、ルカ自身と僕が遭遇することはほぼなかった。これは、幸運な巡りあわせだと思う。

ただ、この一か月何かできていたのかと言われれば何もない。

ベルはいつも通り僕に優しく、友人たちもにルカに嫌がらせをしている気配はしない。

ルカはリカルドと真実の愛とやらを育《はぐく》んでくれたら良い。そしてリカルドは、ルカとの真実の愛を貫くために僕を断罪するのではなく、穏便に婚約解消をしてくれたら良い。父にも、リカルドが転入生と非常に懇意になっているという話はしている。根回しは抜かりないはずだ。

僕は、そう思っていたのだけれど。

そこで、何やら騒ぎが起きているのに気づいて現実に引き戻された。

「痛い痛いっ……！　転ばせるなんてヒドいっ！」

僕が向かっている回廊の辺りから、泣き叫ぶ声が聞こえる。

聞き覚えのある甲高い声が聞こえる方へは行きたくはない。

だけど、次に聞こえてきた会話を聞いて、その場に行かざるを得なくなった。

「まあ、誤解です。あなたが走ってきてご自分で転んだのだと思いますけれど。お怪我はありませんか？」

「なにしらばっくれてんだよ。あんた、アンドレアの婚約者のソフィアだろ。――悪役令息ガブリエレの取り巻きのさっ。こんな意地悪するなんてヒドいよ！」

ルカが絡んでいる相手は、ソフィアのようだ。さらに『悪役令息ガブリエレ』という言葉まで聞こえてきて、僕は足を止めた。

……いや、その場にいない僕の名前を出すのは反則だろう。というか、ソフィアは友人であって、取り巻きじゃないって。

それに、この世界では『悪役令息』という言葉を聞いたことがない。

もしかして、ルカも転生者なんだろうか。

前世でゲームをしていた転生者が、ゲームのストーリー通りに物語を進めようとしているのであれば厄介だ。何もしていないはずのパオロやソフィアにそのまま因縁をつけられて、有罪判定を下される可能性がある。

慌てて足を速めて現場へ向かうと、「ガブリエレ様!?」とベルが焦ったような声を上げる。

「ベル、何かあったようだ。様子を見に行こう」

「ガブリエレ様、もめ事に無暗《むやみ》に関わることはおやめください」

「ここは学園の中であるし大丈夫だろう。もしも危険なことがありそうなら、ベルが守ってくれ」

「……かしこまりました」

ごめん、本物のガブリエレなら、この場はスルーしていたのかも。

でも、これは必要なことだから――と脳内で言っていると、ルカとソフィアの前に誰かが屈みこんだのが見えた。

「ルカ、どうしたのだ？　床に座り込んで」

ヴァレリオがルカに近づいて、立ち上がる手助けをしている。

僕がその場にたどり着くより少し早いタイミングで、リカルドとその側近たち――つまり攻略対象者たちもやってきたようだ。

ルカはそれを見計らったように、大きな瞳に涙をためてヴァレリオに縋《すが》りついた。

「ヴァレリオー、この人たちヒドいんだ。僕を転ばせたんだよ」

「よしよし、大丈夫か？」

「ソフィア！　ルカを転ばせるようなことをしたのか？」

ヴァレリオは、ルカがけがをしていないかどうかを確認している。そして、アンドレアは尋問するかのようにソフィアに声をかけた。

いや、自分の婚約者をいきなり疑うのって、どうなんだろう。アンドレアは自分の婚約者より、ルカの方が信じられるっていうのだろうか。ソフィアは「そんなことはしておりません」と言っているけれど、ルカは、聞く耳を持たない風情で被害を訴えている。

回廊では、ヴァレリオとアンドレアがルカの両側で彼を支え、リカルドはその横で腕組みをしてふんぞり返っていた。ロレンツォは無表情で彼らの後ろにいる。ソフィアと友人のご令嬢たちは、リカルドと側近方の向かい側に立っていて、周囲からは睨み合いをしているかのように見える。

だんだんと人が多く集まってきている。

僕はできるだけ優雅な足取りでソフィアの近くまで足を運んだ。目撃者が大勢いれば、僕がルカを虐《いじ》めていないと証言してもらえるだろう。いや、証言してもらえないと困るんだけどね。

そして回廊にたどり着くと、まずソフィアに話しかけた。

「大きな声が聞こえました。ソフィア様、何かあったのですか？」

「ガブリエレ様……！」

「ガブリエレ」

ソフィアが僕を見て目を丸くする奥で、リカルドが僕の名前を呼ぶ。

彼に名前を呼ばれるのはものすごく久しぶりだ。王城に招かれた時は王妃殿下込みでたまにお茶を飲むこともあるが、王妃殿下が主にお話をするので、リカルドと会話をしている雰囲気はない。

まるで、今リカルドがいることに気づいたかのようなふりをしながら、最近学習した笑顔を向けて挨拶をする。パオロによるとものすごい武器になるらしいので、リカルドに使うといいらしい。

「これはリカルド殿下、ご機嫌麗しゅう」

ベルは嫌がっていたけれど。

僕の顔を見て、リカルドは少し気圧《けお》されたような顔をして、頬を染めた。

なるほど、威嚇の効果があるのかと学びつつ、さりげなくソフィアを背に庇える位置に移動する。

「あっ！　ガブリエレ悪役令息……。怖い……」

するとと僕の顔を見たルカが、リカルドの背に隠れた。最初の立ち位置を考えると、そのままヴァレリオとアンドレアの間にいる方が僕の視界に入ってこないはずだ。しかし、わざわざ移動してリカルドの後ろに入るのだから、これは、計算された行動だろう。

やはりルカは、ゲームを知っている転生者なのかな。

「ガブリエレ、お前がルカを虐《いじ》めていると聞き及んでいるのだが、本当のことか？　今も、お、お、お前と仲の良いソフィア嬢がルカを転倒させたようだが」

ルカに縋《すが》られて一瞬うれしそうな顔になったリカルドが僕を睨みつける。

……そんなにわかりやすい嫌がらせをこの僕がするとでも思っているのか？　子どもじゃないんだから。

そう思いつつ、僕は礼儀正しさを保つように、直立したまま首を横に振った。

「ジラソーレ男爵令息が、この頃殿下のお側近くにいることは存じ上げております。しかし、これまでにお話をしたこともございませんし、当然、虐《いじ》めるというような行動をとったことはございません。ソフィア様については、僕が何かを命じる立場にはありません。ソフィア様ご本人と、一緒にいたご友人たちにご確認ください」

ソフィアと友人のご令嬢たちに発言を促すと、その全員が、ルカが勝手にご令嬢の一人にぶつかって転倒したと訴えた。その言葉には、まるで犯罪者であるかのように扱われたことに対する不満が感じられる。

というか、そもそもルカがぶつかった相手はソフィアですらないようで、ソフィア自身はルカに触れもしなかったという話までもが飛び出してきた。

周囲にいた生徒からも、ぽつぽつとルカが廊下を走っていたという証言が出てくる。

ルカを取り巻いていた攻略対象者たちの雰囲気も少しずつ変わってきた。

虐《いじ》めを捏造するなら、もっと人目がないところで実行しないと。ルカ、詰めが甘いね。

じろりとルカを見下ろす。ルカも冷ややかな雰囲気を感じ取ったのだろう。

一瞬顔を歪めたあと、再び目を潤ませてリカルドの手を強く握った。

「でも……僕の教科書が破かれたり、体操服に水がかけられたりしてて……。僕とリカルドが仲良くしているのが気に入らないガブリエレがって……、その……」

「そ、そうだ。実際にルカは被害を受けているのだ。俺も破られた教科書を見た」

虐《いじ》めの告発らしき言葉に、リカルドが同調する。

あくまでリカルドはルカの味方という立ち位置らしい。

リカルドがルカの訴えを信じているのであれば、断罪を避けるのは難しくなる。

脳裏にあのバッドエンドの数々がよぎり、ぞっとした。

そうであれば、先のことをよく考えて行動しなければならない。ルカに好意を持っている彼らの意識を、僕に有利なように誘導するにはどうすればいい？

それならせめて——

僕は、今度は貴族らしい感情の読み取れないような微笑みを作り、リカルドに向けた。

「それは大変なことですね。殿下、学園に調査は命じられたのですか？」

「え？」

「学園内で私物が破損されたのですから、調査をして、再犯を防ぐ必要があるかと思われます」

「お前は……」

「一応申しあげておきますが、犯人は僕ではありません。それから殿下の学園での交友関係についでは、王妃殿下にお伝えいたします。僕はあなたの婚約者として、責任を持ち行動をする必要があるので。詳しくは王妃殿下にお尋ねください」

僕の言葉にリカルドは息を呑んだ。

僕は公爵家の父にだけでなく、王妃殿下にも、既にリカルドの交友関係を知らせている。

「ええっ、だって、みんなガブリエレが犯人だって！」

そこへヘルカが割って入ってきた。

周囲がざわめく。

男爵令息が王子と公爵令息の会話を遮るとは、そして公爵令息を犯人呼ばわりするとは、ものすごく無礼な奴だな。うん、予想通りだ。

みんなって誰だよ。お前は小学生か。

そもそも、そんな小学生のするような虐《いじ》めを、公爵家のガブリエレ・デ・ヴィオラがするわけがない。ゲームではわかりやすい虐《いじ》めになっていたのだと思うけど、この世界の——貴族として生まれた『僕』がそんなことをするなんてありえない。

そもそも『ハナサキ』でも、ガブリエレ自身は虐《いじ》めを行っていなかったはずだ。記憶の中の妹情報にそんなものはない。そんなことがあれば、妹はあれこれ言っていたはずだ。

ルカが、他のゲームと勘違いしているのか、それとも、ルカも僕も転生している時点で、話が変わってきているのか。

ため息をつくと、リカルドがぐっと唇を噛みしめてそっぽを向いた。

「わ、わかった。学園に調査させる」

それからなおも訴え続けているルカの腕を掴むと、その場を足早に立ち去った。

騒いでいたヴァレリオや攻略対象者一行もその背に続いた。

「ガブリエレ様、あなたが虐《いじ》めをしていないという証拠もないことを、お忘れなきように」

その中で、宰相の子息であるアンドレアが憎々しげに僕を睨みつけて捨て台詞を吐く。その姿にふと思いつく。

これはいい感じに釘を刺して、ルカの発言に疑問を持たせるチャンスかもしれない。

僕は彼のもとに二三歩、歩み寄ると、少し目線を上げ、彼を見つめて微笑んだ。

「ガロファーノ卿。あなたも公爵家の子息であれば気づくことだと思っていましたが」

「……なんのことでしょうか？」

眉間に皺を寄せてアンドレアが立ち止まる。

アンドレアにしか聞こえないほどの小さな声で、僕は続きを話す。

「僕たち公爵家の者が、邪魔だと判断した人間を、どのように扱うのかということを考えてくだされればわかると思います」

「え？　どういう意味……」

「おわかりになりませんか？」

――本気で僕が、男爵令息にすぎないルカを虐《しいた》げる気があるのなら、もっとうまくやる。

そう仄《ほの》めかしたはずだったが、アンドレアは首を傾げるばかりだ。どうやらアンドレアは本当に僕の言っていることがわからないようだ。

そんなわけあるか⁉

そう叫びそうになってぐっとこらえた。

つまり、ここはやっぱりゲーム『ハナサキ』の世界であり、権謀術数に長《た》けた貴族がいる世界の公爵令息が、ルカが訴えているような子どもじみた虐《いじ》めを行うと信じられているということ。

その認識の齟齬が、学園内の『キャラクター』にはあるということなのか？

なにせ、ガブリエレになった僕には、外務大臣である父からの教育を受けた記憶がある。領地同士での取引や、後ろ暗い話の例の数々だって知っている。日本にいた時の記憶が蘇る前の高潔なガブリエレなら、そんなことは思いつきもしなかっただろうけれど、今の僕はそんなに高潔じゃない。

そして宰相であるガロファーノ公爵も、僕の父と同様に権謀術数に長《た》けているはずだ。

アンドレアは、それもわからないのか。

「ガロファーノ卿、お父上に排除したい対象ができた時にどうすればいいのかという質問をしてみてください。お父上から答えを得ることができれば、僕の言っている意味がわかると思います。僕、ヴィオラ公爵家次男のガブリエレから質問されたと言ってくださって結構です」

ませんよ」

「ふん、わかりました。父上に聞いてみましょう。返答によっては、再度あなたを調べるかもしれ

「どうぞ、ご随意に。僕は潔白ですから」

微笑む僕を、再び憎々しげに睨みつけたアンドレアは、今度こそ踵《きびす》を返した。

ガロファーノ公爵がアンドレアを嫡男として認めていれば、彼は公爵家の権謀術数の一端を知ることができるだろう。もし、教えてもらえなければ、まあ、それだけの男だということだ。そうなれば、今後の対応を考えなければいけなくなる。僕を断罪しようとする者たちの一人として。

アンドレアの背を見送ってご令嬢たちの方を振り返ると、みんな安心したような表情をしていたので僕もほっとする。あんな主人公に冤罪をかけられては、たまったもんじゃないよね。

「ガブリエレ様、ありがとうございました」

「ありがとうございました。怖かったので、本当に助かりました」

ソフィアとご令嬢たちにお礼を言われて、僕はその場を立ち去る。

その隣で、ベルは大層不機嫌そうだった。

「――ガブリエレ様、あのように危険な場所に自分から立ち入るなど、とんでもないことでございます。事件に巻き込まれでもしたらどうなさるのですか」

帰宅してからは、ベルにひとしきりお説教をされた。

どうやらあの場では堪えてくれていたらしい。公爵令息を叱り飛ばす従者なんていてはいけない

のだから、それはその通りなんだけれど。

後で父からも聞き取りがあるらしい。

やれやれ。

叱責をしつつも、しっかり丁寧に僕のタイをほどくベルの指先を眺めつつ、僕はふと思った。

父にはリカルドとルカの関係や、彼らが僕にどんな態度を取っているのかということを知ってもらえるようにさらに詳しく話をしてもいいのかもしれない。

ゲームとしての『ご都合主義』に縛られている人間もいるけれど、そうじゃない人間だっているんじゃないのか。

もし父が『僕』の記憶通り、貴族としてのあるべき姿を教えてくれるような人ならば、きっとこの訴えを聞いてくれる。

そうだ、そうしよう。

頷くと、ベルが不思議そうな顔で、僕を見上げていた。

「ガブリエレ様は、最近、変わられました。何かあったのですか？」

「何かというか、そうだな。自分の思うように生きていきたいなと思うようになって」

近くにいるベルには、ガブリエレの様子が違うと気づかれてしまうようだ。いや、父も変わったとは思っているだろう。

でも、前世のことを思い出しただけで、僕だってガブリエレだ。

僕の答えを聞くと、ベルは少し表情を歪めてから、僕の手をギュッと握った。

「ガブリエレ様が自分の思うように生きていく時も、わたしをお側に置いてくださいね」

そして、僕の手に頬擦りしてから、目を見つめてそんなことを言う。

……いや、お前は僕を裏切るだろう？

『断罪されたガブリエレをベルは王城の衛士に引き渡すの。それがモブとは思えない美しい笑顔でね。絶望したガブリエレの表情との対比で、すごく残酷なシーンになるんだー』

妹の言葉を思い出して、僕は言葉を呑み込む。

僕はベルのことを疑っているのだけれど、金粉を散らしたように煌《きら》めく美しい瑠璃色の瞳は、僕のことを大切に思っているのだと訴えている。

ガブリエレは、この瞳を見ていつも心の安らぎを得ていたのだ。

相変わらず距離も近いし、どういうわけか、ベルのことはよくわからない。

記憶を取り戻した僕が、完全に彼を信頼できていないからかもしれないけれど。

ガブリエレとしての記憶を辿ってみれば、ベルについては絶大な信頼を置いているものしか出てこない。逆に言えば、これでベルに裏切られたとしたら、ガブリエレが完全に壊れてしまうというのは想像に難《かた》くない。

嫌だな。

自分の思うように生きていきたい。それは本当の気持ちだ。

僕が妹から聞いていた『ハナサキ』にはそんなエンドはなかったけれど、僕については、平民に落とされても生活できる力があればいいのではないかと考えることがある。

隠しルートにそんなエンドがもしもあれば……、それを目指すこともできるのに。

僕という意識が生まれる前のガブリエレは博識だったが、その知識は、公爵令息として、そして王族へ嫁ぐ人間として必要なことに偏っている。市井《しせい》に生きる平民がどのように暮らしているかということを、僕はもっと詳しく知る必要があるだろう。

結局きちんとした返事はできないまま、ベルは部屋を辞していった。

きちんと整えられたベッドに腰かける。

僕は思い出したばかりの妹の言葉と今日の出来事を手帳に書き留めていった。

◇◇◇◇◇

「孤児院の子どもたちへの贈り物を、ご自分で買いに行きたいとおっしゃるのですか？」

「そうだ。自分で贈るものを選んでみたい」

「どうして急にそんなことを言い出すのですか……」

ゲーム内と現実での乖離《かいり》を気にするようになって数日後。

ベルが、困った子どもを見るような顔をして僕を見ている。同じ年齢なのに。

このベルの態度を、ガブリエレは無礼だと思っていなかった。とにかく、『僕』は、ベルに絶大なる信頼をおいている。確かにこれで裏切られたら壊れるだろうなというレベルで。

いつだって心配そうで、全力で僕を慕っているように見えるベルに対してワガママを言うのは、裏切られるステップを作っているようで少し怖い。

ただ、そんな恐怖よりも今の僕には優先すべきものがあった。

「菓子と学習用の本を選ぶだけだ。危険な店でもないだろう？」

「はい、それはそうですが……。菓子店は少し雑多な通りにありますので、警備が難しいかと」

ガブリエレは、公爵家御用達の店に車で乗りつけて買い物をするのが通常である。

しかし月に一度、神殿に隣接した孤児院に行く時は別だ。

孤児院に届けるのは、子どもが日常のおやつとして食べることができるようなもの。そのため、菓子の購入は、繁華街にある一般的な店を使用することになっている。

――つまり、市井《しせい》の生活を見学できる！

無事に処刑エンドを避けたとしても、公爵令息として生きていけるかどうかはわからない。庶民になって一人で生きていくためには、街に慣れておいた方が良いに決まっている。

だからこそ、僕は今回ベルの反感を買ったとしても街に向かう必要があった。

「治安が悪い場所ではないし、ベルがいれば大丈夫なのではないか？」

そう言って首を傾げた僕が微笑むと、ベルは頬をうっすらと染めながら、仕方ないというように頷いた。

実際、ベルは腕が立つスーパー従者だ。本当に隠しキャラだったんじゃないだろうか。

隠しキャラのベルは、ルカに恋をするんだろうか。

そんなことを考えて、ベルの顔をまじまじと見つめてしまう。

「ガブリエレ様、どうかなさいましたか？」

「いや、何でもない」

僕はベルの問いかけに、目を逸らした。

「……そんな顔をなさらないでください」

ベルは困ったようにそう言って、僕の手を握って手の甲を指で撫でた。ひやりとした指の滑る感触に、変な声が出そうになる。

そんな顔って、いったいどんな顔だ。

本当に子ども扱いされている気がする。いや、僕の前世の記憶をもとにすれば恋人のようにも感じるけれど。

従者が主人にこんな態度でいいんだろうか。いや、今までもいつもこんな感じだったのかな。そして、ガブリエレはそれを当然だと思っていた気がする。

まあ、ガブリエレは、こんなワガママを言ったことはなかったんだけれど。

なんとかベルを説得することに成功して、僕は朝の支度を整えていく。

ベルはそんな僕の隣で、顔洗い用のお湯を用意するわ、ふわふわのタオルを手渡してくるわの大活躍だ。

……こんなベルが裏切るとしたら、それはゲームのヒロイン的な立ち位置であるルカに恋をするからなのかもしれない。

顔を洗い終えた時、ふとそう思った。

同時に気持ちがもやもやする。僕の中のガブリエレは、ベルがルカに恋をするという想像をすることを嫌がっているようだ。

ごめん、と内心で謝りつつ、僕はベルを見つめた。

ベルはいつも通り僕を見返して微笑んでいた。


ベルが用意してくれたシンプルなシャツとトラウザーズを身につけ、ジャケットを羽織って、いつもの車で買い物に向かう。

ただ、行き先は市井《しせい》の人々が住まう下町だ。

だんだんと車が揺れ出すにつれ、窓の外に見える建物の高さが低くなっていく。

徒歩で行きかう人々が増え、その服装が、だんだん簡素になっていくのを僕は見つめた。

店の少し手前にある駐車場に車を止め、ベルと護衛に守られながら、大通りから少し細い道に入ったところにある菓子店に向かう。

初めて見る庶民的な菓子店には、ガラスケースの中に丸い揚げ菓子や焼き菓子などが並べられていた。日本で生きている頃に、よく妹のお土産を買っていたドーナッツのお店に似た内装だ。

なんだか、懐かしい。

食べたことのないお菓子の味を想像しながら、孤児たちへの贈り物を選んでいく。

「この菓子はどうだろう。味を見てみようか」

「ガブリエレ様、侍従と護衛に味見をさせましょう」

「わかった……」

僕が味見をすることは、ベルに止められてしまった。

安全上のことなんだろうと思うけど、ベルは過保護過ぎないだろうか。

いくつかの菓子を侍従と護衛に味見をしてもらって、好みを聞き取って参考にした。本当は自分で試してみたかった。だけど、菓子を食べることができた侍従と護衛は喜んでいたから、それでよかったと思うことにしよう。

公爵令息って、不自由なことが多いね。

支払いは僕がする。その経験のために来たのだから譲れないことだ。

公爵家が普段使っている店は、公爵家でまとめて支払うから、ガブリエレが現金払いで買い物をすることは、まずない。

しかし、日本での記憶がある僕は、滞《とどこお》りなく精算を済ませることができた。

この世界のお金の数え方はわかるし、少し練習すれば市井《しせい》での生活もできそうな気がする。

機嫌よく次の書店へ行って、絵本や文字の学習ができる本を選んでから、孤児院へ向かう。

神殿に隣接している孤児院の前まで車を走らせると、その門の前に大きな車が停まっているのが見えた。

あれは……

僕が目を細めたのと同時に、ベルも眉を顰《ひそ》めた。

「リカルド殿下の車ですね。神殿に御用なのか、孤児院の慰問なのか、どちらでしょう」

「孤児院への慰問ではないだろう」

「確かに、そうでございましょうね」

僕たちの車が停められなくて、ベルが怒っている。

決してガブリエレには向けられることのないひんやりとした声に、背筋が凍る。

リカルドが祈りの日でもないのに神殿に来ることはまずないし、孤児院への慰問にもここ数年は来ていないはずだ。おそらく、勝手のわからないリカルドが、運転手に門の前で待つようにと指示したのだろう。いや、勝手がわからないというよりも、物事の規範がわからない、と言った方が近いに違いない。

侍従が車を移動するよう運転手に伝えに行ったが、首を横に振りながら帰ってきた。

……王子殿下の指示は絶対なのか？　あの場所に車を停めると邪魔になることぐらい考えなくてもわかるだろうに。

さてどうしたものか。

僕は窓から視線を送り、一つの解決策に気が付いた。

「ベル、神殿の車留めの方から通路を渡って行くことにしよう。遠回りになるから荷物を運ぶのに苦労をかけるけれども」

「かしこまりました。荷物を運ぶなど、大したことではございませんよ」

ベルは笑顔でそう答え、運転手に神殿の車留めに行くと指示を出した。

さっきまでの冷たい雰囲気はかすかほどにもない。内心ほっとしつつ、僕は車が止まると、降りていろいろと話し合っている護衛たちを見た。

皆には、後で何か労いをしておこう。

お菓子の味見がうれしかったらしくて、機嫌よく荷物を運んでくれたけれど。

侍従が借りてきた台車に荷物を載せ、案内してくださる神官とともに神殿の通路を通る。すると、ジャチント神官長が、医療担当のグラディオロ神官と連れ立って移動しているところに出会った。

僕が会うのは初めてだが、ガブリエレの記憶が彼らについて教えてくれた。

「ジャチント神官長様、グラディオロ神官様、ご機嫌麗しゅう」

僕が礼とともに挨拶をすると、ジャチント神官長はにこにこと微笑み、グラディオロ神官は礼を返してくれた。

「ガブリエレ様、いつもうちの子どもたちに会いに来てくださって、ありがとうございます」

「僕は、子どもたちと会うのが楽しみなのです。今日は自分でお菓子を選んできました」

「ほう、それは子どもたちが喜ぶでしょう。それでなくても、今日はガブリエレ様が来てくださると言って、皆楽しみにしていたのですよ」

神官長と、孤児院の子どもたちの話をしながら孤児院への通路を歩く。グラディオロ神官は、神官長の少し後ろを歩いている。

孤児たちは、『神殿の子ども』だ。育てるために必要な経費は神殿が賄《まかな》っているが、それほど余裕があるわけではない。ゆえに僕たち高位貴族が神殿に援助することは美徳とされ、尊ばれるのだ。

神殿には、事前に孤児院への訪問日を打診する。

それこそ仲の悪い貴族が鉢合わせすると、面倒だからなのだけれど。

そういえば、リカルドの訪問は予定通りだったのだろうか。

僕はふと神官長を見上げた。

「神殿の門の前にリカルド殿下が車を停めていらっしゃったようですが、こちらを訪問されるご予定だったのですか？」

「予定通りということはないのですが……。リカルド殿下は療養所の方へ、ご学友を伴《ともな》って来られたのです。それでわたしは、ご挨拶に向かうところだったのです」

リカルドから神殿の療養所で慰問をしたいという先触れが届いたのは、今朝のことだったらしい。

なんでも光魔法を使える学友がいるから、その力で療養所の難病の子どもを癒したいと言っているとのことだ。

その言葉に大体のことは察した。

ルカが一緒に来ているのだ。

「――チ」

かすかに隣の空気が冷える。

……ベル、聞こえるような舌打ちをするのはやめなさい。それでもベルの見た目は崩れないんだけどさ。イケメン無罪だなあ。

しかしどうやらグラディオロ神官には聞こえずに済んだようだ。彼はため息を吐く。

「光魔法による癒しについては、ガブリエレ様もご参加くださっているのでおわかりでしょうが、計画的に行う必要があります。自己治癒力を高めながらでなければ、かえって病状を悪化させることもありますからね。だから殿下のご学友には本日は施術していただくことは困難だとお伝えする予定です。どうしても試してみたいのであれば、神殿兵士の手当てをしていただこうと考えておりますが……」

神官長も彼の言葉に頷きながら、なんともいえない表情をしている。

王族からの依頼を無下にはできないだろうが、病気の子どもを犠牲にするわけにはいかない、といったところだろうか。

光魔法は怪我の治療や病状の改善に効果がある。しかし、本人に自己治癒力がなければ効果はあまりない。光魔法を施して怪我を治しても、血がたくさん流れ出ていれば回復には時間がかかるし、病気を治すだけの体力がなければ、光魔法を施すことによって身体全体のバランスが悪くなってしまうといったことが起きる。

ガブリエレは子どもの頃から光魔法を使う訓練を行ってきた。前世の日本であれば、解剖学と分類されるようなことも学習しているのだ。

そうだ、市井《しせい》で暮らす時には医療の方面へ就職することも、視野に入れておこう。

僕は密かにそんな考えをまとめた。

途中で療養所へ行くお二人と別れ、僕たちは孤児院へ向かう。

リカルドとルカには会わなくてすみそうだ。

「あー、ガブリエレさまー、いらっしゃいませ」

「ガブリエレさま、いらっしゃいませー」

孤児院の子どもたちが、いつものように迎えてくれる。

僕の中でガブリエレがほっとするのがわかった。

「ご挨拶が上手になったね。お菓子とご本を持ってきたよ」

「ありがとうございます！」

「ガブリエレさま、ありがとうございます」

僕は子どもたちに本を読み聞かせ、ベルや護衛の皆は運動をしたい子どもと軽い剣のけいこをする。

侍従は神官とともに、おやつの準備をしている。

和やかな雰囲気で、心が落ち着く。

日本の記憶が蘇る前から、ガブリエレはこの時間を好んでいた。

ガブリエレはもともと厳格に生きたかったわけじゃないんだ。こうして、子どもたちと穏やかに過ごすのが楽しかったんだから。ゲーム内では覚えのなかったその記憶にじんわりと癒される。

きっと、ゲーム内の世界ではリカルドとの婚約が、ガブリエレを頑なにしていたんだろう。

そんなことを思いながら、孤児院で楽しいひと時を過ごしていたのだけれど。

「どうして僕が光魔法を使っちゃいけないのさー！　イベントが、イベントがクリアできないじゃないかあっ！」

庭の向こうから、叫び声が聞こえてきて、穏やかな時は終わりを告げた。

……イベント？　クリア？

おおよそこの世界では聞くことがないだろうその言葉に眉を顰《ひそ》める。

「ルカ、落ち着け。次の約束をしたから、その時に光魔法を見せてくれ」

「ルカ、そっちは孤児院の庭だよ」

「イベントのシーズンから、はずれちゃうよー」

大きな声での会話とともに、ルカとリカルド、ヴァレリオ、そしてロレンツォが孤児院の庭にわらわらと立ち入ってきた。アンドレアはいないようだ。

子どもたちは呆然として、四人を凝視している。

この場で、高位貴族や王族に対して行動をとれるのは僕しかいない。

――仕方ない。

僕は子どもたちに少し待つように促して立ち上がり、リカルドに礼をとった。

「これはリカルド殿下、ご機嫌麗しゅう」

僕の言葉に、リカルドがはっきりと表情を歪めた。

「ガブリエレか、なぜこんなところにいるのだ」

「月に一度の、孤児院への訪問日でございます」

「悪役令息！　僕の邪魔をしに来たんだね！」

不機嫌そうなリカルドの言葉に答えると、その隣で半泣きのルカが僕を睨みつけながら大きな甲高い声で叫んだ。

「ひうっ、ガブリエレさま……」

「ベルさま、あのかたたち、こわいです」

子どもたちがびっくりして、僕やベルにしがみつく。涙ぐんでいる子どももいるようだ。

ルカはまた、悪役令息とか言ってるし。

――リカルド、子どもの前で大声を出さないようにルカを止めてくれよ。

口からこぼれそうになるその言葉を理性で留めて、貴族らしく冷ややかに言う。

「殿下、お静かにされませんと、子どもたちが驚いています」

「あ、いや、そうだな。ルカ、静かにするのだ。帰るぞ」

「だって、僕が難病の子どもを光魔法で治してやるって言ってるのにいらないって言われたんだ！　光魔法はガブリエレが施してるって。ガブリエレが邪魔して……んぐぅ」

叫ぶルカの口をヴァレリオが押さえた。さすがに子どもの前では、大人しくさせた方が良いと思ってくれたらしい。

「グラディオロ神官様はそうは言っておられん。光魔法を施すのに適した時期ではないとおっしゃったのだから、また来ればよいだろう。ガブリエレ、邪魔をしたな」

「いえ、殿下、失礼いたします。道中のご無事をお祈り申しあげます」

リカルドが踵《きびす》を返すと、ヴァレリオがルカをホールドしたまま、一緒に歩き出す。子どもたちから向けられる恐怖に満ちた顔や非難がましい視線に耐えきれなかったのだろう。気まずそうな顔をして、その場を急ぎ足で立ち去った。

子どもたちも少しずつ落ち着いてきている。

それではまた穏やかな時間に……と思ったところで、声を掛けられた。

「ガブリエレ様、お伺いしたいことがあるのですが」

ロレンツォだ。いつものように表情のない顔で僕の前に立っている。

まだ残っていたのか。リカルドの側に侍《はべ》っていなくて良いのか？

そう思いつつ、僕は彼に向き直った。

「どのようなことでしょうか？」

「光魔法を施すための理解度が、ガブリエレ様とルカではまったく違うと神官殿がおっしゃっていました。光魔法を使うために、どのようなことを学んでいらっしゃるのかお聞きできないでしょうか？」

どうやら、グラディオロ神官が余計なことを言ったらしい。

まあでも、魔法ヲタクのロレンツォにすれば、興味あることなんだろう。実際に身につけられるかどうかは、別問題だとは思うけれど。しかし、ロレンツォがゲームでルカの光魔法に魅了されるのは、実は興味がなくて知らなかったからなのかな。

「光魔法を施すために、人体の構造を学習しているのですよ。通常の治癒を行う治療師ならある程度の知識があると思いますけれど」

「えっ……」

僕の言葉にロレンツォが息を呑む。

「本当に光魔法そのものに興味がなかったのですね。攻撃魔法で魔物の弱点を知っておくのと同じことですよ」

「……なるほど、そう言われればそうですね。ありがとうございました。また、ご教示をお願いします」

ロレンツォは礼をすると、リカルドの後を追うように足早に孤児院の庭から出て行った。

ついでにロレンツォが光魔法のコツをルカに教えてやってくれれば、僕が邪魔をしているとは言われなくなるだろう。それに、ロレンツォに光魔法のことを教えて恩を売っておけば、断罪する仲間に入らないでいてくれるかもしれない。

甘い予想かもしれないが。いやしかし、できることはなんでもしておかないと。

静かになった庭で、僕たちは再び子どもたちと遊び続けた。ルカに突撃されたことを忘れたかのように無邪気に遊ぶ子どもたちに癒されたので良しとしよう。


家に帰ってから、部屋でベルがお茶の用意をする間に、ふと、考える。

「そういえばイベントってなんのことだったのだろう……」

「ガブリエレ様？　どうかされましたか？」

ベルがそう呟いた僕の顔を、いつものように至近距離で覗き込む。瑠璃色の瞳は金粉を散らしたように光を放つ。そう、いつもの色だ。

「いや、なんでもない」

僕はそう答えて、ベルの淹《い》れてくれた美味しいお茶を口にした。その温かさにほうと息を吐くと、ベルがうれしそうに微笑んで僕の巻き毛を整えるかのように撫でた。

その仕草に僕の心臓は飛び跳ねる。何か変な感じだ……

なぜだか恥ずかしくなった僕は、慌ててゲームのストーリーに意識を戻した。そう、まずは断罪回避をしなければならないのだと。

ベルが退出してからベッドでひとり考える。

今日のイベントでは、本当は何が起こる予定だったのだろうか。

ゲームのエロいスチルとざっくりしたストーリーしか知らない僕にはわからないことだらけだ。

知る方法がない以上は、わからない。

「まあ、仕方ないな」

考えるのを諦めた僕は、手帳に今日の出来事を書き留めてそのまま眠りについたのだった。

◇◇◇◇◇

孤児院へ行った数日後、僕は、話があるからと父に呼び出された。父は忙しいのにわざわざ時間を作ったようだ。

午後のお茶の時刻に合わせて、父、兄と三人でテーブルを囲む。屋敷のサンルームに設《しつら》えられたテーブルにはマロングラッセの入った焼き菓子や洋梨のタルト、ナッツのクッキーなどが並んでいた。

いったいなんだろう。

そう思いつつも、遠慮なく菓子を口に運ぶ。

茶会などでは普段、会話を選びつつ四方に目を配ることが前提なので、このようなことは家族とのお茶会でしか許されないのだ。

そしてマロングラッセの入った焼き菓子はガブリエレの好物である。

……美味しい。

僕が食べる様子を笑顔で見ていた父は、僕が食べ終わるのを確認してから話を始めた。

「リカルド殿下が最近仲良くしているという男爵家の子どもが、自分のことを光魔法の素晴らしい使い手だと言っているらしい」

ルカのことだとわかり、僕は視線を上げる。

というか、お父様、ルカのことを男爵家の子どもって……

父は僕と視線を合わせると、さらに続けた。

「殿下がその子どもを連れて神殿に行ったところに、出くわしたそうだな」

小さく頷き、僕は香り高いお茶を一口飲んでから、口を開く。

「ジラソーレ男爵令息のことですね。孤児院の庭でお会いしました。リカルド殿下とナルチゾ侯爵令息ロレンツォ様、バルサミーナ伯爵令息ヴァレリオ様が同行されていたようです。療養所にいる難病の子どもを、光魔法で治療すると発言してらっしゃいましたが……」

「神官に止められたと聞いている」

「はい。グラディオロ神官様が、治療計画にそぐわないのでお断りするとおっしゃっていました。孤児院でお会いした時は断られた後で、かなり興奮されていたように思います」

孤児院の庭で起きたことは、ベルが父に報告しているはずだ。僕が、詳細に話す必要はないだろうと判断し、概要だけを父に伝えた。

父はそれを頷いて受け止めた。

「うむ。実は、男爵家の子どもが、ガブリエレに自分の力を発揮する機会を妨げられたと騒いでいるらしくてな。リカルド殿下は王妃殿下にも文句を言ったらしいが……」

そう言って父が苦笑する。

なるほど、それでこの場が設《もう》けられたのか。

いや、いきなり神殿に来て患者を治療させろって馬鹿だろう。ルカは明らかに転生者だと思うけど、前世でどんなことを考えていたんだろう。

前の世界でも今の世界でも、入院している病人を医者の判断なしに治療することはできない。それは常識の範囲のことだと思う。

それとも、ゲームの仕様がそうなっていたんだろうか。

頷く僕の横で、兄が大きなため息を吐いた。

「言い掛かりも甚だしいですね。神殿が仕切っているところを、ガブリエレの意志でどうにかできるわけがありません。リカルド殿下は、それをおわかりのはずだと思いますが」

まったくもってその通りだ。

僕は、もうひと口紅茶を飲んでから父に視線を向けた。

「神殿では、リカルド殿下方が、当日になってからご訪問のお知らせをしたと伺いました。予定外のことであったため、神殿での治療が許されなかったのだと思われるのですが、王妃殿下は僕に問題があると思われたのでしょうか？」

「ああ、神殿からもはっきりと聞いた。たとえ優秀な光魔法の使い手であっても、実績のない人物を、いきなり療養所のようなところで治療にあたらせることはないと断ったそうだ。ましてや、難病の子どもの治療をさせろと言ったそうではないか。王妃殿下はガブリエレに問題があるとは思っておらず、リカルド殿下の発言を受けて形式上質問しただけだとおっしゃっていたが……」

父は、美味しいお茶を不味そうな顔をしながら飲み干した。侍従が、すかさず新しいお茶の用意をしている。

「リカルド殿下は、また療養所に来るというようなことをおっしゃっていました。神殿とは次の約束ができているのではないのですか？」

また来ればよいと、リカルドはそう言っていた。次はルカが療養所で光魔法を使えるよう、神殿と話がついているということなのでは？

「次に療養所で光魔法による治療が行われるのは夏至祭の後なのだ」

「はい、僕もその時期に伺うことになっておりますが……？」

父がそれを物憂げに言う理由がわからず、少し戸惑ってしまった。

夏至祭は、一年の中で昼が一番長い日に行われる祭りだ。国民の多くが神殿を訪れ、太陽の恵みに感謝する祈りを捧げる。王都中が飾り付けられて祭り気分一色になる。踊りが奉納されたり、神殿兵士の奉納試合もあったりして、屋台もたくさん出る。

多くの人が集まってくることから、出会いの場としても知られる。

王都のみんなが楽しみにしている行事だ。

孤児院にいる病気の子どもたちも、祭りに参加する。魔法によって調子を崩すこともあるため、楽しい祭りの直前には光魔法による治癒は施されない。だから、夏至祭の後に、療養所に行くことになっている。ルカも、それに合わせて来るように神殿から言われたのだろう。

それならば問題ないだろう、と思った僕に、父は首を横に振った。

「神殿によると、その男爵家の子どもは、夏至祭の前に療養所で難病の子を光魔法で快癒させるはずだった。そして、その功労を、夏至祭の時に神殿で表彰されるという予定だったと言っているらしい」

「は？　予定？」

兄が、優秀でいつもきりっとしている兄とは思えない間抜けな声を上げた。

わかる。僕だってルカがイベントと叫んでいるのを聞いていなければ、同じような反応をしたと思う。

おそらく、ゲームシナリオの展開ではそのように話が進むのだろう。

「ジラソーレ男爵令息には、先見《さきみ》の能力でもおありなのですか？」

僕は、素知らぬふりで父上に疑問を投げかけた。

「リカルド殿下も、最初はそんなふうに思われたそうだ。神殿にも詳細に話の内容を確認するようにと王宮が命じ、神官長に調べさせたと聞いている。しかし、単なる思いつきが当たったり外れたりする程度で、現実的でないことも多かったと聞いている」

そうなのですね、と僕は頷いて、またお菓子を一枚手に取った。アプリコットのジャムが真ん中に置かれたクッキーが光をてらりと反射する。

――たった一度、光魔法で難病の治癒ができたぐらいで、夏至祭で神殿から表彰されることはない。少し調べればわかるはずだ。ゲームのイベントにあったからといって、この世界での現実にそぐわないことは起きることはない。

もしも、男爵家に引き取られてからずっと定期的に療養所で活動をしていれば、可能性はあったかもしれない。

そして、ゲームの裏側の語られていないところで、ゲームの中のルカはそんなふうに振る舞っていたのではないだろうか。

そんな思い付きを、クッキーを食べると同時に喉に押し込む。

父はそんな僕を咎《とが》めることもなく、またため息を吐いた。

「まあ、想像力が豊かな子どもなのだろうがな。そうは言っても、自らの愚かしさをガブリエレの責任だと言い張られるのは好ましくない。この件以外でも話は出ている。なんらかの対応を、考えなければならない」

この件以外、という言葉に顔を上げた。

僕からは、リカルドがルカと親密であるということを父に知らせている。不貞の疑いがあるのだから、当然だ。ルカから見ればガブリエレは悪役令息だ。だけど、現実的には僕は悪役令息らしい振る舞いをしていない。断罪されたくないし、僕だって必死だ。

リカルドは、僕との婚約を白紙にしてルカと婚約したいのではないかということも父に尋ねてみたけれど、今のところはそんなことにはなっていないようだ。

とりあえず、今後も隙を見せないようにと父は僕に言った。

リカルドとの婚約を白紙にしたいことはわかってくれているようだけど、そのためには僕に瑕疵《かし》のない状況で進めなければならないということのようだ。

ゲームのような断罪婚約破棄は、どうにか回避したい。

ゲームの中のガブリエレは真面目過ぎて――もしくはゲームシナリオのご都合主義によって、ルカの不品行やリカルドの不貞を父に言いつけるなどはしなかったようだが、僕は違う。

ガブリエレとルカの中身が、どちらもが転生者になったことで、話は変わり始めているはずだ。

ともかく父は、現時点でガブリエレの話を聞き、何が我が家にとって利することかを冷静に見極めてくれている。

お茶会が終わって、兄にも励まされ、僕は自分に気合を入れながら部屋に戻った。

椅子に座り、以前に手帳に書いたことを読み返す。

そして、思いついたことをまた手帳に書き込む。

その時だった。

「ガブリエレ様、よろしゅうございますか？」

「ああベル……、入れ」

ベルが僕の部屋のドアの前にいる。

慌てて手帳を隠してから部屋に入る許可を出す。

――このまま、ベルがガブリエレを裏切らない。

そんな世界になったらいいのになと思いながら。

第三章　悪役令息は不本意

「ちょっと！　聞いてんの！　あんたのせいでイベントが台無しだよっ！」

ルカとは関わらないようにと十分注意して行動していたのだけれど、カフェテリアで絡まれるとは想定していなかった。

僕の見通しが甘かった。

ルカはこれまで、何度か僕に話しかけている。いや、怒鳴りつけているに近いかな。

しかし、僕からルカに話しかけたことはない。

そもそも、ガブリエレは、彼がジラソーレ男爵令息だということを知っているとはいえ、自己紹介も、誰かから紹介もされていない。つまり、脳内の貴族についての知識に照らし合わせると、僕はルカと『知り合い』ではない。

学園が平等だといっても、知り合いではない男爵令息に絡まれて、公爵令息であるガブリエレが真面目に取り合う必要はないのだ。

さらに彼の言っている『イベント』なんて言葉は一般には理解不能な事柄だから、僕が反応しなくても違和感はないはずだ。

僕はカフェテリアの席から動かないまま、ふう、とため息を吐く。

その動きすら癇《かん》に障《さわ》ったようで、ルカは殊更に大きな声を上げた。

「あんたがシナリオ通りに動かないから、予定通りにならないじゃないかっ！　いいかげん、悪役令息らしいことしてくれないと困るよっ！」

またシナリオとか言っている。転生者である僕には、ルカが何の話をしているのかがわかってしまう。だけど周囲からは、男爵令息が公爵令息に大声で絡んでいるだけに見える。

そうなれば、普通咎《とが》められるべきはルカの方だ。

無表情でやり過ごす僕の態度は、ルカにとって親切ですらある。

男爵家の子息として学園に編入して貴族のことを学ぶはずだった彼は、そういう社交のことは何も理解していないようだ。

ゲームの中では、そういうところが愛されていたのかもしれないが、現実ではそうでもない。攻略対象者はともかく、周囲の令息令嬢たちはルカを冷たい目で見ているだけだ。

物語は切り抜かれ方によって見え方が違うんだな、なんて思いながら食べ終えたランチの皿を見てから、近くの席に座る生徒の困惑したような顔を見渡す。

しかし、ルカがシナリオ通りでないと言っているということは、僕の断罪必至のエンドとは物語がずれてきているということではないだろうか。この調子で頑張ってみよう。

僕は心の中でこぶしを握る。

そんなことを考えている間にも、ルカの罵倒は続いている。

周囲は遠巻きにしているだけだし、止める人は誰もいない。

そこでようやくリカルドの不在に気が付いた。

頭の中でスケジュールをたどると、リカルドが王宮詰めの日だった。他の攻略対象者たちもリカルドについていったからいないのか。

「ねえってば！　なんとか言ったらどうなのさ！」

「――ジラソーレ男爵令息」

ついにルカが僕の前に両のこぶしを打ち下ろそうとしたその瞬間。僕が口を開きかけたところで、ベルが僕の肩に触れるほどの近くに立った。

――これまでのベルは、僕の後ろでただ黙っていたのに。

僕は呆然とベルを見上げる。ベルは僕と目を合わせず、ルカを見つめて言った。

「わたしはヴィオラ公爵令息ガブリエレ様の従者、ベルと申します。ジラソーレ男爵令息、我が主に対してご無礼が過ぎます。従者として、これ以上看過することはできかねます」

しかし、そんなベルを見たルカの顔色は悪くなっていく。

「ベル……。ベルはまだ僕に話しかけちゃだめだよ。ベルは、もっと後になってから僕の味方になるはずなんだから。ああもう、全然シナリオ通りに行かないじゃないかあっ。もういい！　今日はこれぐらいにしといてやる。覚えておけよ、悪役令息！」

ルカは僕を指さし、捨て台詞を言い放つと、学園の生徒が食事をしているカフェテリアの中を走って外へ出て行った。相変わらずの行儀の悪さだ。

憤然と立ち去ったルカの背中を見送っていると、ベルが申し訳なさそうに視線を僕に向けた。

「出過ぎた真似をいたしました」

「いや、ベル、僕を守ってくれてありがとう」

そう言って僕が微笑むと、ベルがうっすらと頬を染める。

そのイケメンぶりに、カフェテリアからため息が聞こえ、うっとりとした眼差しが注がれる。

「なんて絵になる美しいお二人でしょう」

「ガブリエレ様とベル様……、素敵……」

みんな何かを呟いているようだがよく聞こえない。というか、僕にはもっと気になることがある。

ルカは今、引っ掛かることを言っていかなかったか？

『ベルは、もっと後になってから僕の味方になるはずなんだから』

ルカは確かにそう言った。

「あの令息は、わたしが彼の味方になるなどと、ありえない妄言を言っていて、許せませんね」

「ベルが僕の味方だということはわかっている。信頼しているよ」

そう言って僕は、ベルの手に僕の手を添えた。ベルは、うれしそうに微笑み、「ありがとうございます」と答える。

その姿はいつにもまして麗しかったのだが――それどころではない。

確かに、今のベルは信頼に足る従者だ。しかし、ルカは、ベルは『もっと後になってから僕の味方になる』と言った。

これからベルが僕を見捨てルカに協力することを選ぶ、そんなきっかけがあるのだろう。

そんなことを考えた僕の口から言葉が滑り落ちた。

「ベル、いつまでも僕の側にいるのだぞ」

「っ！　……ガブリエレ様、もちろんでございます」

ベルは僕の言葉に息を呑み、同意する言葉を発する。こんなものはただの口約束だ。

だけど今の僕の心を支えるためには、言質を取るのは大切に思えた。ベルを手放さないという強い意志を持って、ほんのりと頬を染めている彼の手をぐっと掴む。そしてそのままカフェテリアを出た。

廊下に出ると、ベルがおろおろとした様子で僕を見つめる。

「ガブリエレ様、あの、お手を……」

「……嫌だったか？　それは悪かった」

そう言われて慌てて放す。

こういうことの積み重ねで、裏切られることになるのかもしれない。

うざい主人なんて嫌われて当然だ。

しかし、僕が放した手を下からそっと掬い取って、ベルはゆるゆると首を横に振った。

「いえ、嫌だなどということは、決してございません」

ベルは金粉を散らしたような瑠璃色の瞳で僕を見つめると、指を強く絡めてくる。

「ただ……ガブリエレ様、ここは学園の中で、周囲の目がございますから」

ベルはそう言うと一度僕の手を強く握ってからするりと放し、いつものように僕の後ろを歩きだした。

先ほどまで、うっすらと染まっていた頬は元の色に戻っている。

「そうか。そうだな」

僕はベルの言葉にそう返してから、廊下をいつものように優雅に歩き始めた。

ベルに強く握られた手がいつもより熱を帯《お》びているように感じるのは気のせいに違いない。

ところで、僕がベルと一緒にカフェテリアを出て行くと同時に、悲鳴や何かが倒れる音が聞こえたけれど、どうしてだったんだろうか。

◇◇◇◇◇

そしてまた時は過ぎる。やがて日差しが強くなっていき、夏至祭の日がやってきた。

当日の午前中には、神殿の庭において神殿兵士の奉納試合がある。

王族や高位貴族は、それを特別席で観覧することになっているのだが、公爵令息である僕にとっては、ただ観覧するだけでは終わらない。

ヴィオラ公爵家の代表として、花の首飾りをこの試合の優勝者に授与する仕事があるのだ。

こういう役目はご令嬢がしそうなものだけれど、この世界では令息でも令嬢でも授与式を行う。

自分で言うのもなんだけど、ガブリエレは美しいから見栄えがするしね。

「優勝者のサンドロに花の首飾りを授与する」

神官によって優勝者の発表がされる。その声を聞いてから、僕はゆっくり表彰台に近づいていく。

今年の優勝者は、神殿兵団の有望株であり、色男だと言われているサンドロだった。

平凡な茶色の髪に茶色の瞳をしているものの精悍な顔立ちだ。それに、試合で優勝するのも頷けるほど、分厚い筋肉の付いた体躯をしている。

神殿兵士の任務は神殿の警護が中心だけれど、平和な世の中が続いていることもあって兵士たちの戦闘力は大したことがない。奉納試合も、形式的に行われている程度だ。そんな中、サンドロは試合で圧倒的な強さを発揮していた。

この兵士は、本当にモブなんだろうか。

そんなことを思いながら、僕は彼の首に花の首飾りをかけた。

「サンドロ殿、素晴らしい試合でした。優勝おめでとうございます」

「ありがとうございます。麗しいヴィオラ公爵家のガブリエレ様から花の首飾りをいただけるなど、一生の誉《ほま》れとなります」

そう言ってサンドロは僕の手の甲にキスを落とした。

もちろん手袋越しだけど。

上目遣いに僕を見る目が色気たっぷりだ。

こういうのをいい男って言うんだろう。

――うん。はっきり言って、とても気持ち悪い。

ガブリエレは美しいがゆえに、こういう場でしょっちゅう不躾《ぶしつけ》な視線を向けられてきた。

それは、厳格で高潔なガブリエレにとって耐えがたいことだった、と彼の記憶から伝わってくる。

公爵令息なのに、手袋越しとはいえ手の甲にキスされちゃうんだよ。この世界では、『それぐらいのこと』は許さないといけないんだよ。

この『ハナサキ』の世界がエロ至上主義なんだから仕方ない？

だけど、それは今の僕だからそんなもんだと諦められるのだ。

今は、とりあえず、この気持ち悪い神殿兵士をやり過ごさなければ。

「これからも、神殿のためにその力を発揮されますように。そして、わたしたち信徒のためにも、よろしくお勤めくださいますようお願いいたします」

僕はそう言ってから、形だけの微笑みを顔に張り付けると、静かにその場から引いた。

「はい、精進いたします」

サンドロは、気持ち悪い表情のまま名残惜しげに僕の手を掴んでいたけれど、僕の肘が伸び切ったのを見て、諦めて手を放してくれた。うん、それほどしつこくないからモテるんだろうな。

僕には受け入れがたいタイプであるけれど。

そのまま表彰式は終了し、踊りの奉納舞台が整えられる。

この後、僕は孤児院の子どもたちと奉納される踊りを見てから、神殿の中で少しだけお祭りを楽しむことになっている。

夕方からは、父や兄、兄の伴侶と、パレードが見えるテラスのあるレストランで食事をして帰る予定だ。

夏至祭では街中でお祭りが行われているけれど、それは高位貴族の僕たちが足を踏み入れる場所ではない。パレードが終わると、大人の時間になる。

夏至祭というのは出会いを求める祭りでもあるのだ。

祭りでの出会いをきっかけにして、お付き合いをしたり、結婚したりする者も多くいる。そして、まあ、行く場所によっては乱交が行われるような祭りの日だってことだ。強姦も毎年起きているのだが、祭りの主旨は変わらない。

もちろん、僕はその時刻には家に帰っている予定だ。

僕にとってもガブリエレにとっても、乱交が堂々と行われているというのは知識として存在しているだけ。いや、前世でも地域と時代によってはそんなことはあったような気がするが、少なくとも僕は受け入れていない。

『ゲームの中でしか楽しめないよね』なんて言っていた妹を思い出す。

まさか、妹も僕がそのゲームの世界にやってきて、生々しいものとして『ハナサキ』の世界観を受け止めているとは思うまい。

僕は舞台を降りると、張り付けた笑みのまま周囲に挨拶をした。

リカルドは王族席の王妃殿下の隣に座ってただ頷いている。ルカのところに行っているのかと思ったが、流石に奉納試合や奉納舞の間は王族の役目を一応こなしているのだな。

そう考え、ふと思い出した。

夏至祭の『イベント』は、ルカが難病の子どもを光魔法で治癒させたことにより表彰されるというものだけだったのだろうか。では、ルカが夏至祭前に子どもたちを治癒することがなかった今、既にゲームシナリオを外れたと言える？

神殿の中にある僕のために用意されている控室へ行くと、ベルが待っていた。机の上にはふわりと湯気の立った紅茶が既に用意されている。

ベルは椅子を引いて、丁重に僕を座らせると、足元に跪《ひざまず》いて言った。

「ガブリエレ様、手袋をお預かりいたします」

「ああ、頼むよ」

ベルの指先が僕の手袋に触れて、そっと抜き取っていく。手袋を交換するのはサンドロにキスされたからだという想像ができるようになったのは、前世の記憶が戻ってからだ。

誰かにキスされた手袋は汚いと思ったベルがこまめに交換していたのかな？

それまでのガブリエレは、手袋というものは、儀礼ごとに替えるものだと思っていた。

ガブリエレが潔癖症っぽいのはベルの影響もあるんではなかろうか。

「まったく、油断も隙もないな……」

ベルはサンドロにキスされた手袋を袋に入れながら、何か呟いていた。

そしてその後、胸元から取り出したハンカチで手を拭っていた。

サンドロにキスされた手袋がまるで汚物のように扱われている、と思いながら、僕はゆったりと紅茶を啜る。

家と同じ味の紅茶が、少々疲れた僕の心を癒していく。

しばらく紅茶を飲んでいると、ベルが僕の隣で新しい手袋を差し出した。

「ガブリエレ様、お手を」

「……ん」

お茶を飲み終わった僕の手に手袋をはめ終わると、ベルは僕の手を優しく撫でる。

これもいつものことだ、とガブリエレの記憶が伝えてくる。

ただ、正直言うと今の僕はこの行為が気になっている。

……やっぱりこの従者、距離があまりに近くないか？

とはいえ、不思議なことにサンドロにキスをされた時のような不快感は、ベルに対してはまったく発生しない。それならいいか、好感度のバロメーターとしてもわかりやすいし、と思い直して僕は次の予定のために立ち上がった。

あと十五分ほどで、今度は奉納舞の時間だ。

部屋を出て、孤児院の子どもたちと踊りを観覧するための場所へ移動する。

するとその途中で聞き覚えのある声が耳を突き刺した。

「――だから、僕が光魔法で治療してやるって！」

「いえ、神殿には光魔法を使える治療師がおりますので……」

「まあまあ、軽い怪我の人を治療させてやってくださいませんか」

声の主はルカとロレンツォだ。ルカはいつものように甲高い声を上げ、ロレンツォは無表情に話をしている。

足を止め、ちらりと見ると、神殿兵士の詰所に続く廊下だった。どうやら、ルカは奉納試合で怪我をした兵士を治療させろと言っているようだ。

ルカの声は大きいし、何を言っているのかが、はっきりわかる。あれは、才能の一つだよね。

リカルドは王家の者としての役割があるから、同行できなかったんだろうし、ロレンツォはルカの光魔法に興味があって、協力しているんだろう。

ルカを止めていた神官に対して、ロレンツォは無表情のまま詰め寄った。

「ルカは、人体の構造の学習もしておりますので、是非お願いいたします」

「……ナルチゾ卿がそこまでおっしゃいますのでしたら、少しだけ……」

「やったー！」

そこから移動を始めたらしく、大きな足音がした。

怪我人の元へ向かったのだろう。一瞬、彼に治される兵士が心配になったけれど、ロレンツォが人体の構造を勉強したと言っていたし、そんなに酷い目に遭わされることはないはずだ。

ただ、もし何かあった時のためにせめて神官長に協力は申し出ておくべきか……と思った時、後ろから「チッ」と鋭い音が聞こえた。

「ベル」

「……申し訳ございません」

短く名前を呼ぶと、ベルは即座に深く頭を下げた。

ベルは、ルカに『僕の味方になるはず』と言われてから、さらに彼のことを敵視しているように見える。

こんな感じなのに、どんなきっかけでベルはガブリエレを裏切り、ルカの味方になるんだろうか。

僕はベルの瑠璃色の瞳を見つめながら、様々な予測をする。

「ガブリエレ様？」

「いや、何でもない」

しばしベルを見つめていたせいで不審に思われたようだ。気をつけなければ。

首を横に振り、再び廊下を歩きはじめる。

回廊を抜け、先ほどの舞台のある場所に辿り着く。見上げると、神殿兵の奉納試合が行われた舞台が、今は美しく花で飾られていた。

観覧席の中央に座っている王族の方々に礼をとってから、そこから少し離れた位置にある孤児院の子どもたちの座席に向かって僕は進む。子どもたちが見やすいようにと前の方に座席が設定されているのは、神殿による配慮だ。

僕の姿を見つけた子どもたちは座席から立ち上がると、手を振り、小走りになって僕の方へやってくる。

「ガブリエレさまー！　げしさいおめでとうございます！」

「げしさいおめでとうございます！　こちらのお席へどうぞー」

「夏至祭おめでとうございます。良い席に案内してくれて、ありがとう。今日は楽しみだね」

僕は、本物の笑顔を子どもたちに向ける。

「はい、楽しみです！」

孤児院の子どもたちは、うれしそうに僕たちを迎えてくれる。役割が決まっているらしく、要領よく僕たちに挨拶をして、座席まで案内をする。

僕はルカのことを忘れて、心がほっこりとする感覚をしみじみと味わう。

「僕たちの席はくじびきで決めたの」

「ガブリエレさまとー、ベルさまとー、おとなりにすわりたくて」

そう言って少女がちらりとベルを見上げる。ませた仕草に思わずベルと視線を合わせて笑ってしまった。ベルは少女と視線を合わせて、ゆるゆると首を横に降る。

「ガブリエレ様のことはそうお呼びすればよいけれど、わたしに『さま』はいらないよ」

「ジャチントお父さまが、ベルさまとお呼びしなさいって、そうおっしゃるのです」

「ですー」

子どもたちが、にこにことした笑顔を浮かべながらベルと話をしている様子はとても微笑ましい。

ああ、なんてみんな可愛いのだろう。

リカルドに婚約破棄されたら、孤児院で働く神官になるのもいいかもしれないなんてことを思いつつ、子どもたちと席に着く。

神殿へ奉納された舞は素晴らしかった。

「ガブリエレさま、おどりがきれいでしたー」

「こんなふうに、おどってましたー」

「ええーちがうよ。こんなかんじだよー」

舞が終わった後、子どもたちははしゃぎながら振り付けを真似ていた。

孤児院は、神殿の管理下に置かれている。だから成人した孤児院の子どもたちの中には、神殿兵士や神殿の神官として取り立てられる者もいる。

この中から、やがて奉納舞に参加するような踊り子が出るのかもしれない。奉納舞に参加するのは踊り子の誉《ほま》れだ。踊り子を目指している子は、頑張ってくれたらいいな、なんて思いながら僕は子どもたちを見守った。

その後、観覧席を離れると、神殿内の出店に向かって子どもたちが走っていく。今日だけは、神殿への寄付金の一部が直接子どもたちに渡されているのだ。

普段は与えられた食事や衣服を使っている子どもたちにも、外に出て買い物をしたり、選んだりする練習をさせるためだ、とガブリエレの知識が告げている。

……このあたりは、正直子どもたちよりもガブリエレの方が、経験値が低いんではなかろうかと思うこともあるけど。

今日は、大人たちの出会いの場であり、子どもたちが大人になるための練習をしていく日でもある。

夏至祭は、みんなが人生の経験値を上げるためのお祭りなのだ。

神殿の広場から、神官たちと一緒に子どもたちを孤児院まで連れて帰る。

別れを告げてから、レストランに行くために駐車場まで歩く。さすがに、祭りの日に神殿の前に迎えの車を停めるわけにはいかない。

前回、リカルドの車が停まっていた時と同じ経路で、神殿の渡り廊下を歩いていると、ベルがさりげなく僕の右隣についた。いつもなら後ろにいるはずなのに、と不思議に思っていると、ベルの身体で遮られている方向から、水音と声が聞こえてきた。

「んんっ……、はあんっ……」

「くっ。絡みついてきやがる。たまんねえな」

「あっあっ……もっとぉ……もっとついてえ……ひかりまほうをつかったら、はげしくしないとだめなのお……」

「おうっ！　まかせとけよ！」

「あああああっ……きもちい……い……」

「お前も、いいぐあいだぜっ」

潜められてすらもいない、淫猥な——さらに聞き覚えのある声に足を止めそうになる。

今日は夏至祭だ。そこで出会いを求める人もいるから、出会いの熱そのままに身体を繋げる人もいる、という知識はある。それにこの世界では神殿で祝福を受けなければ、性交渉をしても子どもはできない。

だけど、神殿の庭園でそんなことをする人がいるのか……？

ベルができるだけ速足で、この場を通り過ぎようとしているのがわかる。

けれどだめだと思いながらも、ベルが僕よりも前に出たタイミングで、僕は音のする方に目を向けてしまった。

木陰で揺さぶられているのは向日葵《ひまわり》のような金色の髪をした青年だった。茶色の髪の大きな男がそんな彼を組み敷いている。

どろりと融けた目と、まるで世界に二人しかいないと言わんばかりに響く嬌声。

あれは——

「ルカとサンドロ……？」

そう呟いた僕の口をベルの手が塞いだ。そのまま僕を後ろからホールドして、その場から連れ去る。

僕の背中に密着しているベルの身体が熱い。

——え、いやでもちょっと待って、どういうこと？

ベルが僕を車まで連れて行って、座席に座らせる。

その間、僕は、すごく混乱していた。

走り出した車の中で一息ついたところで、ようやく思い出した。

あの、茶色の髪と茶色の瞳を持つ精悍な顔立ちのガチムチ男。

奉納試合で優勝した神殿兵士のサンドロ。

僕に色目を使おうとしたものすごく気持ち悪いあいつ。

あれは、前世で妹から見せられたスチルで、ルカとエロシーンを演じていたモブだった。

スチル、というのはゲーム内で特定の『イベント』を達成することで見られる一枚絵のことだ。

それが発生したということは……

「ルカは、何かイベントを達成したのか……？」

不安になって、思わず考えていたことを口に出してしまう。

ベルが心配そうに僕の顔を覗き込む。

まるで金粉を散らしたように光る、美しい瑠璃色の瞳が僕の瞳を見つめる。

「ガブリエレ様、大丈夫ですか……？」

「あ……ああ、驚いただけだよ。大丈夫だ」

「本当に……？　まったく、神殿の庭園であんなことをするなんて、何を考えているのでしょうか！」

ベルがものすごく怒っている。ベルの頬が怒りで紅潮しているなんて、滅多に見られるものではない。

ベルが神殿の本部に言いつけると息巻いているので、それは父に相談してからにしようと言って、この場では止めた。

僕が驚いたのは、本当だ。前世の記憶の中にあるスチルと同じ光景だったから、びっくりしたのだ。だけど大丈夫かどうかという部分については、ちょっと嘘だ。

ベルは高潔なガブリエレが神殿の庭園であんなことが行われていたことに衝撃を受けたと思っているだろうが、本当のところ——僕が衝撃を受けたのは、サンドロとルカのラブシーンがなんのイベントで、どのルートに向かうものだかわからないからだ。

もしも、あれが僕の、断罪強姦処刑の道に繋がっているイベントだったら。

いや、そもそも悪役令息であるガブリエレは、ルカがハッピーエンドに行けば必ず断罪される運命。

だから、この世界がシナリオ通りに進む状態だったら、既に僕は詰んでいるのかもしれない。

ルカが誰かを愛し、誰かに愛されて——僕はベルから裏切られ、誰かに犯されて死んでいく。

そんな未来を想像して、改めて鳥肌が立った。

「……っ」

ガブリエレの記憶の中から、嘗め回すように『僕』を見ていた男たちの視線が蘇る。そんな者たちの手が自分に触れたら——

サンドロに手の甲へキスされた時の嫌悪感を思い出して、僕はギュッと目を瞑った。

だめだだめだ。こんな時は、深呼吸をして落ち着こう。

大きく息を吸い込んで、吐いて、僕は無理矢理自分を冷静な状態に引き戻した。

その行動は、僕が考えてやったというよりは、ガブリエレの身体にしみ込んだ動きだった。

ガブリエレはこのあたり、とても優秀なのだ。そして僕は、自分が落ち着いてきたところで何やらベルの様子がおかしいことに気がついた。

「——本当に、……までガブリエレ様は……でなければ。わたしが今まで……てきたのに。清らかなガブリエレ様を……」

ベルは僕の手を握り、その手元を見つめたままぶつぶつと独り言を呟いている。

ガブリエレの記憶の中の彼はいつも落ち着いていたから、こんなベルを見るのは初めてだ。

冷静なベルでも、直接あんなものを見たことで動揺しているのかもしれない。それとも、ルカが他の男と体の関係を持っていたことが衝撃だったのかな。

何を言っているかはよくわからないが、ところどころで僕の名前が口から漏れているし、献身的に仕えているガブリエレにあんな光景を見せてしまったことへの責任を感じている可能性もあるか。

——ベルは隠そうとしてくれていたのに、僕が見たから悪いのでは？

そのことに気がつき、一気に申し訳なくなる。

とにかく僕がベルを正気に戻さなければならない。

「ベル、僕は本当に大丈夫だから、落ち着いてくれ」

僕はベルの手を握り返し、その顔を覗き込んでそう言った。

「えっ……あっ！　失礼いたしました……！」

はじかれたように顔を上げ、僕と目が合ったベルは慌てて僕の手を放すと、前を向いて居住まいを正した。

まるで彼を拾ってきた時と同じように身を強張らせる姿に、ちょっと笑ってしまいそうになりながら、僕は首を傾げ、再び顔を覗き込んだ。

「僕のことを心配してくれたのだろう？　ありがとう。ベルが責任を感じる必要はない。……僕が見に行こうとしてしまったからだね」

「そんな……！」

「ベルは隠してくれようとしていたのに、僕が変に興味を持ったせいだ。すまない。ベルは何も悪くない」

そう言って再び微笑むと、ベルはまたほんのりと頰を赤くして俯いた。

――可愛い。

ふとそんな言葉が脳裏によぎりそうになって、慌ててかき消した。

それからは、妙にベルのことを意識しそうになって、僕も無言になってしまう。

車は、僕たちを、父と兄の待つレストランまで運んで行ったのだった。

ちなみに、夕食の際に兄が話してくれたところによると、夏至祭の日には神殿で青姦する人もいるらしい。数は少ないものの、神殿兵士がそういう行動をすることがあるという。

それに夏至祭で、屋外での性行為が行われるのは当たり前なのだそうだ。

ガブリエレがそれを知らなかったことを聞いて、兄はもはや微笑ましげに笑っていた。

いや、それが常識であるのなら、ガブリエレが十八歳でそんなことを知らないという事実に、問題があるのではなかろうか。笑い事じゃないだろう、兄よ。

ガブリエレは箱入り過ぎる。

だけど、ガブリエレが知らないことって、性的なことに偏ってないか？　どうしてそうなっているんだろうか。ここは、エロいゲームの世界のはずなのに。

そんなことが気になってしまってうまく食事に集中できなかった。

そして、家に帰ってふと気づいた。

前世の僕にはそういう欲があったのだが、ガブリエレには今のところそういう欲望がない。精通はしているが、あとは生理現象としてしかそういうことを行う気にならないのだ。

ガブリエレは、子どもの頃からリカルドの婚約者として教育されていて、そういう部分に封印をしているのではないかと思わなくもない。

「こんなんで輪姦《まわ》されたくないな……」

いや、どんなんでも輪姦はされたくないけれど。

そんなことを考えながら、僕はルカが達成したイベントと、それについて思うことを手帳に書き連ねた。

夏至祭の後、学園は三日間夏至休暇になる。

祝日の後だからだと思っていたが、夏至祭が出会いを求める祝祭なのだから、そういう意味で身体が動かなくなる人のための休暇なのかもしれない。

考えすぎかな。

ルカのあんなシーンを見てしまったからか、考えることがそちらよりになっているような気がする。

邪念を振り払うように、僕は神殿の療養所へ光魔法の施術をするために足を運んだ。

ただ、先日のリカルドの発言から推測すると、ルカともそこで顔を合わせることになるのではなかろうか。

少しばかり憂鬱だ。

そんなことを考えている間に、車は神殿に到着する。今日は門の前にリカルドの車は停まっていないようだが、油断をしてはいけない。

気を引き締めつつ、僕は神官長のもとへ挨拶に向かった。それから療養所に向かう。

「グラディオロ神官様、ご機嫌麗しゅう」

「ガブリエレ様、よくお越しくださいました。よろしくお願いいたします」

「こちらこそ、よろしくお願いいたします」

神殿から続く回廊を抜けて療養所に到着すると、グラディオロ神官は既に施療の準備を整えていた。笑顔で挨拶をすると、グラディオロ神官は、色白で丸顔の頬を赤くして挨拶を返してくれる。

彼は、真面目で実直な人だ。神官としても人としても信用できる。

僕とベルは、療養所の神官見習いから手渡された白い上着を着る。

前世の記憶だと、割烹着《かっぽうぎ》の形に近い。後ろはボタンだけどさ。

手を清めた後、療養所担当の神官によって、僕たちは比較的軽症な患者の元へ案内された。

重症者や難病の患者の治療は、光魔法を使える専門の治療師が行っている。重い怪我や病気の患者は、継続的に治療をしなければ快癒しない。一気に治そうと光魔法を使っても、副作用があったり、別の重篤な症状を招いたりするのだ。

ここが魔法を使える世界だといっても、生き物の身体を扱うのはそんなに簡単なことではない。

「皆様、ご機嫌麗しゅう。本日も勉強させていただきますので、よろしくお願いいたします」

「ガブリエレ様、いらっしゃいませ。こちらこそ、お願いいたします」

僕とベルは、顔見知りの治療師に挨拶をしながら病室に入る。

病室にいるのは軽症患者で、短い期間で療養所を退所する者だ。

だから、毎回ガブリエレにとっては、ほとんどが初めて会う人になる。

グラディオロ神官の指示で、治療前に病室にいる患者の人たち全員に挨拶をしていく。

前世が日本人である僕にとって、これから治療を行う相手に挨拶をするのは当たり前のことだが、この世界では本来、公爵令息であるガブリエレが身分の低い患者に挨拶をする必要はない。

しかし、患者が治癒を行う相手に親近感を抱くことで、治癒魔法の効果が上がるという結果が出ているため、生真面目なガブリエレは毎度挨拶を怠《おこた》らなかった。

むしろ、積極的に挨拶をして患者に向かう姿のせいで、ガブリエレが社交界で持たれる生真面目で厳格な公爵令息というイメージは、この療養所では持たれていなかったようだ。

ガブリエレの記憶に従って、僕は、患者の人たちに親しみを持ってもらえるようににこやかな笑顔で挨拶をした。

「初めまして。ヴィオラ公爵家のガブリエレと申します。本日は、神官様の指示のもと、皆様が早く快癒されますよう、光魔法で手当てをいたします」

しかし、返事が返ってこない。

周囲を見渡すと、みんな呆けたように口を開けて僕の方を見つめていた。その場にいる患者も、治療師もだ。実は、こういうことはよくある。

ガブリエレにとってもいつものことなので、なんとも思っていなかったけれど、僕は理由をちょっと考えてしまう。

ゲーム内では当然のように行われていたけれど、やはり、公爵令息と直接会うと驚いてしまうし、緊張してしまうということなのだろうな。

治療師の「ガブリエレ様が美しいのでみんな緊張しているようですね」というお世辞を聞きながら、気を取り直して治療に専念することにした。

僕は、ベルとともに一人の患者の横に立つと、彼の炎症に光魔法の魔力を流していった。

ガブリエレの記憶が加減を教えてくれるからいいが、本来、魔法による治療であっても血液の流れや皮膚の構造に配慮しながら、施術する必要があるのだ。つまり前世で言うところの解剖学的な知識が必要といえる。

人体の構造を無視して魔力を流すと、病気やけがの状態を悪くしてしまったり、思わぬ副作用が出てしまったりするのだ。

他の魔術と同じで、光魔法も実際に施術をする練習をしないとうまく使うことができない。療養所へ訪問して治療のお手伝いができるのは、貴重な経験を積ませてもらっているということになる。

もちろん、最初から病気の人に施術をさせてもらえたわけではない。

僕の神殿での施術は、神殿兵士の怪我の手当てから始まったのだ。以前、神官がルカに言っていたことは僕にも適用されていた。

「手当てが終わりましたよ」

「――ありがとうございます……！」

お礼を言われるたびに、薄く微笑む。

施術を進めていくうちに場の空気も解《ほぐ》れていくし、病室も和やかな雰囲気になっていく。

これもいつものことだ。

多分、ガブリエレの光魔法が温かいからなのだろう。自画自賛になるけれど。

自分が光魔法を使う時には、手元からふわりと温かい光が出るのが見える。その光り具合で、力を調整することができるので便利だ。

そして、ベルが患者を側で安心させてくれるので、僕は落ち着いて魔力を放出することができる。

施術によって痛みがなくなったことに感動した患者が僕の手を握ろうとしたのを、ベルは阻止していた。そこまでしなくても良いのではと思うが、僕を守ろうとする気持ちが強いのだろう。

……だけど、治療の時もこんなに過保護だったかな？

ガブリエレの記憶を探ってみてもよくわからない。

とはいえ、いつものように、施術は順調に進んでいった。

治療上の大きな問題も起きてはいない。

最後の一人まで施術が終わると、僕はほうっと息を吐き出してグラディオロ神官に向き直った。

彼もいつも通りに胸に両手を当てて、礼をする。

「ガブリエレ様、本日もありがとうございました。いつもながらの手際のよい施術に、感服いたしました」

「いえ、こちらこそいつも勉強になります。ありがとうございました」

僕も頭を下げて、その場を辞す。

どうやら、ルカとも会わなくて済んだようだ。

もしかしたら、グラディオロ神官が配慮してくれたのかもしれない。

休憩室でお茶でもと勧められて、ベルとともに部屋を移動する。

すると、廊下の向こうから大きな足音が聞こえてきた。

――嫌な予感がする。

そっと覗くと、甲高い大きな声とともに、見たくもない姿を見てしまった。

「だーかーらー！　僕が難病の子どもを治してやるって言ってるのに、どうして神殿兵士の怪我の治療ばっかりしなきゃならないんだよ！」

とたとたという足音とともに現れたのは、ルカだった。

予想通りというかなんというか。

「ルカ、療養所の中で走ってはいけないだろう。止まれ」

ルカの後ろからヴァレリオがそう言いながら追いかけてくる。療養所に入る直前でヴァレリオがルカをホールドした。

そして、その後ろに、ロレンツォ、リカルド、アンドレアが順に走ってくる。

今日は側近方が勢ぞろいだ。息を切らしたリカルドの様子を見ると、ルカから王子扱いされていないのではないかという疑問すら湧く。

本人が楽しいならいいのかな……？

まあ、どうでもいいか。

ため息をつきつつ、僕の後ろで怒りのオーラを放つベルに一瞬視線を送る。

見つけてしまったのだから、とりあえず、リカルドには挨拶をしなければならない。一応、フィオーレ王国の王子様だからね。

僕は廊下の端に立つと、リカルドからの声かけを待つ。学園の外では身分を尊重する必要があるから、王族であるリカルドに公爵令息の僕から声をかけるわけにはいかないのだ。

「あーっ！　悪役令息ガブリエレ！　お前がまた僕の邪魔をしたんだなー！」

――しかし、リカルドより先に僕に声をかけたのはルカだった。

うん、わかってた。この子に『この世界』の常識がないって。

遠い目をしつつ、曖昧な微笑みを浮かべて、ルカからの接触は華麗に無視をする。

少し慌てたようにリカルドが次いで声をかけてきた。

「ガブリエレ、このようなところで何をしている」

あくまでリカルドからの声掛けに答えるような形で、僕は貴族の礼の姿勢をとった。

「殿下、ご機嫌麗しゅう。本日は、僕が療養所で光魔法の施術をいたしております定例日でございます」

僕は微笑みを顔に張り付けて、リカルドの質問に答えた。

「そ、そうか……、そうであったな」

僕が光魔法の施術を定期的に行っているのは、王家の意向もあってのことだ。

光属性を持つ僕がリカルドの婚約者になったのは、有事の際に伴侶である王子を施術して助けられるという理由も含んでいる。

それは、自分が魔力切れで倒れる状況であったとしても、伴侶を優先しなければならないという厳しい制約のついた役割だ。

そのため、王家から神殿に、ガブリエレが光魔法による治療ができるように訓練をさせる旨の申し入れがなされた。だから、僕は学園に通う学生のうちから、療養所での施術を認められている。

その予定については、王家にも伝えられているはずだ。

リカルドが知らないといったらまずい。

僕の返答を聞いて、リカルドが気圧《けお》されたように唇を真一文字にして、俯いた。

その後ろで、ヴァレリオとアンドレアもリカルドが黙らされたことへの怒りによってか、頬を赤く染めている。

僕は、自分の笑顔に威圧の効果があることを確信してほくそ笑む。

いい感じだ。

一応は貴族らしく場を収められただろう。

あとはこの場を辞してしまえば——と思ったのだが、そううまくはいかなかった。

「何言ってんだよ、悪役令息ガブリエレ。僕が療養所で治療できないように悪だくみしたんだろう！」

ルカが叫ぶ。その叫び声でリカルドは我に返ったようだった。

目を見開き、何か天啓でも受けたかのように大きく頷いた。

——リカルドがルカの声に反応するところは、やっぱりゲームだからなんだろうか？

リカルドは何かに操られるように、僕を改めて睨みつけた。

「いや、しかし、其方《そなた》がルカに療養所での施術をさせないように神殿に働きかけたということはないのか？」

「リカルド殿下の推薦を差し置いて、そのようなことを僕ができるわけがありません」

僕は首を左右に振りながら、そう答えた。もちろん威圧する笑みを忘れずに。

「恐れながら」

「何だ？」

グラディオロ神官が、ここで話に入って来た。神殿では神官の方が上位なのだが、リカルドは尊大な態度のままだ。なんか……、うん、ルカとお似合いだという気がする。

「神殿の療養所では、どれほど力がおありの方でも、まずは簡単な傷の治療を幾度かしていただいて、お力を確認しております。例外は設けておりませんし、王家にもその旨の伝達をしておりますが」

グラディオロ神官がきっぱりとそう言った。

そもそも、ガブリエレのような学生が施術にあたること自体、王家の依頼だからと特別に認めていることなのである。

今回ルカが怪我の施術をする件についても、リカルドとロレンツォがそれぞれ王家と魔術師団長の力を使ったから特例として認めたのであると、グラディオロ神官は説明した。

「ましてや、難病の治療にあたるなど、上級の治療師が行うことです。経験のない者が施術して、悪化したら大変なことです」

「だーかーらー！　僕が奇跡を起こして難病を治すんだよ！　そういうシナリオなんだ！」

ルカはグラディオロ神官の言葉をさえぎってそう叫ぶと、ヴァレリオを振り払って、重症者のいる奥の病室に向かって走り出した。

「あっ！　ルカ！」

「待て！　ルカ！」

「神官殿の言うことを聞くのだ！」

リカルドとヴァレリオ、アンドレアが止めようとするが、ルカがイノシシのような瞬発力で走り出したので、誰も止められない。

……いつもこんな調子なんだろうか。こんな調子なんだろうな。

ルカの後を、グラディオロ神官とリカルド、ヴァレリオ、アンドレアが追いかけていく。

僕が追いかける必要はなかろうとその様子を見ていると、ロレンツォから声をかけられた。

「これから何が起こるか、ガブリエレ様も見に行きませんか？」

相変わらずロレンツォは無表情だけど、どこか楽しそうに見える。

……何が目的だ？

ロレンツォは攻略対象者の一人だが、以前から少し様子が変だ。他の攻略対象者のようにルカに対して盲目というよりは、一貫してルカや僕の光属性に興味があるようだった。

そんな彼がわざわざ僕を誘ったことに、少々動揺する。

僕は一瞬振り返ってベルを見た。そして彼が頷くのを確かめてから、ロレンツォとともに病室に向かって歩き出した。

ロレンツォが病室のドアを開けると、リカルドとグラディオロ神官、そしてルカの叫び声が聞こえてくる。

「ルカ！　やめろ！」

「おやめください！」

「大丈夫！　僕が奇跡を起こすから！」

ルカの身体から、光が放出されるのが見える。

光属性の魔法を使うと溢れる光だ。

眩しくて思わず手を目の前に掲げると、ロレンツォがくつりと喉の奥で笑った。

「ああ、ガブリエレ様にも見えるのですね」

「え?」

「他の方には、見えないようなのですよ。この溢れる光が」

ロレンツォは目を細めて、ルカが翳《かざ》す手を見つめている。

ルカの使う光属性の魔力の美しさに魅せられるというのは、確かゲームでは授業で起こるというエピソードだったはずだけど、他の場面になっているのか。

ロレンツォは違う行動をとっているのか、と思っていたけれどこれではゲームの設定どおりだ。

ゲームと少しずれていても、結局大枠は強制力で修正されて行くのだろうか。

僕は思わずロレンツォの顔を見つめた。

ゲームが順調に進んで、断罪強姦処刑に近づくのは困る。そう思ってだ。

ロレンツォは、そんな僕の視線に気づいたのか、ぐるりと首を回してこちらを見る。

そして無表情のまま言った。

「もちろん、ガブリエレ様が光魔法を使う時に溢れる光も見えますよ」

「そうですか。僕は自分の魔力の流れを見て、患者に施術をしているのですけれど……」

何気なくそう言った瞬間、いつも無表情なロレンツォが、弾かれたように僕の方を見た。

黄水仙色の瞳が大きく見開かれている。

僕はその日、ロレンツォの驚いた表情を、初めて見たのだった。

そのうちにルカの光の魔力が病室だけでなく、廊下にも溢れてくる。僕とベル、ロレンツォは、自分が魔力の影響を受けないように、防護壁を張った。

治療師の人たちも、自分と患者の人たちを守るように防護壁を張っている。

まったく、ルカは、僕たちに無駄な魔力を使わせる。

火、地、風、水の魔力については、実質的な現象として周囲に影響を与える。それに対して、光の魔力と影の魔力は、生き物の内面に、つまり、生体や精神に影響を与えるのだ。

特に、光は身体に、影は心に影響を及ぼすとされている。

光魔法保持者は希少だ。しかしフィオーレ王国では、その希少な光魔法の使い手が他国より多く生まれる。ただ魔力量が必要なうえ、コントロールが難しく、プロフェッショナルになれる人間は相当限られている。それゆえに治療師は貴重な存在なのである。

そして、影魔法の使い手は、光魔法の使い手よりも希少だ。現在この国には存在が確認されている影魔法の使い手はいないとされている。ただ、影魔法を受けると嘘が吐けなくなるという効果があるため、それを利用したい神殿や王家が存在を囲っている可能性もある。

ちなみに隣国のルーチェ帝国の皇族には光魔法の使い手が少なく、影魔法の使い手が多く生まれるそうだ。

ガブリエレは、自分が関わる範疇以外の知識は求めなかった。でも、僕はこういうことに興味がある。今となっては何が僕を助けてくれるかわからないからだ。

例えば、光魔法は生体に大きな影響を与えるから、攻撃にも使うことができる。

人体の構造を把握していれば、簡単に内臓に致命傷を負わせることができると、光魔法を調べていて知った。これはガブリエレの記憶にはなかった情報だった。

つまり、従来攻撃魔法として使われている火属性や風属性などよりも、より隠密に人を殺傷することができるということだ。

もちろん国はそのことを知っているだろう。それならば光属性の人間が罪を犯したとしたら、見張りも付けずに放逐というわけにもいかない。

見張りだとて、人知れず殺されてしまう可能性があることを考えると、処刑が手っ取り早いだろう。

——それもあってガブリエレは処刑されたのか？

「ガブリエレ様、大丈夫ですか？」

ベルの声で我に返る。ちょっと意識が飛びかけていた。

慌てて視線を部屋の中央に送る。

今は、ルカの様子を見なければ。

「なんで防護壁を張るんだよ！　病気が治らないじゃないか！」

ルカが今にも飛びかかりそうな勢いで神官に向かって叫んでいる。ヴァレリオがルカを後ろから必死に押さえ込んでいる。

リカルドとアンドレアが、神官に謝っている。あの尊大な二人が珍しい。

まあ、人を殺しかねないところだったんだから、当たり前か。

光の魔力を病人に一気に浴びせかけるなんてありえない。他の魔法も同じで、一気に魔力を放出させるのは危険だ。相手も危険だけれど、自分自身にとっても危険なはずなのに。

ロレンツォは確か、ルカも勉強をしていたと言っていたけれど、嘘だったのか?

ルカは僕と同じクラスじゃないから、日頃、どんなふうに魔力を使っているのかはわからないのだ。

非難がましくロレンツォを見つめると、彼はいつもの無表情に戻って、様子を観察している。

「ああ、治療をする時の光魔法の使い方については、お話ししてあったのですが、近くで調整してあげないとだめだったのですね」

「……ナルチゾ卿は、ジラソーレ男爵令息の側にいらっしゃらなくてよろしいのですか」

ロレンツォの責任感のない様子が気になり、少々とげのある言い方をすると、ロレンツォはゆっくりと視線を動かして、僕を見つめた。

「別にいいでしょう。側にいる必要はないと思いますよ。ジラソーレ男爵令息に魔法の使い方を教えるのは、僕の義務ではありません。リカルド殿下は彼を気に入っているようですが。あれでは、実験には使えない」

「……実験?」

耳慣れない言葉に思わず聞き返すと、「殿下のお側にいる必要はあるようですね」と言って、ロレンツォはリカルドの側に行ってしまった。

はぐらかされてしまった。

――実験ってなんだ？

ゲームの中でそんな言葉を聞いたことがあっただろうか、と記憶を探る。妹から聞いたエピソードがあったような気がする。ロレンツォと一緒にスチルにいたのは誰だっただろうか。

結局ルカは、ヴァレリオとアンドレアに連れ出されてしまった。

療養所の中に残っているのは、怒り心頭のグラディオロ神官に、リカルドとロレンツォ、そして僕とベルだ。グラディオロ神官の顔が真っ赤になっている。あんなに怒っているのは初めて見るが、他の治療師によると、わりと怒りんぼさんらしい。

その治療師は、「ヴィオラ公爵令息の前ではいいところを見せてらっしゃいますから」って言っていたけれど、別にそんなことをする理由はなかろうに。

ベルはそれを聞いて納得したように頷いていたので、そう思っていないのは僕だけのようだ。

……人の裏表を、もう少し見ることができるようにならないといけないのだろうか。箱入り過ぎるな、ガブリエレ。

しかし、部屋を立ち去るタイミングを逃してしまった。

ドアの前で言い争う三人をぼんやりと見つめる。グラディオロ神官に、リカルドが何かを反論しているようだ。ロレンツォが口を挟んでいるが、どちらかを宥めているわけでもないように見える。

「どうしてリカルド殿下は、あの男爵令息にあそこまで入れ込んでおられるのでしょう……」

隣でベルが呟くように言葉をもらした。

……やっぱりそう思うよね。

わが国の第一王子が、たかが男爵令息一人のために、療養所で治療をするための許可を得たり、仕出かしたことについて詫びを入れたりしているのはおかしなことだ。

これが、ゲームの強制力ということなのだろうか。

そう思いつつ、この世界で受けられやすそうな言葉に脳内で変換して、僕は公爵令息らしく言葉を放つ。

「そう……、初めての恋に夢中なのかもしれないね」

「それは……！」

ベルが目を見開いた。

——一応は婚約者であるガブリエレが言うには意味深過ぎただろうか？

複雑な感情を閉じ込めたようなベルの瑠璃色の瞳を見て、僕は誤魔化すように微笑んだ。

ベルが息を呑む。

「ガブリエレ様はそれで……」

「ベル？」

「いえ、なんでもありません」

ベルが何か言いかけて、口を噤《つぐ》んだ。

……まあ、婚約者が他の人を恋しているって、普通は複雑なもんだよね。

ベルは僕のことを思いやってくれたんだろう。

僕は全然複雑じゃないけど。それはベルには内緒だ。

ベルにもう一度微笑みかけてから、僕はまたリカルドとロレンツォがグラディオロ神官の話を聞いている様子に視線を移した。

十数分が経っただろうか、ようやくグラディオロ神官のお説教が終わる。

それを待っていた僕は、リカルドに社交辞令としての挨拶をしに行った。どこか虚ろな目でリカルドが僕を見る。

「ガブリエレ、お前は優秀だとグラディオロ神官が言っていた」

「殿下の婚約者として相応《ふさわ》しい行動ができるよう、心掛けております」

「……そのまま励め」

「心して臨《のぞ》みます。激励くださいまして、ありがとうございます」

僕が貴族の礼をとると、リカルドはそのままドアを開き、去って行った。

ドアが閉まる音とともに、顔を上げる。ふうとため息が出た。

……リカルドは僕が受けた外部の評価については打ち消すようなことをしないんだな。案外いいやつなのかもしれない、と思って慌てて首を横に振る。

いいや、僕を断罪強姦処刑するやつだ。気を抜いてはいけない。

その後、グラディオロ神官は神官長に報告するから、今起きた事件について証言してくれと、僕に頼んできた。

正直に今日のことを伝えるとすれば、そもそも王族であるリカルドや、彼が重く扱っているルカについて批判するようなことにならざるを得ない。僕のような立場の人間がいて、少しでも彼の話に信憑性が上がるのであれば、と僕は頷いた。

そこで、ルカが、病人に対して明らかに許容されるべきではない量の光魔法を浴びせようとしたことを神官長に証言した。神官長は、僕とグラディオロ神官の話を信じ、王家に正式に申し入れをすると伝えた。

帰りの車の中で、考えに耽《ふけ》る。そういえば、ルカが光魔法を使った後は激しくされたいと言っていた。だけど、四人でどう割り振るのかもわからないし、いくら夏至祭の日だとしても乱れに乱れていたルカの姿を思い出して、その件については考えるのをやめた。

それに結局、ルカの魔法は治療師たちの防護壁に阻《はば》まれ、病人を完治させることはできなかったはずだ。となると、イベント達成はできていないと考えていいのかな。

家に帰ったら、今日のことも手帳に書き留めておかないと。

書くことが増えていくのに、断罪回避ができるのかどうかは全然わからない。

ルカに関わらないようにしようとしているのに、今日のように自分にはどうしようもないところで接点ができてしまう。

でも、シナリオと違う展開になっているということは、少しは希望を持っても良いのか？

目下の懸念事項でもあるベルをちらりと見ると、バチっと視線が合って僕は慌てて目を逸らした。

——この美しい従者は、本当に裏切るのだろうか。

思わずそう思ってしまうほどに、その視線は熱を帯《お》びている。そんなことを思わせるようなことが、まったく起きない。むしろ、大切にされているというような感覚しかない。

いや、僕が辿っているのが、僕の知らない隠しルートである可能性もあるのか。

ルカが隠しルートのことを知っているのかどうかは、わからないままだ。知っているのかどうかを尋ねることはできないから、ルカが口を滑らすのを待つしかないし……

例えば、夏至祭が終わっているのにあんなに難病を完治させるイベントに拘っているのは、隠しルートにそういう設定があるからだと考えることもできるけれど——

「ガブリエレ様、お疲れになったでしょう」

そんな益体もないことをつらつらと考えていると、ベルが優しく言った。

僕は少しほっとして、笑みを作る。

「ああ、早く帰って、ベルの淹《い》れてくれた美味しいお茶を飲みたい」

「かしこまりました。到着いたしましたらすぐに」

ベルは僕の言葉にうれしそうに頷く。

そっと視線をベルに戻すと、ベルの瑠璃色の瞳に金粉を散らしたような光が宿る。

僕の、僕たちの未来はどうなって行くのだろうか。

家に帰って飲んだ紅茶は、いつも通り温かく美味しかった。

◇◇◇◇◇

王子の伴侶としての教育を受けるために、僕は大抵週に一度、王妃殿下に呼び出されればそれに追加して王城に足を運ぶ。

神殿での騒ぎの収拾がついた翌日、王城に行く機会があった。

その日は伴侶教育が終わってから、父に呼び出されていたので、季節の花が色とりどりに咲く美しい庭園に面した回廊を通りぬけ、僕は父が勤める政務棟へと向かった。

部屋の入り口にいる近衛兵士に挨拶をして、父の執務室に入る許可を取り次いでもらう。

僕の顔を知っている兵士だったから、話が早かった。

執務室の中には、僕の父と、攻略対象者アンドレアの父であり、宰相であるガロファーノ公爵がいた。アンドレアによく似た紅い髪に緑色の瞳の美形だが、息子のような神経質さはない。むしろ、大らかそうに見える。多分、お腹の中は真っ黒だと思うけれども。

一瞬父を見たが、父は特に何か言ってくる様子でもない。この場にガロファーノ公爵がいることは織り込み済みということだろう。

「ガブリエレ、久しぶりだね」

「ガロファーノ閣下、ご機嫌麗しゅう」

僕は貴族らしい曖昧な笑顔を作ってガロファーノ公爵に向ける。

なにしろ相手は百戦錬磨の宰相だ。断罪の時に、少しでも味方になってくれる可能性があるなら、媚でもなんでも使わない手はない。

椅子に座って、お茶を供される。手土産に持ってきた菓子は、この席でいただくものだけでなく、父のいる外務省と宰相のいる内閣府の文官に行き渡るように持ってきている。今回持参する菓子の量が多いのはそういうことだったのか。文官がほくほくしながら、菓子を運んでいるのを父とガロファーノ公爵が微笑ましげに見ている。

にこりと微笑みながら、距離感を計っていると、ガロファーノ公爵が口火を切った。

「ガブリエレが、愚息アンドレアに公爵令息としての嗜《たしな》みを教えてくれたようだね」

「公爵令息としての嗜み……」

思い当たるのは、アンドレアに対して、公爵令息が邪魔だと思った人間をどうするかを聞いてみろ、と言ったことだろうか。

随分前の話じゃないか？　アンドレアは、やっと父親に聞くことができたのか。

そう思ったけれど、僕はしらばっくれることにした。

狸親父《たぬきおやじ》かつぼろくそに言った人物の父親相手にその自慢話をしても、ろくなことはない。

僕は再び貴族の笑みを顔に張り付けてから、慎ましく答えた。

「アンドレア様のことは、リカルド殿下の側近として、活躍されているところを学園では拝見いたしております。お話をすることは、あまりありませんが……」

「なるほど、愚息は偶然に良い話を聞けたのだね。おかげで、おかしなものに引っかからずにすんだようだ。――ガブリエレは聡い。ヴィオラ閣下がうらやましいな」

しかし、わかっているとでも言いたげに切り返されてしまった。

挙句、父までそんなことを言われてしまう。父は無表情のまま肩をすくめた。

「ふん。おだてても、茶とガブリエレの持ってきた菓子しか出んぞ」

「ふふふ。この菓子はうまいぞ。ところで、最近リカルド殿下が仲良くしているという噂のある男爵家の子どものことなのだが……。いや、神殿で起きたことについて聞きたくてな」

柔らかかった空気が、緊張を孕《はら》む。

本題はこっちか。きっと、神殿から王家に苦情申し立てがされたのだろう。

ガロファーノ公爵は、神殿で何が起きたかを詳しく知りたいようだった。アンドレアに聞けばいいと思うんだけど、彼には、療養所の運営のことがわからないのかもしれない。

僕は父に報告済みの話から、僕の主観を省いてできる限り事実だけをガロファーノ公爵に話した。

ガロファーノ公爵は顎を指先でなぞると、ふむ、と言った。

「そういえば、ガブリエレから見たジラソーレ男爵家の子どもというのはどんな人物だろう」

「ジラソーレ男爵令息と関わることはほとんどありませんので、僕が人物を評価するのは難しいですが……そうですね、少しばかり想像力の豊かな方なのだなという印象を抱いております」

僕の答えに、ガロファーノ公爵が目を見開き、何度か瞬きをする。

「いやしかし、リカルド殿下が懇意にされているのだろう?」

思わず苦笑しそうになって、頬の中を噛みしめる。

──婚約者の浮気相手だから詳しい、などと思われているなら、元の『僕』にとってはたいそう屈辱的だっただろう。

「リカルド殿下の交友関係については、僕が関与するようなことではございませんから。時折、殿下の近況について王妃殿下に報告をしていますが……それだけです。王妃殿下の判断に基づいて僕は行動していますので、お二人について僕の方から申し上げることは何もありません」

僕に前世の記憶がなければ、ルカは想像力豊かで明るい、ちょっと変わった子にしか見えない。

当たり障りのない前半だけをガロファーノ公爵に伝えた。

父が無表情で茶を口に運んでいるので、この回答で問題はないだろうと判断する。ルカのことは父に伝えてあるので、必要があれば父からガロファーノ公爵に伝えられるはずだ。

それにしても、ルカと関わらないようにしようと思うのに、どうしてこんなことになるんだろうか。

誰に対しても敵意があるわけではない、ということだけ伝わるように、王妃殿下に忠実な公爵令息らしい答えを必死に考えて回答をし続ける。

幾度か会話のラリーが続いた後、ガロファーノ公爵は上機嫌に頷いて唐突に会話を打ち切った。

「いや、ガブリエレは本当に聡明だ。また、茶会を催すから、ぜひ参加してくれ」

そう言って、彼は去っていった。

ちなみにその言葉が社交辞令ではなかったと、僕はしばらく経ってから知ることになる。

◇◇◇◇◇

「本気だったのか……」

ベルによって届けられた招待状に、僕は項垂《うなだ》れて低い声を上げた。

ガロファーノ公爵家から届いた茶会の招待状は、押し花が透かしに入った封筒と便箋が使われた美しいものだった。

しかし、いくら招待状が美しくても、その茶会が楽しみなわけではない。

ガロファーノ公爵家の家紋である、カーネーションを模した紋章を見て、思わず出てきそうなため息をこらえる。

「新しい衣装を作りましょうか」

「お前と侍女で決めてもらえるか」

ベルから声をかけられて、即座にそんな返事をしてしまった。

茶会が開催されるのは、これから二か月後、秋が本格的に始まる頃のことだ。

庭園で茶会を行うにはちょうど良い気候となることだろう。あと二か月で僕は、ガロファーノ公爵自慢の庭園で行われる茶会に合わせた衣装やアクセサリーを準備しなくてはならない。

着ていく衣服も付けるアクセサリーも、優秀な従者ベルと、やり手な侍女モイラでほとんど決めてしまうので、僕は同席しているだけだ。

着せ替え人形のようだが、ガブリエレはそんなことを気にしていなかったし、僕も全然気にしない。

前世を思い出してからの僕は、平民になれば装うことにもさほどこだわらなくてもよくなるだろうと考えていた。しかしそれは、アカシアの蜂蜜なみに甘い考えだった。

平民落ちも厭《いと》わないと考え、ひたすら罪に問われないことを目指して行動してきた。

ルカに関わらないように。

リカルドの交友関係に関わらないようにと。

ところが、ガブリエレは、それが難しいほどに社会的な地位が高いのだ。

さらには、光魔法を使える人間の行き場なんてものまで考えると、王宮や社交界自体から抜け出すことすら難しそうだ。

そのことに気づいてしまってからは、もう断罪を逃れるのは無理なんじゃないかと思うようになった。手帳への書き込みも進んでいない。最初の頃の楽観的な書き込みを見ていると、虚《むな》しくなってくるほどだ。

リカルドと婚約を解消して穏便に済ませるためには、今のようにルカと関わりを持たないようにする程度のぬるい対策ではだめだ。

光魔法の使い手を手放さないために、王家はなんでもするような気がする。ルカに対するやってもいない犯罪を理由に、たとえゲームのように処刑はされなくても、監禁ぐらいはされるかもしれない。

王族の病気治療の時――もしくは下手をしたら誰かを暗殺する時だけ使われる奴隷として。うええ。

考えれば考えるほど、詰んでいる状況にしか見えない。

『ハナサキ』って酷い設定のゲームだよな。ガブリエレにとって、だけど。

「……ということでよろしゅうございますね」

「ガブリエレ様？」

ベルとモイラの声で思考の海の底から帰還した。

どうやら、何度も声をかけられていたらしい。

顔を上げて、二人の顔を見る。

「すまない、考えごとをしていたようだ。二人に任せるから良いようにしておくれ。僕に似合う最高のものを選んでくれると信じている」

なんて。

ガブリエレは、自分の生死のことを考えている時にも落ち着いて対応できるのだ。

凄いな、公爵令息って。前世の僕ならきっと「ふえ？」なんて変な声を出していただろう。横目で見た鏡の中でも、ガブリエレはふわふわの巻き毛の下で、人間らしくないような美貌のままでいる。

「かしこまりました。ベルとの打ち合わせも完璧に終わっておりますので、後は、お任せくださいませ」

モイラは完璧な礼をして、部屋から出て行った。いつもと同じ無表情だったけれど、あれはものすごく喜んでいる感じだったことが伝わってきて、ほっとする。

しかし、ベルは違うようだった。

「ガブリエレ様、何か心配事でもおありなのですか？　最近、沈みがちなように見えますが……」

そう言って、わざわざ視線を合わせるように僕の足元に膝を突く。

それからいつものように顔を近づけてくるベルの瑠璃色の瞳を、僕は黙って見つめ返した。

――いや、確かに僕には、前世の記憶によると断罪強姦処刑になりそうだなんていう心配事があるけど！　でも、そんな夢みたいなことを口にするわけにはいかない。

ましてや、ベルはガブリエレの断罪に協力する可能性があるというのだから絶対に言うことはできない――

そんな決意をしたかったのだが……

「わたしでお役に立てることはないのでしょうか」

ベルは、まるで僕に相談してもらえないことが何よりも辛い責め苦だと言わんばかりに、その瞳を潤ませて僕を見上げている。

一瞬言葉に詰まった。

僕を裏切らないでくれるか？　そう言いかけて、慌てて口を噤《つぐ》む。

これればかりは、相談に乗ってもらうわけにはいかない。お役に立てることは……、俄《にわ》かには思い当たらない。

今までのガブリエレだったら、ベルに相談していたのかもしれない。

でも今の僕は、ベルが既に僕を裏切る気なのに、巧妙にそれを隠していたら……なんて可能性ばかりを考えてしまうのだ。

僕は必死に頭を回転させてから、またガブリエレらしい笑みを作った。

「ありがとう、ベル。最近、思いもよらないことが立て続けに起こっているから、疲れているのかもしれない」

そう言うと、ベルは僕の手をぎゅっと握る。細い指が僕の手の甲をなぞる。

どう考えても、サンドロみたいなやつにこんなことをされたら嫌なはずなのに、僕もガブリエレの記憶も、ベルの手には嫌悪感を抱けない。むしろベルに触れられるのが、心地よいと思ってしまう。そんな自分に戸惑うほどに……

「何かお悩みがありましたら、これまでのようにわたしに、打ち明けてください」

僕を見つめる瑠璃色の瞳が金粉を散らしたようにきらきらと光る。いつものように。

それを見ていて、心が揺らいだ。

きっと今は……、本当に僕のことを心配してくれているのだろう。

ベルが、いつまでもこんなふうに僕のことを考えてくれるのだったならどんなにいいだろう。

そう思った時には、言葉が口を突いて出ていた。

「ベル、ベルはいつまでも僕の側にいると言ってくれた。本当に、いつまでも僕の側にいてくれるか？」

「……！」

ベルが目を見開く。

その返事が一瞬遅れたことに、僕と僕の中のガブリエレが一瞬動揺した。

「ベル？」

「――ガブリエレ様……、わたしはいつまでもお側におります。さあ、新しいお茶をお淹《い》れしましょう」

強く握っていた僕の手の甲をひと撫でしたベルは、お茶を淹《い》れるために立ち上がった。

この一連の動作は、いつもどおりのことなのだ。前世の記憶が蘇ってからは、僕に対するベルの態度ひとつひとつが、まるで恋人相手のもののように感じる。

この世界の従者とは、主人にすべてを捧げるようにして生きるものなのかもしれない。そんなことを考えてしまうほどだ。

どうして、そんなベルがガブリエレを裏切ることになったのだろうか。

今だって、いつまでも側にいると言ってくれたのに。

ここまできても、これからベルが僕を切り捨ててしまうことを予測するのは難しい。いったい、どんな分岐点が訪れるというのだろうか。

◇◇◇◇◇

見事な晴天に恵まれた茶会は、ガロファーノ公爵邸の美しい庭園で行われている。

ガロファーノ公爵と父の執務室で話した時にはあまりに気軽な誘い方であったので、小規模な茶会を開くのかと思っていたのだが、そうではなかった。

本日招待されているのは、伯爵家以上の貴族とその縁者すべて——という大規模なものだと聞いている。

そういうわけで、僕は朝から張り切ったモイラとベルに磨かれて、きらきらの美少年になって会場に立つことになった。——僕自身はまったく張り切ってはいないが。

レースのフリルが襟と袖口にあしらわれたブラウス。菫《すみれ》の模様が織り込まれた生地を使ったベストに菫《すみれ》色のジャケット。ジャケットの襟には銀糸で菫《すみれ》の刺繍が施されている。そのうえ、髪には銀とアメジストでできた髪飾りがついている。

前世の記憶では、触れたことすらないものに囲まれ、はたして本当にこんなものが必要なのかという気持ちでいっぱいだ。昼の正装なので、まだ地味だといえるのだけど、前世に生きていれば一生着ることはない衣装だ。

車から降りると、ベルがいつものように付き従う。

今日は父と兄、兄の伴侶も同行している。

会場に入ると、ホストであるガロファーノ公爵と公爵夫人、嫡男アンドレアと次男ステファノが目に入った。

そして、アンドレアの婚約者ソフィアもアンドレアの隣に控えている。

それを見て、おや、と思った。

『ハナサキ』のシナリオで言うのならば、ソフィアは僕と同じルカの恋路を阻《はば》む『悪役令嬢』なのだ。そして、今の秋という季節に至る頃には、ソフィアとアンドレアの関係性は悪化し、一緒にお茶会に参加するような関係ではなくなっているはずだった。

しかし、遠目に見ても二人の雰囲気は穏やかだ。

むしろ、以前のような婚約者同士の雰囲気に戻っているように思える。

そういえば、ガロファーノ公爵はおかしなものに引っかからずにすんだと言っていたけれど、あれはルカのことだったのか？

とすれば、アンドレアはルカに攻略されなかったということなのか。

誰であっても、バッドエンドになる姿なんて別に見たくはない。

ソフィアが、僕よりも先にバッドエンドを抜け出したというのであれば、心からお祝いしよう、なんて思いながら、僕は彼らに歩み寄った。

「おお、ガブリエレ、よく来てくれた。今日は一段と美しいね」

「ガロファーノ閣下、ご機嫌麗しゅう。本日はお招きいただきまして、恐悦至極に存じます」

ガロファーノ公爵の前に進み出て、笑顔を作り、挨拶をする。

ガブリエレは美少年だから、美しいと言われ慣れている記憶がある。

どうやら、社交辞令だと思っている節があったようだ。

まあ、本当に美少年なんだけどね。

「楽しんでいってくれたまえ。今日はお披露目したいこともあるからね」

「ありがとうございます」

礼を交わすと、席に案内される。

当然ながら、父と兄と兄の伴侶が同じテーブルだ。この後は、他のお客様が父に挨拶に来るので、僕もそのお相手をしなければならない。

それに、王族であるリカルドもこの茶会にゲストとして招かれているはずなので、ガロファーノ公爵からの紹介があった後で挨拶に行くことになる。序列からいって、一番に行かねばならないはずだ。

憂鬱だな、と思っていると、それ以上に憂鬱なことが発生した。

「すごーい！　美味しそうなお菓子がいっぱいだー」

次々に挨拶に来る貴族たちを父と兄、兄の伴侶とともに捌《さば》いていると、場違いな大声が聞こえてきたのだ。

ルカだ。

ルカは、まっすぐにお菓子が並んでいるワゴンに向かって走っていく。

どこであろうと走るんだな、と思わず遠い目になってしまった。

今日招待されたのは、伯爵家以上の家格を持った人間ではなかったのか？

いや、誰かのパートナー枠か。アンドレアは、父親であるガロファーノ公爵の不興を買う可能性があるのだから、ルカを招待することはないだろう。

見れば、ヴァレリオがルカの後を追っている。

どうやら、バルサミーナ伯爵家の縁者として入り込んだようだ。

ルカの傍若無人《ぼうじゃくぶじん》で無礼な日ごろの態度を考えると、ここに連れてきたヴァレリオの太っ腹さに僕は感動してしまう。

それとも、彼らはルカの態度が気にならないんだろうか。主人公補正とやらでもあるのかな。

リカルドがヴァレリオにルカを連れてくるよう言った可能性もあるけれど、どうなんだろうか。

まあいいか。考えても僕にはどうしようもない。本当にどうしようもないことばかりだ。

ルカが騒ぐ声を無視して、公爵令息としての役割を果たす。

父も、兄も、兄の伴侶もあの甲高い声が聞こえていないはずはないが、まったく笑顔を崩さずに社交辞令を交わしている。

……ところで、ガロファーノ公爵はなんのためにこの茶会を開いたのだろうか。

疑問に思っていると、折よくガロファーノ公爵の声が響いた。

「今日は、リカルド殿下が特別なお客様として、お越しになっています」

僕たちは立ち上がり、リカルドを迎える準備をする。席次の都合で、リカルドが挨拶をしようとしている場所のすぐ近くにヴィオラ公爵家の席はある。その場所に置かれたリネンの質を見るだけで、王族であるリカルドのためにテーブルセッティングされていると、誰もが思っていただろう。

そして、紹介されたリカルドが、その姿を現した時だった。

「リカルド！　やっと来たんだね！」

うれしそうな叫び声とともに、向日葵《ひまわり》色の頭が人の間をかいくぐっていく。

その場にいた人たちは、貴族らしく平静を保っていたが、おそらくはひどく驚いていたことだろう。

ああ、わが父とガロファーノ公爵は楽しそうだ。

表情が変わらなくてもわかるものである。

二人とも、こうなることを予想していたんだろう。

それとも、こうなることを狙っていたんだろうか。

ついに向日葵《ひまわり》色の頭は飛び出して、ガロファーノ公爵邸の庭に入らんとするリカルドの腕にぎゅっと抱きついた。

失笑と、冷たい視線がルカに飛び、同時にそれを許しているように見えるリカルドにも向かう。

リカルドはさすがに慌てた様子で、ルカの腕を引きはがすように、手を掛けた。

「ルカ、少し待っていなさい」

「ええー、リカルドが来るのが遅いから、待ちくたびれちゃったよ」

しかし、ルカは聞く耳を持たない様子で、可愛らしく頬を膨らませている。

——本当に、これがゲームシナリオのままだったら、どうしよう。

もしかしたら、主人公補正があるのかもしれないけれど。

あまりにも無礼な行いに、心の中で半笑いになりつつも、僕は二人を見守る。

「ヴァレリオ、ルカを連れて行ってくれ」

リカルドはますます焦った様子で、側近であるヴァレリオを呼んだ。

ヴァレリオは人を掻き分け、同じく焦った様子でルカの隣に跪《ひざまず》いた。

「ルカ、リカルド殿下の挨拶が終わるまでは控えておくように言っただろう。――リカルド殿下、ガロファーノ閣下、失礼をいたしました」

そう言って、ルカの腕を持ち、ほとんど羽交い絞めのような姿勢をとる。

ここは学園ではない、貴族の序列がある世界であり、リカルドは王族だ。

ガロファーノ公爵家の庭園で開催されている茶会で、ホストを無視した行動が許されるわけがない。

さすがに小柄なルカならば、体格差のあるヴァレリオの力で簡単に引き剥がせると思ったのだけれど。

「僕、これ以上待ちたくないっ！　もうっ！　放してよ！」

ルカがそう叫ぶと同時に、まるで真夏の太陽のように眩しい光が彼の身体から溢れ出した。

同時に不思議な圧が僕たちを襲う。

リカルド、ヴァレリオが息を呑む音が聞こえたが、二人とも何もできている様子はない。

これはまずい。

傍観者に徹している場合ではない。

「失礼します。殿下、閣下、お父様、皆様を魔力から守るために、防護壁を張る魔法を行使いたします」

周囲の人にも聞こえるようになるべく大きな声で僕はそう言って、防護壁を発現した。

リカルドとガロファーノ公爵が頷いているのが見えたので、事後承認成立だ。

咄嗟のことだが、貴人を守るために完璧な魔法を構築しなければならない。

そのため、広範囲に防護壁を張ることはしない。しかし、リカルドとガロファーノ公爵家の人たち、そして、僕の家族をカバーすることはできるはずだ。

そう考えながら、素早く魔力を展開し、僕は防護壁を張った。目的なく発された魔力は誰にどのように作用するかわからない。だから、魔力をとにかく通さないことが優先だ。

ルカから溢れる光の魔力は、どうやら僕やロレンツォ以外には見えないらしい。他の人たちも僕の声を聞いて、自分で防護壁を張るのが間に合ってほしい。

「リカルド殿下、御身に違和感などありませんでしょうか」

「ああ、大事ない。適切に防護壁が張られたようだ」

防護壁を張り終えて、ふと見ると父とガロファーノ公爵が、リカルドの無事を確認するために駆け寄っていた。

一応婚約者であるし、防護壁を張った責任上、僕もリカルドに近づく。

すると、リカルドは驚いたことに僕に声をかけた。

「ガブリエレ、大儀であった」

「僕の役目でございますから」

「うむ」

形式通りの労いの言葉を受けながら、内心で胸をなでおろす。

『ハナサキ』だとルカの魔力は、ロレンツォを魅了するぐらいすごかった設定だと思うんだけど、現実はそうでもないようだ。

防護壁は、ルカが使う程度の魔力に対しては完璧に機能してくれたようだ。

それも当たり前か。ガブリエレは、第一王子であるリカルドを守るために、緊急時の魔法の使い方を、厳しく辛い訓練で、叩きこまれたんだから。

やがて、光がだんだんと弱まっていく。

同時に、魔力の眩しさでかき消されていた惨状がようやく目に入った。

明らかに防護壁を張り損ねた人が数人、倒れ込んでいる。テーブルが倒れたり食器が割れたりもしているようだ。しかし、公爵家の侍従や侍女、護衛たちが倒れている人の手当てに動いているので大丈夫だろう。

公爵家の護衛にも防護壁を張れる者がいたようで、倒れているのはほんの数名だ。

しかし、よく見ると、魔力の影響を強く受けている人は、ただ倒れているだけではないようだ。

赤い顔をして、股間を膨らませていたり、腰を地面にこすり付けていたりする。

驚いた表情にならないよう、必死に僕は俯いた。

……えっと、ルカの魔力ってそういうことなの……か……？

貴族の着ている分厚くて豪華な布地が、目に見えるほど盛り上がっているのは不思議な気がするけれど、それほどに効果があるということだろうか。

生地が分厚いからか、湿っているのは確認できなかった——なんて、そんなことを確認するのはガブリエレらしくないか。

思わずリカルドの顔を見たら、あからさまに目を逸らされてしまった。何か後ろめたいことがあるのだろうが、追及はしない。

ガロファーノ公爵家の使用人は手際が良い。『被害者』に毛布をかけてさっさと連れ出していく。

そんな中、赤い顔をしたルカが向日葵《ひまわり》色の髪を揺らしながら、よろよろと立ち上がった。

「りかるどぉ……」

どろりと溶けた声。

夏至祭の時に聞いた声と同じように、情欲を含んだ声だ。

そんなルカが呼ぶ声を聞いて、リカルドは一歩、後退りした。

おい、迎えに行くんじゃないのか。恋人にあるまじき行動だな。恋人にまでは至っていなくて、学友だったとしても、あれほど側に侍《はべ》らせていたのだから、様子がおかしい今こそ心配するべきなんじゃないか？

そんなツッコミを思わず脳内で入れてしまう。

ヴァレリオがルカを連れてきたことも、リカルドは承知していたことだっただろうに。だって、ルカの顔を見た時に、リカルドは意外そうじゃなかったもんね。

ただ、ここでそんな追及をすることもできない。

悲しいかな、ここでの僕の立場は『リカルド殿下の婚約者であり守護者、貴重な光属性の持ち主』なのだ。

僕は、リカルドが動き出さないことを確認して、彼の一歩前に出る。

ルカは、この茶会で起きたことだけを考えれば、危険人物だ。その危険人物を王族に近づけないために、ガロファーノ公爵家の護衛がルカを拘束しようと飛んでくる。

騒ぎで駆けつけた王族付の護衛がリカルドを守る。

よかった。この場でリカルドをこれ以上守る必要はないようだ。

思い通りに行動できないことに興奮したルカが、ガロファーノ公爵家の護衛の腕をはじき、暴れようとする。けれど、大量の魔力を放出した後で、身体がうまく動かないようだ。

ルカは、護衛に拘束されながら僕に目を留めると、恐ろしい形相で睨みつけた。

「悪役令息ガブリエレ！　お前のせいだ！　お前のせいだ！　シナリオの通りに進まないのは、お前がちゃんと悪役令息をやらないで邪魔してるからだ！　リカルドは……リカルドは心も身体も僕のものなのに……！　これじゃ茶会のイベントが達成できないじゃないかあっ！」

彼はとてもよく通る声を持っている。

ルカの声は、公爵家の庭園に響き渡った。僕の視線が、ゆっくりとリカルドに向く。

——君は、心も身体もルカのものなんだね？

リカルドは、ルカの言葉に項垂《うなだ》れているけれど反駁《はんばく》する様子はない。

ふむ。ならば、婚約者の僕が真に思い合うこの二人の仲を邪魔しているのだというのがルカの主張だろう。しかし、悪役令息のことやシナリオのことなんてみんな知らないんだからね。

リカルドがルカと不貞行為をしているという、重大な告白があり、リカルドが否定しなかったということだけが、『周囲から理解される範囲』の事実となるだろう。

今日中に貴族の間でルカの発言が広まるのは必至だろう。

さて、これはどう収拾させるのか。

リカルドは、完全に思考停止しているようで、身動きさえできないようだ。

王族がこういう緊急対応ができなくてどうするんだよ。

父は、無表情ながらも楽しげな雰囲気を醸《かも》し出していて、何も言ってくれない。

自分の可愛い息子が悪役呼ばわりされ、仮にも一国の王子である婚約者の不貞が告発されたとは思えない様子だ。

……ガロファーノ公爵だけじゃなくて、僕の父も狸親父《たぬきおやじ》だな。知ってたけど。

「その不敬な少年を早くこの場から連れ出せ」

「はっ」

ガロファーノ公爵が、落ち着いた声で護衛に命令を下す。ルカは声を出さないように拘束されて、駆けつけた護衛兵に引き渡された。

僕は、「大変ですな」なんて話しかけられて、苦笑で返す。

その間にも公爵家の使用人が壊れたテーブルや茶器を片付け、手際よく温かいお茶や新しいお菓子を提供して、茶会は仕切り直された。

リカルドは用意してきた挨拶をして、その場をやり過ごした。

しかし僕とは目を合わせないようにしている。

……本当に危機管理能力が低いな。これで国王になる気なんだろうか。

僕はといえば、感情の見えない笑顔で皆様に相対している。

馬鹿な婚約者でお気の毒ですね、そんなオーラを周囲からひしひしと感じる。

ガブリエレは、リカルドを愛していなかったけれど、嫌がってもいなかった。結婚とは家同士で決めたもので、そのようなものだと思っていたのだ。

だけど、僕はこの馬鹿な王子様と結婚するのは嫌だと思うようになっている。

断罪がなくても、苦労するのは目に見えているではないか。

僕は心の中で大きなため息を吐いた。

そして、ガロファーノ公爵家の茶会が終わりに近づいた頃、アンドレアとソフィアの結婚式の日取りが発表された。それには素直に驚いた。そもそもは、このお披露目のために開かれた茶会だったのだ。ソフィアに関係のないことで騒ぎになってしまって気の毒に思う。

どうやらガロファーノ公爵は、この機会にルカの様子を見ようという魂胆もあったようだ。

アンドレアは予想通り、茶会に参加したいというルカの願いに諾と答えなかった。

さすがに自分の婚約者に害されたと騒いだ人間を、結婚式の発表に招く気にはならないだろう。

そもそも、ガロファーノ公爵が男爵家の令息を招く許可を出すわけがない。

しかし、ガロファーノ公爵は、それでもルカを連れてくるものがいるだろうという予測をしていたようだ。

その予想は的中した。

そして、リカルドもそれを面と向かって咎《とが》めたりはしなかった。

ここから、やはり『ハナサキ』の及ぼす影響や、ルカが持つ『主人公補正』のようなものは、学園の中にはしっかり及んでいるのだと感じる。

そして、学園を出てしまえば——それは無に帰すのだと。

ルカとヴァレリオは、まだ学生であることもあり、家庭預かりとなった。当分は謹慎することになるだろう。

ちなみに、一応私的な茶会ということから、バルサミーナ伯爵家にはとくにお咎《とが》めはなかった。

しかし、宰相閣下の心証は確実に悪くなっただろう。

それにジラソーレ男爵家とバルサミーナ伯爵家は、些《いささ》かの慰謝料をガロファーノ公爵家に支払うことにはなったそうだ。ついでに、ルカは光魔法を使えないように、とガロファーノ公爵家謹製の特殊な魔道具である魔力の放出を防ぐ腕輪をつけさせられた。

ガロファーノ公爵にしては甘いことだと思うが、自分が積極的に阻止しなかったことも影響しているのかもしれない。

ルカとヴァレリオの処分が軽いのは、リカルドがルカを茶会に連れてくるようにヴァレリオに頼み込んだということもあるようだ。

王家が裏から手を回しているのだろう。

そんな茶会の顛末を、僕はいつも通りにベッドサイドの引き出しにしまわれた手帳にメモをした。

——ゲームの影響力が強い学園さえ出てしまえばなんとかなるかもしれない。

それがわかっただけで今日は上出来だ。

しかし思い返してみると、公爵家の庭園は、前世で見た『ハナサキ』の中で、ルカとリカルドが身体を繋げているスチルを思わせる場所だった。

ルカの言っていたイベントというのは、あの場所で発情して身体の関係を持った二人が愛を深めるとか、ガブリエレを敵認定するとかそんなものだったのではないだろうか。

どんなシナリオなのかを知らないから、条件については、想像に過ぎないけれど。

とにかくルカはあの場所で、リカルドと関係したかったんだろう。イベントを達成するために。

だけど、リカルドはルカを見捨てた。リカルドはルカに恋をしていたと思う。現実でルカとリカルドに肉体関係があるかどうかは、わからない。ルカがそう言っていただけだ。

そして、今回のことで気づいたことがある。

リカルドとガブリエレの結婚式の準備は、まったく進められていない。

結婚式の準備には時間がかかる。

今日伝えられたアンドレアとソフィアの結婚式の日程もかなり先の話だ。そして、通常の王族の結婚式であれば、一年以上前から準備が始まる。入学前には、学園を卒業したらすぐに結婚式を行うということだったのに。

何かおかしい気がする。

どう考えても、普通の貴族の常識に照らせば、リカルドがルカと婚約はできない。

貴族の大人たちにはルカの魅力らしきものが効いていないこともわかったからなおさらだ。

それでもなお、リカルドとガブリエレの婚約が進んでいないということは——もしかして、ルカがいようがいまいが、ガブリエレはリカルドと破局する運命ということなのか？

正直それはまったく問題ないのだが、それが僕の強姦だの、輪姦だのという未来に繋がっていたら。

そう思うと、ぞっとする。

「ガブリエレ様、お茶が冷めてしまったので、新しいものをお淹《い》れします」

部屋で物思いに沈んでいると、ベルが気を利かせて現実に引き戻してくれる。

「ありがとう」

ベルはテーブルに淹《い》れなおしたお茶を置き、僕の傍らに跪《ひざまず》いた。

「茶会の時のことを、気に病まれているのですか？」

「そうだね。しばらくは好奇の視線にさらされるのを覚悟しなければならないだろう」

「ガブリエレ様にはなんの落ち度もないのに……」

ベルが悔しそうにそう呟くが、婚約者の僕がちゃんと手綱を握っていないから悪いという人間も貴族の中にはいるのだ。

そんなことを言う貴族のご令嬢と、リカルドの婚約者の立場を交代してもいいんだけどな。

「婚約のことについては、一度お父様とお話をしたい。あんなことがあったからね」

「では、外交から帰られたら、旦那様にお時間をとってもらうよう伝達しておきます」

父はまた外交のために他国に行っている。

ベルが僕を裏切る件はどうなったのだろう。

父に婚約のことについて話したいと言った時にベルの顔に喜色が浮かんだような気がする。僕の婚約がなくなるのがうれしいのだろうか。それはどうしてだろうか。

「ベル、頼む。いつもありがとう」

「ガブリエレ様のためになることでしたら、わたしは何でもいたします……」

「ふふ、うれしいよ」

僕は、ベルを見て微笑む。

ベルは、いつものように僕の手を握りしめて、金粉を散らしたように輝く瑠璃色の瞳で僕を見つめた。

ベルの手の温かさを感じて鼓動が高鳴る。なんだか頬が熱いような気がする。

あれ、どうしたんだろう……？

僕を見つめていたベルは何度かぱたぱたと瞬きをしてから、にこりと微笑んで僕の頬をその親指でそっと撫でた。

◇◇◇◇◇

学園内はルカが魔力操作教育を伴《ともな》った謹慎をしていて不在であることもあって、平穏だ。

リカルドとガブリエレの婚約についてあれこれ噂にはなっているけれど、僕がいつもと同じ態度なので、何か言ってくる者はいない。

いや、公爵令息の僕に絡んでくるルカみたいな人物は貴族にはいないっていうだけのことだ。

噂の内容はエスカレートしているようなので、注意は必要だと思うけど。

ヴァレリオも謹慎中なので、リカルドはアンドレアとロレンツォ、王宮の近衛を連れて行動している。表層だけ見ればルカが転入してくる前はこんな感じだったなと思う。

あんな騒ぎになったからには、いろいろと展開が変わってくるだろう。未来を予測できるわけではないし、自分でどうにかしなければならない。

父が他国から帰ったら、どんなふうに身を処していけばいいか判断していくための話し合いができるだろう。

僕はそう考えていた。

そう、少しばかりゆっくりする時間があると思い込んで、油断をしていたんだ。

秋も深まり昼間でも肌寒く感じるようになってきた。冬の訪れはもう間もなくだ。

僕はいつものように、神殿の療養所へ光魔法の施術をするため、足を運んでいた。

夏至祭の頃は変則だったが、普段は月の三番目の休日が、施術日になっている。

神殿に辿り着くと、僕はいつものように挨拶をした。

「ガブリエレ様、今日もありがとうございました。ささ、お茶をお淹《い》れしますので、応接室へ」

「グラディオロ神官様、ありがとうございます」

グラディオロ神官は、その丸顔に笑みを浮かべて応接室へ案内してくれる。癒し系の風貌を持ったこの神官は、患者たちから絶大な信頼を得ている。

僕も笑顔を返し、グラディオロ神官とベルと一緒に光魔法の効果の話をしながら療養所から神殿へ続く渡り廊下を歩いて行った。

「グラディオロ神官様、失礼いたします」

すると、療養所から神殿への渡り廊下を渡っている途中で、神殿兵士がグラディオロ神官を呼び止めた。

まがりなりにも公爵令息である僕を連れたグラディオロ神官を呼び止める、ということは何か事件だろうか。

そう思って、僕は兵士を見る。

グラディオロ神官も同じことを思ったのか、表情を即座に厳しくした。

「何事であるか」

「神殿兵士の詰所で怪我人が出たのですが、折悪しく、治療師が休憩中で席を外しているのです。治療師の手配をしていただけませんでしょうか」

「おお、それはいかんな。わかった。私が療養所へ行って誰か治療師を詰め所へ向かわせよう。ガブリエレ様、先に応接室に行ってもらえますかな」

そう言われて、即座に頷く。

「承知いたしました。大事に至りませんようお祈りします」

それからグラディオロ神官に笑顔を向けると、神殿兵士が顔を赤らめるのが見えた。

——威圧はしていないつもりだけれど、怖がらせてしまったなら申し訳ないな。

そう思って即座に笑みを消すと、グラディオロ神官がちょうど通りがかった神官見習いのピノに声をかけた。

「ピノ。ガブリエレ様を応接室に案内して、お茶をお出ししておくれ」

「かしこまりました、グラディオロ神官様。では、ガブリエレ様、ご案内いたします」

ピノは、ぺこりとお辞儀をすると、僕の斜め前に立って歩き出した。それを確かめて、グラディオロ神官と兵士がどこかへ走っていく。

僕はピノに向き直り、彼が案内する方へと歩き出した。

ピノは孤児院出身で、今は十三歳だ。茶色の巻き毛に茶色の瞳。そばかすが浮いた顔が可愛らしい。場を持たそうと、他愛のない世間話を一生懸命にするピノを微笑ましく思いながら、僕たちは渡り廊下を歩く。

「わあっ」

そして渡り廊下から神殿に入ろうとした時、ピノが誰かに引っ張られた。

見ると、神殿の入り口で一人の神殿兵士によって、ピノが口をふさがれ、身体を拘束されている。その後ろには神殿兵士が三人、にやにやと笑いながら立っている。

……これは……

孤児院に行く時には同行している護衛は神殿内で待機しているためこの場にはいない。

即座にベルが、僕を庇うことができる位置へ移動する。

ベルはできる従者だ。辺りの様子もうかがいながら、僕を連れて逃げることができる態勢をとっている。

身構える僕たちの前に、神殿兵士の一人が出てきて、胸に手を当て、礼をした。

それは見覚えのある顔だった。

「麗しのヴィオラ公爵令息様、お久しぶりですね」

「……サンドロ」

「ああ、ガブリエレ様、覚えていてくださって、光栄です」

そう言ってサンドロが、にやにやと笑いながら両手を胸に当てる。

うん、奉納試合の優勝者だってことより、その後、ルカと青姦してたことの方が、印象的だけどね。そして気持ち悪いから名前を呼ばないでほしいんだけど。

「無礼者どもが、その神官見習いを置いて、即刻この場を立ち去れ」

ベルが大きな声で神殿兵士たちに告げる。相手を威嚇する効果と、神殿内で誰かに声が聞こえる可能性を考えた行動だろうが、サンドロは愉快そうに笑うだけだ。

「従者風情が何をほざく。ガブリエレ様がこっちに来てくれねえと、こいつは放してやれねえなあ。お優しい公爵令息様は、神官見習いを見捨てられねえだろ？　なあに、ちょっと散歩と楽しいことに付き合ってもらうだけだからよぉ！」

「ひっ」

サンドロはそう言って僕をじっとりと見つめ、短剣をピノの首筋にあてた。ピノの生白いの肌から赤い血がにじんでいく。

そして、サンドロはその短剣を、ピノを拘束している神殿兵士に手渡した。

恐怖で見開かれたピノの目からぽろぽろと涙が零れる。

このサンドロって神殿兵士はイケメンであるにもかかわらず、奉納試合の花の首飾りの授与式の時から気持ち悪いやつだった。そして、今見ても気持ち悪い。あの時よりさらに。

「神殿の兵士が、公爵令息の僕をどこかへ連れて行こうとするのは、どうしてなのか、先に聞かせてくれないか？」

一応、理由を尋ねてみることにした。

公爵令息を拉致するなんて、通常では考えられない。

ましてや僕は、王子の婚約者なので準王族になる。神殿兵士が四人も集まって、重大な犯罪に手を染める。そんなに、僕を拉致したい理由があるのだろうか。

借金とか、犯罪を隠蔽したいとか……？

僕の言葉に、サンドロはさらに下劣な笑みを浮かべると大声で言い放った。

「ふふん、アンタたち光魔法の使い手は、魔法を使った後にものすごくヤリたくなるんだろ？　いつも、アンタはグラディオロと休憩室に入っちまう。俺たちも仲間に入れてもらってもいいんじゃねえかと思ってさ。あんな丸顔の神官より、気持ちよくしてやれるぜ」

ええええ、そんな理由なの？

僕はその場に崩れ落ちそうになった。精神的に。

こいつら馬鹿じゃねえの？　そういう気持ちでだ。

そして、そんな話になってしまった理由は大体わかっていたが、ピノという第三者もいることだし、もう一つ聞くことにした。

「誰からそんな話を」

「ルカとか言ったかな。夏至祭の時に俺たちを光魔法で治療してくれてさ、その後は、すっげえ激しかったぜえ」

案の定の答えに、乾いた笑いが出そうになる。

前世のことを思い出す前のガブリエレだったら、神聖な神殿兵士がこんなことをするなんてってショックを受けていたのかもしれないけどね。

下卑た笑いを浮かべるサンドロは、どうしようもなく気持ち悪い。一緒になって笑っている他の三人の騎士も同様の気持ち悪さだ。

なんでこんな誤解が生まれるのかさっぱりわからない。それとも、誤解ということにしてただただ僕を襲う気なんだろうか。

あまりの気持ち悪さにこみ上げてくる吐き気を抑えながら、僕は神殿兵士を見据えた。

「光魔法を使った後に性衝動が高まるというのは、一般的なことではない。少なくとも僕にはそのような症状はないな。療養所の治療師の人たちも、そんなふうに振る舞っているのか？」

そう言うと、サンドロは馬鹿にするような薄ら笑いを浮かべた。

「他の治療師がどうかなんて知らねえ。ま、実のところ、アンタに声をかけた時点でこれが事実なのかもどうでもいい。俺たちは、アンタで楽しみたいだけだ。そんで、これから神殿に来るたびに俺たちを指名してくれたら万事解決だ」

——悪人め。

神殿の兵士として情けなくないのか？

僕がきつく睨み据えると同時に、ベルがさらに僕を庇える位置に移動する。

サンドロはそれを見て、目をぎらつかせ、剣を抜いた。

「……しかし、その従者は邪魔だな」

そう言うや否や、サンドロがベルに斬りかかる。そして、手の空いている二人が僕を拘束しようとして、腕を掴もうととびかかってくる。

ベルが目を見開き、僕を見る。けれど僕は一歩も動かなかった。

——彼らは公爵家の権力を舐めすぎだ。そして、僕のことも。

僕は、この僕の、公爵令息ガブリエレの腕を掴んでいる無礼な神殿兵士に、手加減なく光魔法を流した。

「うわあああああああ！」

「ぎゃあああああああ！」

二人の神殿兵士は、床に倒れ、叫びながらのたうち回る。そのうちの一人から剣を奪い、ベルに投げ渡した。

「ベル、そのような痴《し》れ者は早く片付けてくれ」

サンドロの踏み込みを躱したベルは、流れるようにその剣を受け取り、サンドロに向けて体勢を整える。

「ガブリエレ様、ありがとうございます。お任せくださいませ」

サンドロが驚いて、こちらを見ている。

「おい！　お前ら！」

「君の相手は、わたしだ。気を抜いている余裕はないのではないか？」

「……くそっ！　なんで従者がこんなにっ！」

二人の叫び声に気を取られたサンドロを、剣を手に入れたベルが追い込んでいく。剣に魔法を纏わせているので、魔力の少なそうなサンドロでは相手にならない。

もうベルの勝利は確実だ。一応、あのまま殺してしまわなければいいけど。

そして、僕は痛みにのたうち回る二人の無礼者を躱して、ピノを拘束している神殿兵士に近づいた。何が起きているかわからない様子だが、そのまま、ピノを傷つけると困る。

「動くな」

そう言って、僕は彼の首に手を添えて光魔法をあて、気絶させた。

気絶ぐらいで済ませるのは残念だけど、ピノの安全が第一だ。ピノを取り返した後、のたうち回っている二人も気絶させておいた。おそらく、小一時間は目を覚まさないはずだ。

ふう、と一息つく。それから混乱したように床に座り込んでしまったピノと目線を合わせるためにしゃがみこんだ。

「ピノ、大丈夫かい？」

「ガッ、ガブリエレ様あああ！」

僕は、縋《すが》りついてわんわん泣くピノの背中を撫でてやった。

どんなに怖かっただろうか。しかし首の傷は証拠になるので、可哀想だけどすぐには治せない。

そう言うと、ピノは泣きながら頷いてくれた。

……強い子だ。傷口を光魔法で消毒してから、せめて痛みが消えるようにと彼に触れていると、どう考えても剣のものとは思えない鈍い音が響いているのに気が付いた。

まだベルとサンドロの戦いが終わってないのか？　それともサンドロが思ったよりも強いのか？

しかしそんな疑念はすぐ霧散した。

サンドロの剣は床に既に転がっていて、サンドロ自身も床に転がっている。

そんなサンドロを、ベルが剣の鞘を使ってガンガン殴りつけていたのだ。

「ガブリエレ様に乱暴を働こうなどと……！」

「や、やめろっ！　うわあああ」

「思い知れ！」

もうサンドロは反撃できなくなっているようなのに、ベルは攻撃の手を緩めない。剣の鞘を使っている分、ぎりぎり殺さないほどの理性は残っているようだが、さすがにやりすぎだ。

ベルを止めるために立ち上がろうとすると、ピノがほうっと頰を染めて息を吐いた。

「ベル様、お強いですね」

「……そうだね。僕の従者だからね」

本当にその評価でいいのか？　あれは止めなくていいのか？

「大切なガブリエレ様に……」などと言いながらサンドロを打ちのめす姿に、僕はちょっと引いているんだが。大切にされているとは思っていたけれど、まさかそこまですることになるとは、と前世の記憶を持つ僕が叫んでいる。ガブリエレの意識だと、この世界ではあり得ないことではないようだけれども……

そうこうしている間に、すっかり戦えなくなったサンドロを縛り上げて、ようやくベルは僕の側に戻ってきた。

「ガブリエレ様、お怪我はありませんか？」

すっきりとした笑顔で跪《ひざまず》き、僕の手を取る姿はまったくいつもと変わりない。

内心の動揺と困惑を押し殺しつつ、僕は笑みを作り、ベルの手を取る。

「ああ、大丈夫だよ。守ってくれてありがとう。ベル」

「いえ、ガブリエレ様の方がご活躍でしたから……。ご無事でよかった。ガブリエレ様……、ガブリエレ様……！」

ベルは感極まったように僕を見つめてから、僕の身体を抱きしめた。

それも息が詰まるほどに強く。

熱くなったベルの身体から、胸の鼓動が身体に伝わってくる。それは激しく速い。

ガブリエレの記憶が残っている身体が、ふにゃりと力を抜く。胸にもたれるようになると、ベルはさらに抱きしめる腕の力を強くした。

……それにしても、いつも手を握られたり抱き上げられたりはしているけれど、それは私的な場所でのことだ。いや、公私に関係なく、こんなふうに正面から抱きしめられるのは、初めてのことじゃないか？

まるで、僕の無事を全身で確かめているかのようだ。ベルがこんなに動揺するなんて、珍しい。

僕も大きな衝撃を受けている。

だけど、僕はどんな時にも冷静な公爵令息ガブリエレなのだ。そうでなくては。

「ベル……。僕は無事だよ」

そう言って、穏やかな笑みを浮かべてベルの腕を軽く叩く。

「ガブリエレ様……！　あ、失礼いたしました」

ベルははっとしたように僕を解放すると、うっすらと頬を染めて微笑んだ。

「お二人の純愛……！」とピノが何か声をあげた気がしたけれど、たぶん気のせいだろう。

その後僕の身体のあちらこちらの様子を見たベルは、どこも傷ついていないのを確認して、ようやくその瞳に安堵の色を浮かべた。

ベルが僕のことを大切に思ってくれているのが伝わってきて、それがばかりはうれしく感じる。

その後は神殿兵士が携帯している縄で、ベルが転がっている兵士たちを縛り上げていった。

一見では、彼らは怪我をしているように見えない。僕は自分の光魔法がもたらした結果を冷ややかに見つめた。

僕の腕を掴んだ神殿兵士については、それぞれ光魔法で右腕と右足の腱を切った。

そして、ピノを拘束していた兵士に対しては、頭の血流を一時的に減らし、脳貧血のようにして気絶させた。

公爵令息であるガブリエレにこんなことをした神殿兵士が、どの程度の治療をしてもらえるのかはわからないけれど、今後は不自由な生活になるかもしれない。だけど、全身を滅多打ちにされたサンドロが一番酷いことになるだろう。

ピノはベルから手渡されたハンカチで傷を保護するように覆った後、「すぐに神官を呼んできます！」と言って走っていった。

け、怪我をしているのに……！

止められなかったことを悔やみつつ、僕は床に転がる兵士たちを見回した。

「この者たちは、どうしてこんなことを思いついたのだろう」

「サンドロが首謀者でしょうから、聞いてみましょうか」

ベルがボロボロになって気を失っているサンドロを蹴飛ばして正気づかせる。

容赦のない動きに、僕は内心で顔をひきつらせた。

「……起きてくれないか？」

一応、公爵令息としての気品は保ちつつ、僕は唸り声を上げているサンドロに声をかけた。

充血した目がぎょろりとこちらを向く。僕はそれを睨み返し、低い声で言った。

「サンドロ、王子の婚約者である僕に手を出すなんて無茶をしようと思ったのはどうしてだ？」

サンドロは、僕から目を逸らし、吐き捨てるように言った。

「ルカが、王子はどうせ婚約者のことはどうでもいいから、ヤッちまっても大丈夫だって言ったんだよ。結婚する前に誰かとヤッてる貴族令息なんて、いくらでもいるしな。それに……」

「それに？」

「あいつは、王子と仲がいいだろ？　もし、これが問題になってもアンタが婚約者じゃなくなるだけだって、そして、その時は、自分が王子の伴侶になるから、権力で黙らせてやるって言ったんだよ。第一、アンタ、グラディオロとヤってたんだろ？」

その質問には答えず、僕はため息を吐く。

「そんなことを信じたのか……。グラディオロ神官様の様子を思い出してもそんなふうに過ごしていたと思えるのか？」

明らかな呆れを滲ませた僕の問いにサンドロは黙り込んだ。

そして僕はまた深いため息を吐く。

本当のところがどうなのかは、これからの取り調べで明らかになることだろう。

それにしても、ルカはどうしてこんなにあちらこちらに混沌をまき散らすのか。

いや、それよりもルカは、明らかに僕を害する行動へと、方向を変えたように思う。

これは、イベントの達成やストーリーを進めるためのこととは違うのではないだろうか。

主人公に悪役令息が害されるなんてことは、いくら何でも『ハナサキ』のシナリオの中にはないはずだ。たとえ隠しルートであったとしても、あり得ないだろう。

……頭が痛い。

もう卒業式まで五か月を切った。

ゲーム内では三年の始業式が初めで、卒業式にはエンディングが確定している。エンディングによっては、卒業後のスチルが表示されることもあるが、ルート分岐はその前だ。

まったく断罪されるよりも前に酷い目に遭うかもしれないなんて、想定外だ。

ピノが神官を呼んできてくれて、縛り上げられた神殿兵士は神殿内の牢に運ばれた。

サンドロは自分の足で歩いて行ったけれど、他の三人は気を失っているから、運ぶのは大変そうだ。ガチムチばかりだから重いだろう。

神殿の応接室でベルと護衛とともに待機していると、兄が駆けつけてくれた。

「ガブリエレ、無事でよかった。まさか神殿で襲われるなんて！」

「お兄様、ご心配をおかけしました」

兄は僕の顔を見て安心したように頭を撫でてくれた。子ども扱いである。そして、これからの事情聴取にも同席する気だ。父の代わりに保護者として振舞うつもりらしい。

神官長の部屋でジャチント神官長と、グラディオロ神官、そして警察の代表から事情聴取をされた。

グラディオロ神官は、神殿兵士に自分が騙されたこと、そして、彼らから僕とよろしくやっていたと思われていたことに、憤慨していた。

神殿の神官は、清らかな身体であることを求められてはいないが、決まった相手とだけ関係を持つ必要があり、二股や浮気が発覚すれば降格であるし、場合によっては神殿から破門される。

グラディオロ神官には決まったお相手がいるので、彼にとっては、他の人と肉体関係を持つことはあり得ないことなのだ。

警察は僕と、ベル、ピノ、それぞれの証言を別々に聴取した。兄も僕とベルの聴取に同席した。聞くと、僕たち三人の話に食い違うところがなかったと言われ、そのまま被害者の証言として尊重されると教えてくれた。

これらの話を聞いた神官長は、神殿兵士の起こしたとんでもない不祥事に頭を抱えている。公爵家令息かつ王子の婚約者を、神殿兵士が四人で輪姦しようとしたのだものね。

神官長は、事を起こした神殿兵士の取り調べを警察とともに行うとともに厳しい処分をすることを確約した。

しかし、兄はそれだけでは不十分だと判断したようだ。

「学生である弟にこのようなことがありましたので、ヴィオラ公爵家は、しばらくの間神殿での奉仕活動を休止します。貴重な体験を積ませていただいていたのに残念なことですが」

「……承知いたしました。ヴィオラ公爵家へは正式な謝罪をいたします」

兄の言葉を聞いたジャチント神官長が項垂《うなだ》れている。

孤児院への慰問に行くこともできなくなるので残念だけど、神殿内の安全が守られなかったのだから仕方ない。サンドロたちが処分されて、神殿側の安全対策が明確になったら、また奉仕活動を再開することができるだろう。

数日後、サンドロたち神殿兵士四人は、北の鉱山での労働刑を受けることになったと通達があった。

表向きの罪状は、公爵令息誘拐未遂になる。強姦未遂だと外聞が悪いと思われたのか、それ以前に彼らが叩きのめされたからなのかはわからない。

彼らの懲役は十年。そして、性欲がなくなる薬を生涯投与されることになった。やはり、強姦しようとしたことは刑罰に影響はしているようだ。

特にこの国——夏至祭では初めて出会う人との肉体関係を持つことが咎《とが》められない世界では、自由に性行為ができなくなるというのはとても厳しい罰なのである。

さらに四人は、神殿兵団を懲戒解雇された。

ヴィオラ公爵家からだけでなく、神殿からも賠償を求められる可能性があるけれど、それは僕の与《あずか》り知らぬところだ。強姦に関しては、未遂なんだからということにはならない。同意がない性的な行為は、未遂であっても恐るべき暴力だ。

ちなみに、ルカは厳重注意の上、謹慎を命じられた。

とはいえ、罪に問われたわけではない。警察と神殿は、ルカが僕を襲うようにサンドロたちを唆《そそのか》したのではなく、悪い噂を流したかっただけだと判断したようだ。

どう考えても今回の件は『ハナサキ』とはかけ離れている。ルカは、シナリオ通りの展開にすることを諦めたと考えていいのだろうか。

もしそうであれば、僕はもう大丈夫なのだろうか？

ゲームの悪役令息としての役目を負うことなく、穏やかに幸せに生きて行けるのだろうか？

第四章　断罪劇を越えて

神殿での事件の後、僕はしばらく学園を休むことになった。

そしてその間、ヴィオラ公爵家の領地で過ごすようにと父から言い渡されたのであるが——

そこで衝撃的なことを耳にすることになった。

「お父様、ベルが領地へ一緒に行かないとは、どういうことですか？」

「言葉通りだ。そして、それを機に本日からベルはガブリエレの従者を外れることになった。いや、ヴィオラ公爵家からも離れることになる」

「どうして……、どうしてこんな急に……」

父は戸惑う僕から目を逸らし、無表情に続けた。

「もともとガブリエレの学園卒業と同時に、ベルを従者から外し、ヴィオラ公爵家との契約を解くことは決まっていた。それが早まっただけだ」

既に決まっていたこと？

予期せぬ言葉に、僕は目を瞬く。

「せめて理由をお聞かせくださいませんか……？」

「いや、ガブリエレに話すことはできない。いずれ聞かせる日はくるだろうが、わたしの息子……ヴィオラ公爵家の子息であれば、黙って受け入れなければならない内容であるとだけ言っておこう」

「……承知いたしました」

そして、新しい従者はトマスだと告げられた。トマスは、以前ベルが父の外遊に同行していて不在だった時に僕の従者をしていた。僕のことをわかってくれているという安心感はあるので、よかったと思わなければならないのだろう。

そうは言っても、もちろん納得なんてしていない。しかし、父の言葉を受け入れるしかない。

公爵令息のガブリエレは、そういうふうに教育されているのだ。

僕は、父の執務室を退出して、廊下へ出た。

足元がふわふわとして覚束ない。まるでクッションの上を歩いているかのようだ。

喉に何かが引っ掛かっているような気がして落ち着かない。

父は、ベルが公爵家を離れることは、神殿での事件とは関係ないと付け加えた。このことがなくても、ベルとは雇用契約を解除すると決まっていたと。

ではベルの契約解除について、直前になってからしか知らされなかったのはどうしてだろう？

ベルがいなくなる。そのことに、僕の中のガブリエレも激しい衝撃を受けている。

ベルがガブリエレの元からいなくなる。これは現実なのだろうか？

そんなふうな言葉が身体の奥から湧き上がってくる。

――そうだ。ガブリエレはベルが自分から離れていくということが信じられないでいるのだ。

もちろん、貴族の嗜《たしな》みが身に染み付いているガブリエレのことだ。外から見ればいつも通りに見えるだろう。それが、今は切なく感じた。

部屋に戻ると、入り口の前にトマスが既に立っていた。

「ガブリエレ様、本日より再びお側でお仕えすることになりました」

そう言って、彼が頭を下げる。

「うん、トマス、よろしく頼むよ」

「誠心誠意ガブリエレ様の従者として務めます」

「期待している」

トマスは僕に挨拶をすると、手慣れた様子でドアを開けた。トマスが従者として仕えてくれる光景が、これからの僕にとっては当たり前のものになるのだろう。

トマスの淹《い》れてくれたお茶を飲みながら、自分の部屋のソファでぼんやりと本のページを捲《めく》る。

そんな時間を過ごしていると、ドアが叩かれる音がした。

――これは、ベルがドアを叩く音だ。

ハッとして、顔を上げる。

既に屋敷を離れているのかと思っていた。けれど、その予想は外れていたらしい。

部屋へベルを招き入れると、トマスは察したように部屋から出て行った。

「ガブリエレ様、失礼いたします」

そう言いながら、ベルがいつものように僕の前に跪《ひざまず》く。

あまりにもいつもと変わらない声と表情に、僕は何も言えないままだ。

あれほど、僕が痛めつけられそうになった時に激昂していたというのに、お前がいなくなることで、僕が傷ついているとは思わないのか？

そんな意地悪な言葉がつい出そうになって、ぐっと堪える。

無言のまま目線を合わせずにいると、ベルは僕を見上げて、右手を胸に当てた。

「お暇のご挨拶に参りました。この後、お屋敷を離れます」

淡々としたその声には、やはり特別な感情は感じられない。

僕は公爵令息としての気品を失わないように必死になりながら、言葉を紡ぎ出した。

「……ここを離れても、ベルなら心配ないだろう。これからも健やかに過ごせるように、祈っているよ」

「ありがとうございます。ガブリエレ様のご無事をお祈りいたしております」

これまでの教育から外れない挨拶をして、視線を交わす。

これだけで僕たちは別れていくのか？

ベルにとっての僕は、ただ無事を祈られるだけの存在となったのだ。

僕を守ってくれたベルは、いなくなる。

そして、もしかしたらこれこそが、ベルが僕への気持ちを変えるきっかけ――もしくは、本当は僕なんてずっと嫌いだったベルが解放されるきっかけなのかもしれない。

ゲームの曖昧な知識と、今までのベルの姿がぐちゃぐちゃに入り交じる。

そうこうしている間に、ベルが僕の手を握り、手の甲に唇を落とした。

「――っ」

これは、今までになかったことだ。唇の感触に、僕は思わず目を瞠《みは》る。

手袋をしていない手にキスをされるのは、ガブリエレにとっても生まれて初めてのことだ。

瞬きを繰り返すが、僕を見つめるベルは凪いだような無表情のままだった。

その顔を見て、ベルには心残りなどないんだろうな、と再認識する。

「ベルは、この後どこに行くつもりなのだ？」

僕はベルの瑠璃色の瞳を見つめ返して、聞きたかったことを口にする。ああ、この金粉を散らしたような美しい瞳を見るのもこれが最後になるんだ。

ベルは、僕の指先をじっと見つめてから、僕と視線を合わせた。

「わたしは、この後……、ルーチェ帝国に渡る予定です」

「ルーチェ帝国？」

ルーチェ帝国とは、フィオーレ王国の隣にある大国だ。ルーチェ帝国は以前皇帝の後継者が決まらなくて、内乱が起きていたと聞く。宮廷内では、実際に激しい後継者争いがあったそうだ。

それは僕が子どもの頃の話で、何年か国の中が荒れていた。後継者が決まって、国が安定したのが四年ほど前だったように思う。

そうだ。国交の正常化が進んで、ちょうど僕が学園に入る前に、父と当時は秘書候補だったベルが訪問した国だ。

ああ、もしかしたら、その時に何かしらの縁ができていたのかもしれない。

父の話から推察すると、僕が卒業して王家に嫁ぐのと同時に、ベルは新しい仕事に就く予定だったのだろう。例えば、政治関係者や貿易関係者との縁。それが、今の僕には教えられないほどの大物だと考えれば辻褄が合う。

僕の知らないところで、ベルは自分の身の振り方を決めていたのか。

――『ハナサキ』でベルが僕を裏切るという設定だったのは、僕の元を離れるから、もう、僕は用無しになるからだったのか。もう僕はいらなくなるから、それでだったのかな。

父は、本当は卒業後にヴィオラ公爵家を離れる予定だったと言っていた。

それならば、設定とも齟齬がない。ゲームの『ハナサキ』とはかなりストーリーが変わってしまっているようだけど、僕がベルに捨てられるのは変わらないんだ……

学園生活も残り僅か、ルカの行動はシナリオにまったく沿っていない。だから、このまま上手くいくのだと思っていた。

僕の隣にはベルが、ずっと居るのだと思っていた——

「ルーチェ帝国に行くのだったら、もう、会うことはできなくなるね」

「そんなことは……、ガブリエレ様」

ぽつりと呟くと、ベルが苦しそうに眉を顰《ひそ》めて、僕の名を呼んだ。

ルーチェ帝国は隣国で、国交もあるから行き来はできるだろう。だけど、ベルは誰か別の、隣国で高位の人間の従者になるのだと思う。きっと簡単に会うことはできなくなる。

「だってそうだろう」

僕がそう返すと、ベルが辛そうな顔をして僕の頬に触れる。その指が触れる優しさに、不覚にも目頭が熱くなるのを感じた。

自分から僕を捨て、僕から離れていくのにどうしてそんな顔をするのだろう。ベルは自分が選んだ道を行くというのに。

「ガブリエレ様……、ガブリエレ様」

ベルが僕の名前を呼びながら、その長い指で頬を撫でる。その指が頬をなぞる感触でわかった。

僕は涙を流している。

僕の中のガブリエレが、ベルと別れるのが悲しくて慟哭しているようだ。

「ベルは……、ベルは、いつまでも僕の側にいると言ったのではないのか……？」

声がうわずり、涙がぽろぽろと流れる。誰かの前でこんなに感情を表すなんて、公爵令息にはあるまじきことだ。

僕は、ガブリエレにこんな激しい感情があるとは思わなかった。

僕はガブリエレであり、ガブリエレは僕なのだ。

前世の記憶が蘇ってからは、ずっとガブリエレの感情が僕の感情と乖離しているような感覚があった。ガブリエレの感情を外から眺め、僕はただこの人生での酷いエンディングを回避するのに必死だったところもあった。その乖離が、一気になくなり、ガブリエレとしての感情が僕自体を包み込んでいく。

悲しい。悲しい。悲しい。

どうしてガブリエレが、ベルにあれほどの信頼を寄せていたのか。

どうしてガブリエレが、ベルにあれほどの接触を許していたのか。

――それは、ガブリエレがベルを愛していたから。

ベルのすべてを信じて、すべてを許すほどの愛情を抱いていたから。

ガブリエレがベルに裏切られて壊れてしまったのは、信頼だけではなく、愛情を彼に向けていたからだったのだ。

「ベルは、僕の側にいつまでもいると言ったではないかっ……！　どうして、どうして……」

僕はベルの手を振り払って、その首にしがみつく。まるで小さな子どものように。

ガブリエレはヴィオラ公爵家の子息であり、第一王子リカルドの婚約者だ。

自由な恋愛は許されない。いち従者に過ぎないベルがいくら優秀でも、その恋が成就することはない。

だから、ガブリエレは、自分の心の中でさえ、無意識にその気持ちを抑え込んできた。

――ベルは従者としていつまでも自分の側にいてくれる。いつまでも、自分を守ってくれる。

それだけで満足しようと、無意識のなかにすべて閉じ込めていたのに。

でも、もうだめだ。ベルが離れてしまうなら、我慢をした意味なんて何もなかったのだから。

「いやだ……ベル、ベル……」

僕を捨てないで。

僕を置いて行かないで。

僕はベルにしがみついてただひたすら、涙を流した。

「ガブリエレ様……！」

ベルは僕の身体を強く抱きしめると、僕のこめかみにキスをした。

そんなことをされたら、まるで愛されているみたいだ。ベルが僕を愛しいと思っていると錯覚してしまう。

それからベルは僕の腕をゆるめると、僕の額に、頬に、キスを落としていく。優しいキスではあるけれど、従者と曲がりなりにも主人の距離感ではない。

こんなことして、されて、いいのだろうか。最後だから、いいのか？

ベルに捨てられるのが悲しすぎて、もう思考力がなくなっている。ただただ、ベルの降らせるキスの雨に打たれながら、僕はベルを見つめる。

すると、ベルは目を見開いて、ぎゅっと僕の手を握り締めた。

「……そんな顔をされては我慢できない」

ベルの唇が僕の唇に降りてくる。触れるだけの優しいキスだ。初めてのキスにどくりと胸が高鳴る。

ちゅ、ちゅと僕の唇を食《は》んでから、ベルは、はあ、と熱のこもった息を吐いた。

「ガブリエレ様、わたしはあなたを愛しています。……言わずに立ち去ろうと思っていたのに」

ベルは、金粉を散らしたような瑠璃色の瞳で僕を見つめている。

そう言ってまた唇が重なる。その唇から、魔力が吹き込まれた。

それと同時に、急激な眠気にも近い何かが僕を襲った。僕の意識が僕からどんどん離れていく。

ベル、ベル……

僕のことを愛しているのなら、どうして……

「ガブリエレ様、必ず……」

ベルが何か言っている。

でも、僕にはもはや彼が何を言っているのか聞こえない。

どうしてベルは、あんなにうれしそうな声をしているんだろう。

僕から離れるのが、そんなにうれしいのだろうか。

ベルの腕に抱かれながら、やがて僕は完全に意識を手放した。

◇◇◇◇◇

目を開くと、ベッドの天蓋が見えた。外から鳥の鳴き声が聞こえている。

ベルが最後に僕をベッドまで運んでくれたのだろう。

「目覚めたくなかった……」

外を見ると、日が高く昇っている。

ベルは、と跳ね起きたが、気配すらない。

これから僕は、ベルのいない毎日を過ごさなければならないのだ。

ゲームの中のガブリエレは絶望して命を落としたのだが、僕はベルに捨てられたという絶望感とともに、生きていくことになるのだろうか。

鏡を見ると、瞼が赤く腫れている。

僕は光魔法で治癒をして、いつもの美しいガブリエレの顔に戻した。自分の光魔法をこのようなことに使うのはどうかと思うけど、公爵令息としては、泣いたとわかる顔を誰かに見せるわけにはいかない。

僕は自分で着替えを済ませると、ソファに腰かける。

そういえば、トマスを呼ばなかった。

従者がトマスの時は、外出時以外は自分で身支度を整えていた。

それはどうしてだったんだろうか。思い出せない。

お茶が飲みたいな、と思ってまたベルのことを思い出した。

いつもなら、僕が起きたらすぐにベルが朝のお茶を淹《い》れに来てくれたのに。

ああ、ベルのこと以外何も考えることができない。いったいどうすれば良いのだろうか。

ベル、ベル……

しばらくソファの上に呆けたように座っていると、トマスが部屋を訪れた。

「ガブリエレ様、お目覚めになられたのですね。お茶の用意をいたします」

「……うん、頼むよ」

僕の声を聞いたトマスは、ほっとしたような顔をしてお茶の準備を始めた。

「至急に昼食の準備を整えるように手配します。また、大変恐縮ですが、夕方には領地へと向かう予定ですのでこれからお荷物を運び出してもよろしいでしょうか」

何かを窺うような視線に、慌てて姿勢を正した。

「ああ、承知した。荷物の件は任せる」

お茶を一口飲んだ僕は、公爵令息ガブリエレとしての顔をトマスに向ける。

ベルがいなくなって絶望しているなんて、誰にも悟られてはいけない。

やがて昼食の準備ができたという知らせが入る。僕は背筋を伸ばし、優雅な足取りで部屋を出た。

いつもと同じ公爵令息ガブリエレに見えるように。

そう、僕はこれまでと同じように、すべての感情を押し込めて生きていくのだ。

それから二十日ほどが経過して、僕は王都へと帰って来た。

公爵家と神殿の話し合いが順調に終わり、予定よりも早く王都に帰ることができたのだ。

孤児院には、以前と同じように月一回、訪問する。

しかし、療養所での治療はしばらく行わない。

そう取り決めが行われたようだ。

学園への登校も再開した。

今までは、ベルを伴《ともな》っていたが、これからはトマスが僕の側に控えることになった。

トマスは、既に王立騎士学校で学業を修めているから、ともに学ぶわけではない。

ただ、僕の従者の役割を果たすだけだ。

学園で聞いてみると、ベルは僕の元を離れる頃には既に卒業までの課題を終わらせ、卒業できるだけの単位を取得していた。

卒業認定の手続きも終えているので、僕たちと同期の卒業生となることが決定している。

単位の取得はすぐにできることではない。ベルは僕を捨てて行くことを、かなり前から計画していたのだ。

僕の知らない間にすべての手続きを終えて、ベルは僕から離れていった。

彼にとっては予定通りの行動だったのだと思うと胸が痛む。

いつまでも僕の側にいるという言葉は嘘だったのだ。時期を考えてみれば、ルーチェ帝国から帰って来た時にそう言ったその瞬間から、ベルは僕に嘘を吐いていたのだ。

いつまでも僕の側にいるという嘘を。

しかしその事実がいくら僕の心を揺らしても、僕は公爵令息の顔をして、変わらずに過ごさねばならない。その痛みは、なかったことにしなくてはいけないのだ。

痛いと感じたのは、気のせいだと。痛いと感じたことはなかったのだと。

従者が自分の能力を生かす新しい道を目指して前進したことを喜ぶのは、主人として当たり前のことだ。

僕は、ヴィオラ公爵家の子息。ガブリエレ・デ・ヴィオラなのだから。

そして、僕が学園への登校を再開した頃には、リカルド殿下は学園内でアンドレア、ロレンツォとともに行動していた。

ヴァレリオは卒業間近のこの時期に、王立騎士学校に転校になったそうだ。

ガロファーノ公爵家の茶会にルカを連れ込み、彼の愚行を止められなかったことについて、怒り心頭に発したバルサミーナ騎士団長が、彼を騎士学校の一年生へ転入させたという。一年生からやり直さなければならなくなったことについては可哀想に思わなくもないけれど、騒ぎを起こした状況を考えれば仕方ない。

さて、アンドレアとロレンツォを側近として、リカルドはしばらくの間真っ当だった。

そんな彼の行動が変化したのは、ルカの謹慎が解けて学園へ来るようになってからのこと。

「リカルドー、こっちの席空いてるよー！」

「ルカ、そんなに慌てるとスープがこぼれてしまうぞ」

リカルドとルカがカフェテリアで仲睦まじい姿を見せている。ルカの場をわきまえない大声は相変わらずだ。その後も、リカルドとルカ、二人だけで行動する姿を見るようになった。アンドレアとロレンツォはその隣にはいない。

僕は彼らから離れた席をとる。すると幾人かの令嬢と令息が僕の隣に腰かけた。

ルカとリカルドが恋人同士のように振る舞う様子を見て、僕に冷たい視線を向ける者や、僕に憐れみの目を向ける者もいる。

彼らからは、婚約者に見捨てられた哀れな公爵令息に見えるのだろうか？

……ただ、今の状況を判断するのは難しい。僕とリカルドの婚約は破棄されていないし、ルカはリカルドと仲睦まじいままだ。しかし、周囲の大人からのルカの評価は最低。それに高位の貴族令息令嬢の間では、ガロファーノ公爵家でのルカの行動が知られているため、微笑ましげに見つめる目は少ない。

今僕の周りにいる子たちもそんな感じだ。

王家からは、僕が事件に巻き込まれたことについての見舞いがあったが、リカルドからは何もなかった。僕との関係を安定させる気はないのだろう。

今後、穏便に婚約を解消してくれれば良いのだけれど、ルカがどうしても婚約破棄に持って行きたいと考えていそうな気がする。前世の記憶があるのだろうけれど、それにしてもどうしてルカはあんなに僕に悪意を向けてくるのだろうか。

断罪されるのは御免被りたい。

そこまで考えて、ランチをとる手を止めた。

……改めて輪姦は嫌だな。ベル以外に触れられたくない。

そんな言葉が頭に浮かび、慌ててゆるく首を横に振った。

ベルのことを考えても仕方ない。ベルはもう僕を捨てていったのだから、僕は僕の人生を生きていくしかない。

そう、ベルがいなくなってから大きく変わったことの一つに、学園で人との交友に時間を取ることができるようになったことがある。

以前のガブリエレは、同じクラスにいるソフィアやパオロと行動する以外は、成人してからの関係構築を見据えてサロンを活用する程度にしか人付き合いをしていなかった。

しかし、今の僕は様々な人と話をするようになった。

ベルがいなくなったからには、一人でうまくやっていかなくてはと思ったのだ。

交友関係を広げてみると、ガブリエレが箱入りだったことがよくわかる。そして、周囲の人からも僕が冷たい公爵令息ではなかったと言ってもらえるようになっていった。

断罪される時に味方になってもらえるかもしれないと思えるぐらいには。

以前のガブリエレは、断罪になっても誰も庇いようがないぐらい他人との接点がなかったのだ。

しかし今では、学業の話や魔法の話をみんなと楽しむようになっている。

僕は俯いていた視線を上げて、周囲を見回した。

僕を見つけたアンドレアとロレンツォが近寄ってくる。

「やあ」と言って話し始めると、ロレンツォがうれしそうに僕に光魔法について質問を始めた。

「午前中の魔術操作の授業、厳しい構成でしたね。ガブリエレ様は、光魔法を使った後に大きな変調はないのですか」

「ええ。特に何も」

「素晴らしい。魔力量が大きいだけでなく、制御も完璧になさっているということでしょう」

「幼い頃から、制御の訓練をさせられてきましたからね。それこそ、泣きながら」

僕がそう言うと、周囲にいた子女たちが噴き出した。

「泣きながらですか！」

「ガブリエレ様の泣き顔、見とうございますね」

もうここでは誰も、リカルドとルカのことは話題にしない。

アンドレアは婚約者のソフィアを尊重しているし、リカルドの行動を修正するべく諫言していたのだが、既に見放したようだ。

ロレンツォはルカより僕の光魔法に興味があるらしく、魔法談義をすれば生き生きとしている。

彼が側近としてリカルドの側にいたのは、才能のある魔法研究者を取り込んでおきたいという生家の考えに基づいていたそうだ。ロレンツォ自身は魔法研究の方に進みたいと思っていたし、ナルチゾ侯爵もそういう王家との繫がりよりは魔法研究の方が重要だと思うような方だ。だからロレンツォは、無表情にやる気のない感じで、リカルドの側にいたんだという。

今は、王家も徐々にリカルドを見放し始め、ロレンツォが僕の側にいても特に咎《とが》められないようになった、というわけだ。

物語はゲームのシナリオを少しずつ外れ、みんな、学園卒業後の未来に進んで行く。

僕は、僕の未来は……、どうなるのだろうか。

このままでいけば、リカルドは僕との婚約を取りやめて、ルカと婚約することになるのだろう。

身分の低い男爵家の令息でも、光魔法を持っているからと言って、ごり押しするに違いない。

正直それについては、そうなってくれた方がありがたいのだが、もし婚約が破棄されたとしたら僕はどうなるだろうか。

僕が持つ光魔法と有り余る魔力は、王家にとっては脅威だ。だから、第一王子の婚約者になった。王家の守護を請け負うとともに、膨大な力に鎖をつけるために。

もともと、父もリカルドとの婚約には納得していなかったけれど、ルカが現れてからは積極的に婚約解消に動いてくれている。

それが順調に進まないのは、この光魔法の力をどう扱うかということが解決しないからなんだろう。

やっぱり僕は処刑されるか監禁されるしかないんだろうか……

せめて、ヴィオラ公爵領に蟄居することで許してもらえないものか。

明らかにゲームシナリオからは乖離しているというのに、問題が自分で解決できる範囲を超えているせいで、僕はものすごく後ろ向きな考えしか浮かばないでいる。

昼食を食べ終えて、内心ため息を吐きながら僕は立ち上がった。ロレンツォはまだ話し足りなそうにしていたけれど、また次の機会に、と言っておいた。

それから図書館への道を、トマスと護衛とともに進む。

そこを甲高い声で呼び止められた。

「悪役令息ガブリエレ！」

振り向くと、ルカが立っている。

うん、僕を悪役令息って呼ぶのはルカだけだよね。知ってた。そして、第一王子と結婚する気なら、もう少し貴族のしきたりについて勉強しないとだめじゃないかな。

僕たちはいまだ、自己紹介をしていないいし、僕は公爵令息だ。男爵令息の君から話しかけることは許されていない。そして、名前を呼び捨てにするなんて論外だ。

――数か月前にも思った気がするな、これ。

リカルドは、何も教えていないんだろうか。このままでは、王宮に上げるのは難しいんじゃないかな。僕が心配するようなことじゃないけれど。

僕は、ルカを無視して、そのまま図書館への道を進む。

無暗《むやみ》に関わらない方がいい。そう思ったからだ。

けれど、ルカは僕の後ろで叫び続けている。

「お高くとまっても、もうお前は終わりだ！　お前が邪魔をしたせいで、ハーレムルートは無理だったけど、リカルドは僕のものになったんだから！」

――ハーレムルート？　僕には理解できるけれど、トマスや護衛には何を言っているかわからないだろう。ゲームの用語を使うのはよせばいいのに。

彼が何を言っているのかわからないふりをして、歩みを進める。

「僕は、お前を断罪できるネタを手に入れたぞ！　卒業式で、婚約破棄されて、それで、どんな刑を受けるのか、ははっ！　楽しみに待ってろ！」

すると、そんな僕の反応なんてどうでもいいと言うように、ルカは大きな声で笑いながら走り去って行った。

トマスが苦り切った顔で、僕の横に追いついてきて囁く。

「何と無礼な。あの子どもには関わるなと、ガブリエレ様からも旦那様からも伺っておりましたから黙っていましたが、まったく酷い。どうしてあんな男爵家の子どもを殿下は寵愛されているのでしょうか……」

「そうだね。恋に心を囚われて何も見えなくなっているからじゃないかな」

「ガブリエレ様……」

まだそれほど長い時間を過ごしていないから、トマスには免疫が付いていないのだろうがルカはずっとあんなものだ。

大変申し訳ないが、あの言動に慣れてもらうしかない。

僕は軽く頷いて、先へ進むよう促した。

「大丈夫だ。図書館へ行こう」

「はい」

また静かな廊下を進んでいく。

だけど、ルカは気になることを言っていた。ルカは、僕が『ハナサキ』を知らないと思っている。でも、僕はゲームで僕がどうなるのか知っている。

僕は卒業パーティで婚約破棄され、断罪の後、地下牢で輪姦されて処刑されるのだ。

「僕を断罪できるネタというのはなんだろうか……？」

僕はルカに関わっていないし、リカルドにも無礼は働いていない。むしろ、助けたぐらいだ。

それなのに断罪のネタがあるって、どういうことだろうか。

ゲームと違うのは、アンドレアとヴァレリオ、ロレンツォがリカルドの側近ではなくなっていること。そして、父が卒業パーティの日に外遊には行かないこと。

今となっては、何がなんでも僕の卒業パーティには出席すると父は言っている。断罪のことを知っているわけではない父が絶対に卒業パーティに出席したい理由はわからない。

だけど何かあっても父がいれば、すぐに牢に入れられることはないはずだ。裁判ぐらいは受けさせてもらえるだろう。

それに、『ハナサキ』の設定とは違うことがまだある。

僕の側にベルがいないことだ。

あのゲームでガブリエレが断罪をされるには、ベルの裏切りが不可欠だった。

ベルの裏切りがなければ、何かの証拠をでっちあげることは難しいだろう。僕がルカを害したということを捏造しようにも、方法がないはずだ。

邸宅に帰ると、僕は部屋で一人ベッドに腰かけた。

それから、ベルがいなくなってから何も書かなくなった手帳を開く。

前世の僕の記憶はだんだん薄れてきている。今まではガブリエレという別人が、僕の中にいたような気がしていたけれど、このところは僕自身がガブリエレとしての感情を持ち、生きているような感覚だ。

それに『ハナサキ』の設定などで今の現実と齟齬がある部分は、既に手帳を見ないと確認できないこともある。

そう、今の僕はこの世界で生きてきたガブリエレである意識の方が強くなっている。だけど、元のガブリエレのままではない。

ガブリエレのままだったら、前世のことを思い出さないままだったら、こんなに悲しいという感情に囚われなかったのではないだろうか。

いや、ベルがいなくなってしまったら、悲しいと思っただろうか。

BLなんてわからない、と思っていたけれど、もはや今の僕は僕としてベルに恋をしていた。

手帳に書かれた『ベルに裏切られないためにはどうすれば良いのか』という文字をそっと撫でると、胸が詰まり、息苦しくなる。

もうベルは僕を捨てていった。裏切る前に、僕をここへ置き去りにしたのだ。

ベル……ベル……どうして……

僕はその日の夜、ベッドの中で少し泣いた。

◇◇◇◇◇

ルカはそれからも僕を脅すように「断罪の準備をしている」と告げるばかりで、リカルドとの婚約破棄の話も出てこない。

アンドレアとロレンツォはすっかりリカルドの側にはいなくなり、僕はほどほどに楽しい学園生活を送っている。

事件以来足が遠ざかっていた王宮にも行くようになった。もっとも、王家の秘匿事項に関する教育以外はほぼ終えているため、外国語教育の復習ぐらいのものである。そして授業の後には王妃殿下からお茶に招かれている。

「ガブリエレは少し雰囲気が変わったな。なんというか、大人びたような……」

王妃殿下はそう言って微笑むと、王家御用達の香り高い紅茶を勧めてくれた。

「そうでしょうか。自分では未だ至らぬところが多いと思っておりますが」

僕がそう答えると、王妃殿下は感情の見えない曖昧な笑みを浮かべた。僕が変わったのだとすれば、ベルに捨てられたことが大きく関係していることだろうと思うのだが、王妃殿下にどのような意図があるのかはわからない。僕も曖昧な笑みを浮かべて紅茶を口に含む。

「以前から言っておるように、リカルドのことは本人の意思によるものであるから、ガブリエレが責任を感じる必要はない。それより、ガブリエレ自身のことを考えよ」

僕自身のことを考えるとはどういうことだろう。ヴィオラ公爵家のために、フィオーレ王国のために生きている僕にとっては難しい話だなと思いながら王妃殿下の言葉を聞く。その意図がわからぬままにお茶会を終えて帰路についた。

王妃殿下と相対するのは、慣れているようでも疲れるものだ。

自宅に到着して部屋のソファに座ってほっと一息ついていると、トマスがお茶を用意してくれる。

「これは……」

トマスの淹《い》れてくれたハーブティーは、僕が精神的に疲れている時にいつもベルが用意してくれたものと同じだった。目を見開く僕にトマスが微笑んだ。

「ガブリエレ様の気持ちがお疲れのご様子であればこのお茶を淹《い》れるようにと、ベルから伝えられております」

ベルが……

それを聞いた僕の心は騒《ざわ》めくけれども、トマスにそんな様子は見せられない。

僕は気遣ってくれたトマスに笑顔を向けた。

「そうか、僕のことを考えてくれてありがとう、トマス」

僕の言葉にトマスはうれしそうな様子を見せ、いそいそと明日の準備を始めた。

ベルがそんなことをトマスに伝えていたのかと思うと、うれしいような物悲しいような気持ちになる。

ベルはやはり僕を大切に思っていたのではないかという淡い希望と、捨てられたのだという絶望が、僕の心の中で同居しているのだ。

ああ、ベルはどうして僕を捨てて行ったのだろう。同じ問いを何度も胸に抱く。

その答えを教えてくれる瑠璃色の瞳の彼は、もう僕の側にはいないのに。


そんなある日、僕は孤児院を訪れた。

あの事件があって、領地に僕が引きこもってから初めてだから、随分久しぶりだ。

久しぶりに子どもたちに会えて、うれしく思う。

そうなんだけど……

「ガブリエレさま、いらっしゃいませ」

「あれ？　ベルさまはどうしていないのですか？」

「ガブリエレさまー、ベルさまはー？　ごびょうき？」

ベルがなぜ来ていないのかと、何人もの子どもに聞かれた。

僕は説明する。

ベルは公爵家からいなくなってしまった。だから、もう僕と一緒に孤児院へ来ることはないのだと。

それなのに、いくら言い聞かせても、子どもたちは誰も納得してくれない。

「ベルさまが、ガブリエレさまのおそばをはなれるわけがありません」

「ベルさまは、ガブリエレさまとずっといっしょだっていってました！」

子どもたちは、かたくなにそう言って納得しないのだ。

まったく、ベルは子どもたちにもそんなことを言っていたのか。

子どもたちの言葉を聞いたトマスも、困ったような笑みを浮かべている。

その後は僕が本を読み聞かせ、トマスがベルと同じように活動的な子どもたちと遊び始めてからは、そんなことは忘れてしまったかのようにはしゃいでいた。

トマスは子どもと遊ぶのが上手くて、夢中になってしまったようだ。

そのうちにベルのことは、まったく話題に出なくなった。

そのことがありがたいような、悲しいような気持ちでいたのだけれど。

「ガブリエレさま、ありがとうございました。トマスさんもありがとうございました」

「また、ベルさまといっしょにきてくださることをたのしみにしています。ぜひ三人できてくださいね」

「ガブリエレさま、ごきげんよう。トマスさん、こんどはベルさまをつれてきてくださいねー」

子どもたちにそう言われて、ぐっと言葉に詰まってしまった。

彼らは、ベルが来ないというのを一時的なものだと信じているようだ。

僕はその別れの挨拶に、言葉に詰まらせながら手を振った。

「……みなさん、ごきげんよう。またね」

卒業までほど近くなり、学園を卒業した後の自分の行く末によっては、ベルどころか僕もここに来ることはできなくなる。そんなことを考えながら、僕は孤児院を後にした。

しかし、少なくともベルがここへ訪れる日はもうやってこないだろう。

僕は重い足取りで、ジャチント神官長の部屋へ向かう。

神官長は僕を見て、おや、と低い声で呟いた。

「もうすぐご卒業ですね。――今日は表情が少し陰っていらっしゃるようですが、学園を離れるのがお寂しいのですかな？」

「そんな……いえ、そうかもしれません。僕の人生の中での平穏な時期が、終わるような気がいたします」

神官長の部屋でお茶をいただきながら世間話をする。

学園とは違う空間に気が緩み、そんなことを言ってしまった。驚いたような顔をした神官長に慌てて首を横に振り、僕はお茶を一口啜る。

『ハナサキ』のガブリエレは卒業の後、すぐに処刑された。

僕は、これからどうなるのだろう。

神官長はそんな僕の様子を見てふっと微笑むと、言葉を継いだ。

「学園が原因ではないと申しますと……いや、これ以上は野暮ですな」

そう言って、彼はお茶のお代わりを僕に勧めた後、ほんのりと悪戯《いたずら》っぽい色を瞳に浮かべて言葉を続けた。

「――そういえば、ルーチェ帝国の皇室で動きがあるようですな」

「ルーチェ帝国で？」

ベルの行った隣国の名に、思わず反応してしまう。

神官長は頷いた。

「どうやら動きがあるのは、学園の卒業式が終わってからのようです。お父上は、しばらく外交で忙しくなられるかもしれませんね。神殿同士の情報なので詳しい中身はお話しできませんが」

「承知いたしました。重要な情報を教えてくださってありがとうございます」

微笑んだ僕を見て、神官長は、思いやりに満ちた穏やかな表情を顔に浮かべた。

「ガブリエレ様は、ご立派になられた。神様はガブリエレ様の行いをご覧になっています。人生の平穏な時期が終わったということでは、決してありませんよ。これからの平穏と、ご多幸をお祈りします」

「神官長様、感謝いたします。神の栄光が現れますように」

僕は、自分が再び神殿を訪れることができるように祈りながら、神官長室を辞した。

――このタイミングで、ルーチェ帝国に政治的な動きがあるのか。

だから、『ハナサキ』のヴィオラ公爵は、外交のためにフィオーレ王国にいなかったのだな。それで、ゲームでは卒業式にも卒業パーティにも出ていなかったのだろう。

しかし、神官長によると、ルーチェ帝国に動きがあるのは卒業式の後になりそうだという。父は予定通り僕の卒業式と卒業パーティに出席してから、ルーチェ帝国に向かうはずだ。

もう、完全に『ハナサキ』とは違う展開になっている。

このまま、断罪は回避できると良いのだけれど。

そう思いながらヴィオラ公爵邸へ帰るため、神殿の門で車に乗り込もうとした時、突然大きな破裂音が響いた。

「ガブリエレ様、体勢を低くしてください！」

誰かの手が僕に向かって伸びてくる。

しかしトマスはそれを蹴散らすと、僕を背中から抱えるようにして、走り出した。

そのまま神殿の門を潜り抜ける。

神殿騎士が入れ違いに外へ飛び出して行くと同時に、数人の男たちが大声で叫ぶ声が聞こえる。

「神殿に入ったぞ！　あのプラチナブロンドだ！」

「捕まえろ！　神殿だからと気にするな！」

まさか、プラチナブロンドって僕のこと？

「ヴィオラ公爵令息、神殿の奥へ避難してください」

神殿兵士が神殿の奥へ誘導しようとするけれど、僕のせいで神殿が爆破されてしまっては大変だと躊躇してしまった。

「ヴィオラ公爵令息、神殿は我らが守ります。ご心配なさらずに避難をお願いします」

実直そうな神殿兵士が、再度僕に向かってそう促すと、トマスが僕を神殿の中へ移動させようとする。

「ガブリエレ様、我らがここにいては足手まといです。早く避難しましょう」

「……そうだな。わかった」

そう、公爵令息である以上は守られる対象として行動しなければならない。守られるのが僕の仕事でもあるのだ。

神殿の応接室で待機しているうちに、事態は収束し、三人の犯人は取り押さえられた。警察も到着して、また事情聴取をされる。

とはいえ、今回については直接犯人とは接していないし、心当たりすらない。

それに、ゲーム内にこんな事件があるなんて知らない。

「ヴィオラ公爵令息を狙う者については、可能性が多すぎてすぐにはわかりませんね」

警察の人は申し訳なさそうにそう言って帰って行った。

結局何事もなかったように僕は自宅へと帰ることができた。しかし、父によって翌日から僕の護衛を増やされ、外出は減らされることになった。

まあ、僕はそんなに自由に出歩ける立場でもなかったから、不自由は通常通りだけれど……不気味なことが一つある。

今回の犯人が全員自害したというのだ。

数日後、警察から連絡があったと、兄から知らされた。

犯人たちは逮捕されて警察へ護送される途中で、口の中に仕込んでいた毒薬を飲んで自害したそうだ。警察の身体検査が甘すぎると父は憤っていたらしい。

もはや物語はゲームシナリオから大きく外れてしまったように思える。

一方で、リカルドとの婚約は続いていて、ルカからの敵意は消えていない。

いったい、僕は何に狙われていて、何に気をつければいいいんだ？

俯いた僕の背中を撫でながら、兄は僕に囁いた。

「警察によると、お前を襲おうとした者たちはどうやら我が国の者ではないらしい。今後も警戒を怠《おこた》ることはできないな」

「承知しました」

兄の言葉に僕は頷くことしかできない。不自由な生活は続くけれど、仕方ない。

断罪だけでなく、僕を狙っている者からも身を守らなくてはならない。

そしてその時、僕は自分が狙われている本当の理由をまだ知らなかったのだ。

◇◇◇◇◇

卒業式の前日の夜、僕は父から王城の執務室へ呼び出された。

それは、僕にとっては福音だった。

「ガブリエレ、リカルド殿下とお前の婚約が正式に解消されることになった。王家とヴィオラ公爵家での婚約解消の手続きは、既にすべて終わっている。ま、婚約解消は、純粋に政治的な事情でということになっているので、双方に瑕疵《かし》はない。周知はお前たちが卒業してからとなる」

「承知いたしました」

「王家に嫁ぐための努力が無駄になったように思うかもしれないが、お前の努力は、これからの人生にきっと役立つだろう」

「いえ、僕の努力が無駄だったとは思いません。お気遣いありがとうございます」

なんとあっさりした婚約解消であろうか。

僕は瞬きをしつつ、内心独り言ちた。

リカルドの婚約者として長年努力を重ねてきたが、婚約解消ができたことについてはほっとしている。以前、王妃殿下がリカルドのことについて責任を感じる必要はないと言ってくれた記憶が、今の僕を楽にしてくれる。

結局最後までリカルドは何一つ変わらなかった。

僕を便利な光魔法の使い手としては使いつつ、ルカに対してだけその愛情を向ける。

彼は悪人ではないが、お互いに親愛の情があるわけではない。

そもそも、リカルドは王族で僕は公爵家の子息だ。お互いに、政略の都合で振り回される立場だから、婚約を結ぶことも婚約解消も自分の意志でどうにかなるものではない。

二人とも諦めていたという表現が、ぴったりなのではないだろうか。

……リカルドは、これでルカと結婚することができるのかな。

ルカは光魔法の使い手だ。これから王家が厳しく教育すれば、一般の男爵子息よりはリカルドと結婚できる目はある。どうにかなるのかどうか不安な要素はたくさんあるものの、リカルドの愛とやらで頑張らせれば良い話だ。

……ルカの日頃の行動を見ていれば、甘い見方かもしれないけれど。

公爵家の子息である僕の身からすれば、あのルカが王子の伴侶になるのを、諸手を挙げて賛成する気にはなれないけれど。僕に不利なことを吹っ掛けてくるかもしれないし。

国王秘書官長と父が何かを話している姿をぼんやりと見つつ、僕はそんなことを考えた。

あまりにも突然、かつあっさりと婚約を解消されてしまったせいでどうすればいいのかわからない。

これで、ゲームは終わったのだろうか？

僕はこれから、『ハナサキ』のガブリエレとしてではなく、ただのガブリエレとして生きて行けるのだろうか？

そう思っていたところで、秘書官長は挨拶もそこそこに執務室から退出し、父が急ぐように話を進めた。

「それで、ガブリエレのこれからのことであるが、とある重要な役目を果たしてもらおうと考えている」

その持って回った言い回しに、僕はぴくりと眉を上げた。

「重要な役割ですか。詳しくお伺いしても？」

「いや、詳しくは卒業式が終わってからだ。もともと今日は、お前に次の役割のことを話すつもりではない。準備がまだできておらんのでな。重要な役割であるといっても、ガブリエレがどうしても嫌であれば、断ればよい。――わたしは、ガブリエレが、この役目を受け入れることによって幸せになると思っているがな」

最後の一言は、不思議と家族にだけ見せる穏やかな表情とともに僕に向けられた。

政治的に重要な役割を断っても良いのだろうか。

僕は首を傾げる。

それに幸せになるというのは、どういうことだろうか。

「……いえ、公爵家に生まれた身なのですから政治的に動くのは当然のことです。それにお父様は、僕のためにならないようなことはお受けにならないでしょう」

「ふふ、リカルド殿下との婚約を長引かせたのだからそうでもないぞ。とにかく、これからのことは、明日の卒業式を終えてから考えよう」

「はい、かしこまりました」

その後僕は家に戻り、父と、仕事から帰って来た兄と、卒業式の話をして和やかに過ごした。

学園生活も驚くほど呆気なく終わってしまった。

僕は首席で卒業するため、卒業式で学園長から表彰されることになっている。

ちなみに、答辞はリカルドが読む。王家には花を持たせる必要があるからだ。答辞なんぞどうでも良いので、リカルドに花を持たせることに抵抗はない。みんなのために卒業式に相応《ふさわ》しい答辞を読んでくれることを願うだけだ。

卒業式だけでなく、卒業パーティには国王夫妻が来賓として来るそうだ、と兄から聞いて僕は首を傾げた。

『ハナサキ』ではどうだっただろう。

リカルドも、いくらなんでも国王夫妻の前では断罪劇をすることはできないのではないか。日本のゲームの中でだけ成立していたことも、今のこの世界では非常識なことなのだから。

しかしルカは、ゲームの中の常識であり、この世界の非常識である知識を当たり前のように押し通そうとしていた。それだけは注意しなければならないだろう。

ゲームの強制力や何かで、非常識が強引に通されてしまう可能性がないとはいえないのだ。

――リカルドは、ここまで来て尚、ルカと一緒にいることを選んだのだから。

それでも僕とリカルドの婚約は、既に解消されている。リカルドが婚約破棄をするために僕を断罪する必然性は、なくなったのだ。

もうあとは、ただの公爵令息のガブリエレとして生きるだけ。

きっとそのはずだ、と思いながら僕はベッドの中にもぐりこんだ。

◇◇◇◇◇

青空が広がる晴天の日、卒業式は厳《おごそ》かに執り行われた。

ルカが暴れ出すこともなく、リカルドの答辞は粛々と読み上げられた。

ルカと一緒にいる姿に閉口していた者たちもうっすらと涙ぐんでいたから、たぶんいい答辞だったのだろう。

「ガブリエレ、首席卒業、おめでとう。これからも我がフィオーレ王国のために尽力してくれ」

「ありがとうございます。リカルド殿下の答辞には感動いたしました。今後もフィオーレ王国の輝く太陽であられますようお祈りいたします」

「うむ」

卒業式の後で、僕に声をかけたリカルドは清々しい顔をしていた。

僕たちの婚約が解消されたと口には出さないけれど、そのことは、リカルドにとっても喜ばしいことだったに違いない。

——もしかしたら、最初から王子とその臣下として接していれば、僕たちは望ましい信頼関係を持てたのかもしれない。それも今となっては、あったかもしれないというだけの事象だ。元婚約者である僕が、今後リカルドの側近になることはないだろう。

卒業生や、在校生でパーティに参加する者は一旦学園から引き揚げて衣装を着替える。

僕も自分の屋敷に帰り、着替えをする。僕の衣装は、卒業パーティのために作った白いテイルコートだ。モイラに着付けをしてもらって、鏡の前に立つ。

「ガブリエレ様、大変お似合いです。お美しい……」

身支度を整えてくれたモイラは、僕の姿を見ながらそう呟いた。

「いや、モイラが完璧に着付けをしてくれるからだ」

「もったいないお言葉です」

モイラは楚々としたお辞儀をして、僕を熱っぽく見つめる。

非常に喜んでいるようだ。うん、相変わらず無表情だけれど。

「それでは、行ってくる」

そう言って部屋を出ると、モイラは綺麗な礼をして、僕を見送ってくれた。

無事に帰って、モイラに着付けをほどいてもらえるように願いながら、僕は車に乗り込んだ。

この卒業後のパーティこそが、エンディングがどこに分岐したかをプレイヤーに伝える場所だ。

再び学園に到着すると、パーティホールに向かう。

誰のエスコートもなく、一人で向かうのだ。ゲームの中のガブリエレは、リカルドにエスコートされなくて落胆したのだろうか。今の僕は、既にリカルドの婚約者ではないのだけれど。

かつての王が学生に良い経験を積ませるためにと力を入れて整備した学園のパーティホールは広く、大きなシャンデリアが輝いている。前世の日本では考えられないぐらい豪華だ。

今は、卒業生しかホールにはいない。

卒業パーティの開始直前に卒業生の縁者が入場し、開始直後に来賓が入場する。

そういうスケジュールなのだ。今年は僕の父やガロファーノ公爵が参加するし、来賓として国王夫妻がお越しになる。近年の学園の卒業パーティの中でも、派手なものになりそうだ。

立ち位置が決まっているわけでもないけれど、僕はパオロとソフィア、アンドレア、ロレンツォと五人でホールの前の方に集まり、卒業パーティの開始を待った。

僕たち高位貴族が前方にいることも、この世界での暗黙の了解だ。

ソフィアとアンドレアは婚約者らしくお互いの色を取り入れた装いで寄り添っている。

パオロは婚約者のマッテオが、縁者としてパーティに参加することになっているそうだ。少しそわそわしている姿が可愛らしい。

ロレンツォは魔術師のローブを正装として着てくるのかと思っていたのだが、今日はテイルコートだ。卒業生たちが、ロレンツォの二度と見ることができないかもしれない美しい姿を目に焼き付けようとしているのがわかる。

周囲にいる顔ぶれを眺めながら、ベルも一緒に卒業するはずだったことを思う。

しかし、それを考えても仕方ない。ベルはもうここにはいないのだ。

それぞれが、少しばかりの感傷と、未来への思いを胸に卒業パーティが始まるのを待つ。

――そんな時間だと思っていたのだけれども。

僕の見込みは甘かった。

「ガブリエレ・デ・ヴィオラ！　リカルド・デ・フィオーレの名において、お前との婚約を破棄する！　そして、ルカ・デ・ジラソーレとの婚約をここに宣言する！」

僕たちと同じくホールの前方に立っていたリカルドが、つかつかと中央に歩み出て、僕の方を指さし、そう言い放った。

――さっきまで、なんだか円満に別れる予定じゃなかったか？

あまりの豹変ぶりに、僕は硬直した。

リカルドの宣言は、まるで劇の台本に書かれたセリフを、そのまま読み上げたような感じだった。

言葉を濁さずに言えば、棒読みだった。

突然卒業パーティで始まった演劇。いや、断罪劇なのか。

上座でポーズを決めたリカルドは、ゲームの攻略者らしく顔も立ち姿も良い。

だけど、今なんて言った？

リカルドは『婚約を破棄する』って言った。

ちょっと待って。父は昨日、僕とリカルド殿下の婚約は正式に解消されたと言っていたのに、どういうことだ？

やはり、断罪劇は避けられないのか……？　というか、これは王家に了承されているのか？

リカルドと僕は、既に婚約を解消しているはずだ。まだ周知されてはいないものの、その婚約を『破棄』ってどういうことなんだろうか。リカルドはまさか僕たちの婚約が解消されたことを知らないのだろうか。いや、知っているはずだ。

ということは、リカルドは婚約を解消していると知っているのに、ルカの望むゲームのイベント達成のため、『婚約破棄』という言葉をここで出したということ――？

ホール内の卒業生たちは、突然のことに呆然としている。アンドレアとロレンツォは、今後の事態に備えるかのように明らかに雰囲気を変えた。

そして、リカルドの後を追うように、ルカまでがホールの中央に進み出た。そしてリカルドの腕に自分の腕を絡ませるようにして隣に立つ。

彼の顔が、にたりと笑うのが見えた。ルカのすごいところは、あの顔を僕以外に見せても平気なところだ。もしかしたら、他の人からは可愛い笑顔に見えているのかもしれないけれど。

仕方ない。ここは、公爵令息らしい振る舞いでリカルドに答えなければならないだろう。

それに、婚約の解消が周知されていない現在、『婚約破棄』というさも僕に咎《とが》があるような言い方をされるのは望ましくない。

「恐れながら、申し上げます。リカルド殿下と僕の婚約につきましては、フィオーレ王家とヴィオラ公爵家の契約により決められたこと。殿下が、このような場で破棄を宣言されることではないように思われますが」

公爵令息が王子に対して取るに相応《ふさわ》しい礼をしてから、常識的な範囲で質問をする。

『ハナサキ』の……、いわゆるゲーム通りの流れになっているのならば、これで収まることはないだろうけれど、この一年の流れはゲーム通りではないはずだ。

だって、リカルドの側近になるはずだったアンドレアもロレンツォもこちら側にいるし、ヴァレリオに至っては学園から去っていてこの場にはいないんだもの。

それに周囲の大人たちはいつだって真っ当な判断を下してくれていた。親たちも臨席する予定の中で、僕の言葉が無視されることはないだろう、とリカルドをまっすぐ見つめる。

すると、リカルドの目が泳いでいて、明らかに動揺していることに気が付いた。

本来はすべきでないことをしているのだと、リカルドにはわかっているのだろう。

それなのにこんな行動に出たのか。リカルドは、どうしてこんなことをしようと考えたのだろう。

その問いに対する答えは、その行動の元となったと思われる人物が僕らの会話に割り込んできたことで明かされた。

「そんな建前の話はどうでもいいんだよ。悪役令息のガブリエレを断罪して、婚約破棄をしないと、僕とリカルドは幸せになれないんだっ！　そういうイベントなんだよ！」

ルカの甲高い声とその主張に、頭が痛くなる。

やはりイベント達成のためか。そうか。

この世界での王族や貴族の結婚は、家同士の政治的な要素を大いに含む。

既にリカルドと僕の婚約は解消されているのだから、確かにルカはリカルドと結婚することができるかもしれない。しかし、円満な婚約の解消を婚約破棄だと言い立てたり、新たな婚姻の契約を私的に結んでも問題がないかのように振る舞ったりするのは、常識的に言っておかしい。

いくらルカが王家にとって好ましい光属性の持ち主でも、結婚は認められないだろう。

呆れた僕が黙り込むと、アンドレアが静かに割って入ってくれた。

「ルカ、君は黙っていなさい。王家と公爵家の婚約の話に、部外者が立ち入るべきではないだろう」

しかし、ルカはふんと鼻を鳴らし、嘲るように笑う。

「うふふっ何を言ってんのさ。僕はこれから王の伴侶になるんだよ？　君たち公爵家の人間が僕のやることに文句つけるなんて、身の程知らずなんじゃない？」

「ルカ……」

「さあ、リカルド、早くガブリエレを断罪してしまおうよ。僕たちの幸せのためにさ」

戸惑うようにルカの名を呼ぶリカルド。その背を押すようにリカルドに笑顔を向けるルカ。

その笑顔はすべてを魅了するような愛らしさだ。

――これがゲームの強制力ってやつ？

リカルドは、完全にルカに圧倒されている。王子という立場なのにそれはちょっとどうなんだろうかと思うぐらいだ。その様子が微笑ましい恋人同士には見えないのは、僕の偏見だろうか。

そもそも、まだ王子と婚約すらしていないルカが、『王の伴侶』だなどと言って王家の威光を笠に着ようとしているのは、異様だ。

せめてもう一言ぐらいは、と僕はゆっくりと言葉を紡いだ。

「リカルド殿下、殿下はこの茶番劇が必要でないとご存知なはずです。卒業パーティは卒業生にとってはこの三年間の集大成として執り行われるもの。学園生活の締めくくりを行うための重要な儀式でございます。速やかにこの演劇を中止されて、パーティを始めることができる状況に変えていただきますよう、要望いたします」

「ガブリエレ、俺は……」

「リカルド！」

僕の言葉を聞いて、何かを話しかけようとしたリカルドは、ルカに腕を引かれて再び目を泳がせた。瞬きの回数も増えているし、かなり動揺しているようだ。

この断罪劇は、リカルドの本意で行っていることではないのだろう。だって、僕と婚約解消しているリカルドには必要のないことなのだから。

リカルドは、ルカに唆されたのだろうし、なんでこんなことをしなければならないかわからないでいるはずだ。いや、ルカにしかこの断罪劇の必要性はわからないだろう。

さあ、最後だ。

僕が視線を送ると、アンドレアとロレンツォが一歩前に進み出る。

「リカルド殿下、是非、適切なご判断を」

「皆、リカルド殿下のお言葉を、待っております」

側近を辞めたとはいえ、ずっと彼の側にいた二人に畳みかけるように決断を促され、リカルドはしばし目を閉じた。

そして意を決したように目を開いて、言葉を発した。

「皆が楽しみにしている卒業パーティであるのに、騒がせて悪かった。扉を開けて、縁者を会場に入れよ。パーティを始めよう」

「リカルド！　どうしたんだよ！」

「リカルド殿下のご英断に感謝いたします」

「リカルド殿下！　ありがとうございます！」

リカルドが目を閉じていた間に、どのように彼の意識が変わったのかはわからない。

しかし、リカルドはここまでとは打って変わったような王子然とした態度とともに声を張り上げた。ルカの抗議の声は、卒業生の声にかき消されていく。

同時にホールの扉が開かれ、親や祖父母といった家族や婚約者など、卒業生の縁者が順次入場してくるのを見て、僕たちはほっと胸をなでおろした。

しかし、安心したのは一瞬だった。

「くそっ、悪役令息ガブリエレ、リカルドが断罪しないんなら僕がしてやるっ！」

ルカはその可愛い顔を憎悪に歪ませてそう呟くと、特有の甲高い声を張り上げた。

「みんな、聞いて！　悪役令息のガブリエレは、リカルドという婚約者がいるのに、神官や神殿兵士とえっちなことをしてたんだ！　えっと、乱交してたんだ！　純潔を守ってなかったんだよ！

これは、大きな罪だと思う！」

ルカが甲高い声でぶちまけた話の内容を聞いてホールが一瞬静かになり、その後、人々がひそひそと話しだす。

は……？

ルカは何を言っているんだ。

いやしかし、ルカが手に入れたと言っていた断罪のネタとはこれなのか。

明らかに虚偽じゃないか。虚偽による中傷だ。

「ルカ、黙れ！」

リカルドが止めようとしたが、ルカの口は止まらない。

「乱交していたことを隠すために、従者のベルも追放したんだ！　だからベルは、急にいなくなったんだよ！　王子の婚約者でありながら、こんな不道徳なことは許されない！　衛兵！　悪役令息ガブリエレを捕らえて牢に入れろ！」

不道徳なのは、ルカの方だと思うけれど、と夏至祭の日を思い出して遠い目になる。まあ、とはいえあれは一応夏至祭の熱に浮かされたものだと置いておこう。

兵士のような服装の六名の男が、人をかき分けてくる。

武器を持った姿に、令嬢たちが悲鳴を上げ走り去ろうとする。一転して、会場が混沌とした雰囲気に包まれた。壁際に控えていた僕たちの護衛も彼らのもとに走り寄ろうとしているが、会場の混乱に巻き込まれて上手く近づけない。警備の計画は今後練り直さなければならないだろうな。

――これは、僕が対処しないといけないようだ。

僕の方に向かってくる男たちは衛兵っぽいけど、なんとなくチープな衣装を着ている。彼らはそれなりに屈強で、そこはかとなく荒れた雰囲気だから、食い詰めた冒険者ってところだろうか。

えええ、もしかして特別に雇ったのかな。

「こっちへ来い！　お綺麗な公爵令息様よう」

「へっへ、地下牢へご案内してやるぜ」

そう言いながら、僕を捕まえようとして衛兵風の男たちが腕を伸ばす。

いや、今の下品な発言で衛兵でないことは確定だ。

僕はまっすぐに男たちを睨み据えると、息を整えた。

学園内での攻撃魔法は禁止されているが、自分の身を守る時は例外となる。

男の一人に腕を掴まれた瞬間に、僕は光魔法を放った。

男は白目を剥いて、声も上げずに床に崩れ落ちる。

一人ずつに魔法を流すのは時間がかかるので、本当は衛兵コスプレ野郎をまとめて気絶させたいところだ。しかし、周囲に無関係の人がたくさんいるのでそれは難しい。

そう思っていたところで、ロレンツォが僕の横で囁いた。

「ガブリエレ様、僕が皆さんに防護壁を張りますから、彼らを一気に片付けてください。アンドレア、君は自分で防護してくださいね」

「わかりました。お二人とも、お願いします」

魔法の扱いに長《た》けたロレンツォがいるのならば安心だ。

ロレンツォが防護壁を張ると同時に、僕は彼らに光魔法をぶつけた。

残りの五人がばたばたとと倒れていく。

僕はほっと息をついた。

腕っぷしは強そうだったけど、魔法はあまり使えないようだ。

見ると、ロレンツォは、リカルドとルカにも防護壁を張ってやったようだ。

青ざめたリカルドが、ルカからじわりと距離をとっていく。

ここまで来て、やっとルカがヤバいやつだと気づいたんだろう。

ちょっと遅い気がするけれども。

そして、ようやく僕たちの護衛、そして警備の人たちが到着してコスプレ集団を回収していく。

ルカはそれを見てさらに怒りを募らせたようで、床を叩きながら僕を睨みつけた。

「くそっ！　くそっ！　この悪役令息ガブリエレ！　どうしてシナリオの通りに動かないんだ

あっ！　お前が僕の邪魔ばっかりするから、僕が幸せになれないじゃないか！」

憤怒の表情を浮かべたルカが僕に向けて両手を掲げる。

どうやら、光魔法を放とうとしたようだ。

しかし、それも魔力の放出を阻害する腕輪によって不発に終わった。

「なんで、シナリオの通りにならないんだよ！　僕は、頑張ったのに。全員攻略もできないし、どうなってるんだよ！　ここは『ハナサキ』の世界のはずなのに……！」

ルカが泣きながら地団太を踏んで、喚き散らしている。

リカルドはさっきより、ルカから距離をとって、遠目にその様子を眺めている。顔は王族には相応《ふさわ》しくないほどに歪んでいて、いったいどうして彼はルカにこれほどぎりぎりまで騙されていたのだろう、と思う。

泣き叫ぶルカをみんなが遠巻きにしていて、誰も動けない。

その膠着した状況は、低い声によって破られた。

「ふむ、いつになったら来賓として呼んでもらえるのかわからんから、失礼して入って来たぞ」

その声を聞いて、僕らは急いで跪《ひざまず》き、最上の礼をとる。

国王陛下が、僕の父とガロファーノ公爵を伴《ともな》って上座の扉から入場してきたのだ。

「父上、俺の不手際により、お待たせいたしました。申し訳ございません」

リカルドが慌てて自分の父である国王陛下を迎え入れる。

リカルドには、ちゃんと自分で責任を取る気があるとわかって、少しほっとする。

ルカは、まだ地団太を踏んで「シナリオが」とか「悪役令息が」などと言って泣き喚いている。

国王陛下に対して不敬極まりない。

パーティホールにいる人たちは、ルカが妄想を叫んでいるかのように思っているかもしれないが、本人は正気だから始末に負えない。

国王はルカを一瞥すると、わずかにため息を吐き、周囲を見回した。

「ああ、後で詳しく話を聞かせてもらおう。リカルド、とにかく、そこの煩《うるさ》い子どもをどうにかせよ」

「は、はい」

国王に命じられたリカルドがルカを立ち上がらせようとした時だ。

「――陛下、これはいったい」

ホールの上座に設置された扉から、一人の青年が入ってきた。

困惑した顔で、混沌とした会場を見回すその姿は――

「ベル……」

黒髪に瑠璃色の瞳。仕立てのよいテイルコートを着こなした姿は、従者として地味な姿をしてきた彼とはまったく違う。それでも、彼を見間違うはずがない。

彼は僕が子どもの頃からいつも近くで見つめていたベルそのものだ。

「あーっ！　ベル！　僕のために帰って来てくれたんだね！」

ルカが、自分を拘束しようとしている警備員を振り切って走っていく。いつもながら、すごい瞬発力だ。警備員を振り切るって……

「ベル！　僕を迎えに来てくれたんだね！　なーんだ、イベントが達成されてなくても、主人公はちゃんと最後の攻略対象と結ばれて、幸せになるんだ！　そうか、僕は隠しルートに入っていたから、ベルの登場までうまくいかなかったんだね！」

ルカが憤怒の表情を歓喜に変えて、ベルに向かって両腕を広げた。

いつもの可愛い顔に戻ったルカが、ベルに近づいていくその姿がまるでスローモーションのように見える。

隠しルート、という言葉に嫌な予感がした。

『隠しルートだと、これまでと微妙に登場人物の設定が違うんだって。あと悪役令息の従者が攻略できるって噂もあるの！』

久しぶりに、妹の声が脳内でよみがえった。

『ハナサキ』の隠しルートでのベルは、ルカを愛していたからガブリエレを裏切ったのだろうか。

いや、ゲームのシナリオを考えても仕方ない。隠しルートの内容を前世の僕は知らなかった。何度か読み直した手帳にもそう書いてあった。

ああ、もう前世の記憶は曖昧だ。

それよりも、僕が考えるべきなのは、ベルは、どうして、僕から離れていったのか。

そして、どうして、この場に現れたのか。ゲームではない、現実に生きているこの世界で、僕はどう振る舞えば良いのかということだ。

ルカは、ベルのもとにたどり着く前に護衛に拘束された。

上座から現れたということは、来賓扱いだ。

彼が向かったというルーチェ帝国の誰かにつき従ってきたのか、とも思ったけれど、誰かがさらに入ってくる気配はない。

「放せっ！　これから僕とベルが恋に落ちて、結ばれるんだ！」

「ルカ……」

ベルの名前を呼ぶルカの様子を見て、リカルドが悲しそうに顔を歪めた。

自分はルカに愛されていなかったということが、やっとわかったようだ。気づくのが遅かったとも思うが、初めての恋に夢中になって何も見えていなかったのだろう。

一国の王子ともあろう方が、憐れなことだ。

そして僕も……、憐れなのかな……

「ベル！　僕なら君を解放して自由にしてあげられるよ。君はあの冷たいガブリエレに虐《しいた》げられてきたんだろう！　僕なら君を虐《しいた》げたりしない。温かい愛を君に注ぐよ。僕と結ばれれば、ベルは幸せになれる！」

ホールはしんと静まって、茶番劇の第二幕を見守っている。

ゲームのお約束のような安っぽい台詞を叫んでいるルカを見て、ベルは少し目を見開いてから、美しい笑顔を作った。

その笑顔に不安が沸き上がる。ベルがルカに笑顔を向けるところなんて見たことがなかったから。

ルカはそれを見て、可愛らしい顔に満面の笑みを浮かべる。僕は何もできないまま、二人を見つめていた。

ベルは僕にはまったく目を向けず、ルカを見つめて小首をかしげる。

「ジラソーレ男爵令息、少し静かにしていてくださいね。まず、わたしに自己紹介をさせてください」

ベルの言葉に、ルカはこくんと頷く。今までが嘘のようにおとなしい姿だ。

そこでベルが国王陛下に目線を送ると、国王陛下は笑みを浮かべて、言葉を発した。

「混乱のさなかの紹介となってしまった。卒業パーティが始まる前に、ルーチェ帝国皇帝陛下の弟君にあたられる、ベルナルディ殿下を紹介する。皆は、ヴィオラ公爵令息の従者として、また、学園でともに学んだ学友として彼をよく知っていることと思う。この度は、皆と同じ卒業生としてこのパーティに出席していただくことになった。短い時間だが楽しんでくれ」

「ベルナルディ・デ・ルーチェ、ゆえあって、祖国に帰っておりました。皆様と卒業パーティに参加できることをうれしく思います」

ベルの皇族に相応《ふさわ》しい優雅な挨拶に、ホールの空気がざわりと動く。

ベルナルディ・デ・ルーチェ。それがベルの本当の名前……

ベルは、ルーチェ帝国の皇弟殿下だったのか⁉

新皇帝アーサー・デ・ルーチェが立ってルーチェ帝国が安定するまでは、かの国は内乱状態だった。

僕とベルが出会ったのはおそらく偶然だろうけど、きっと父はベルの身元を調べたはずだ。

そして、ベルは匿《かくま》う必要のある子どもだということがわかり、父は子どもだったベルを僕の従者として十分な教育を与えながら育てたのだろう。

だけど、ベルの一番近くにいた僕に、それを知らせてくれることはなかった。

目を輝かせて自己紹介を聞くルカはきっとこのことを知っていた。

あのルカさえも知っていた事実を、自分がまったく知らなかったということが思いのほか辛い。

……信頼関係があると思っていたのは、ガブリエレの方だけだったのだろう。

確かに、ベルに対する教育は、ただの従者に与えるものとしては手厚すぎるぐらいだったじゃないか。いくら能力が高くても、拾った子どもにあれほどの高等な教育を受けさせることはない。

騎士学校ではなく、彼が僕と同じ学校に通っていたことを少しぐらい疑問に思うべきだった。

そんなことにも気づかないなんて、僕は、どれだけ間抜けなんだろうか。

国王陛下もベルも、この場所では、どうしてベルが僕の従者をしていたのか、どうしてルーチェ帝国に帰っていたのかなんて理由は言わない。

いずれ、フィオーレ王国とルーチェ帝国の外交にとって都合のよい、美しい話が巷《ちまた》に流され、そして僕も、その噂を聞くだけになるのだろう。

——そして、もしもこれがルカの言う通りにゲームの『隠しルート』だとしたら、リカルドが最後までルカを見捨てられなかったように、ベルもルカを愛することになるのだろうか。

僕はそんなものを見て、正気を保っていられるだろうか。

「……さて、少しお話ししてもよろしいでしょうか？」

紹介を受けたベルが、周囲を見渡すと、皆が拍手で承認をする。ベルの美しい笑顔を向けられたことによって、ホールの空気が和やかになっていくのがわかる。

ベルは、いつの間にあんな技を身につけたんだろうか。

ベルが遠い所に行ってしまったことがわかって、僕は大きなショックを受けているのだが、そんなことは表には出さない。いつものように、貴族らしい無表情を決め込んでいる。

そう、僕は、ヴィオラ公爵家の子息、ガブリエレ・デ・ヴィオラなのだから。

気持ちを落ち着けるように数度瞬きをしてから、ベルの瑠璃色の瞳を見つめる。

「ホール内ではジラソーレ男爵令息よりの告発がなされていたようですね。ガブリエレ様が、不道徳な行動をされたことを隠すためにわたしが追放されたと。そして、わたしが、ガブリエレ様に虐《しいた》げられていたと。皆様も気になっているのではないでしょうか」

「そうだよ！　悪役令息ガブリエレは断罪されなければならないんだ！　僕とベルの幸せのためにさ！」

ルカが、うれしそうに叫ぶ。護衛に拘束されたままだけれど。

ああ。もしこのままベルがルカに告白でもしたら、この場で命を絶とうかと一瞬脳裏によぎる。

ベルをうっとりと見つめるルカの姿すら見ていたくなくて、僕は視線を逸らした
しかし。

「――正直に申し上げましょう。わたしがお側で見ていたガブリエレ様は、不道徳な行動をされる

ことなければ、仕える者を虐《しいた》げるなどということをされることもない方でした。美しいお心をお持ちで行動にも一点の曇りもない、高潔な人物です」

いつも通りの穏やかな声と、僕をたたえる言葉に、僕は思わずベルに視線を向ける。

ベルは困惑した表情のルカと目を合わせ、今までの微笑みとはまったく異なる、凍りつくような冷たい表情を浮かべた。

「ジラソーレ男爵令息の告発は、まったく根拠のない虚偽の告発であり、中傷であると考えられます。わたしが、このようなことを説明しなければならないことすら不本意です」

ベルの言葉を聞いて、ルカはさあっと青ざめた。

「ベル！　何を言っているの！　ベルは幸せになりたくないの？　幸せになるためにはガブリエレを断罪しなきゃだめなんだ！　僕と幸せになろうよ。ね？」

「ジラソーレ男爵令息のような嘘つきと一緒にいて、幸せになれるはずがないでしょう」

「な、なんでそんなことを！」

ルカが断末魔のような叫び声を上げる。

しかし、ベルはまったく心を動かす様子もなく、凍るような声で彼を切り捨てた。

「護衛の皆さん、その不快な男爵令息をホールから連れ出してください」

王家が派遣したのであろう護衛が、数人がかりで暴れるルカを拘束する。

「いやあ！　放せ、放せよ！　ベル！　ベル！」

泣き叫ぶルカは、ベルが助けてくれないとわかると、ほんの十数分前までその腕を絡ませていたリカルドの方に向き直った。

「ねえ！　リカルド、助けて！　リカルド！　僕たちは、真実の愛で結ばれているんだろう？」

この短時間にリカルドをどん底まで追い詰めておきながら、最後に彼の名を呼ぶルカは、なんて悪辣なのだろう。無意識なのかもしれないが。

真実の愛だなんて、一言も口にしていなかったのに。

それとも、リカルドとは、真実の愛を語らっていたのだろうか？

リカルドはルカから目を逸らし、手を強く握りしめてこの状況に耐えていた。ただし、顔は王族らしい無表情のままで、彼の動揺は読み取れない。

遠目には彼の感情はわからなかったのではないかと思う。

しかし、学園のみんなは、リカルドがルカとどれだけ親しくしていたのかを知っている。

そして、最初の断罪劇からの振る舞いを見ている学園生の中で、これから卒業パーティの時間を過ごすのだ。リカルドにとって、このパーティの間は針の筵《むしろ》だろうな。

今後、王太子に指名されるのはアレッサンドロ第二王子殿下である可能性が高くなったという話も、これから出てくることだろう。

そして、針の筵《むしろ》なのは僕も同じだ。

結局この断罪劇で、何かを得た者はいたのだろうか。

誰もが何かを失ったとしか思えない。

いったい何のためのイベントだったんだろうか。

ルカが連れていかれたのち、何事もなかったかのようにパーティは始まった。

学園長の開会宣言と祝辞が終わり、僕は首席卒業者として挨拶をする。

みんなの目が痛いけれど、公爵令息らしい曖昧な笑顔を浮かべてそれをやり過ごす。全体への挨拶の後、来賓である国王夫妻とベルに、首席卒業者として型通りの礼を述べる僕に、ベルは優しい目を向けてくる。これは僕がそう思うだけなのかもしれない。僕たちに信頼関係があるというのも僕の思い込みなのかもしれない。

やがてダンスの時間が訪れ、僕とリカルドは最初のダンスを無言で踊った。

まだ、婚約解消は発表されてはいないのだから仕方ない。

リカルドも王族らしい笑みを顔に張り付けているが、さぞや気まずいことだろう。僕だって本当はいたたまれない。一応僕は、今回の事象においては被害者なんだと思うけど。

それでも二人ともステップの一つすら踏み外さなかった。

まるで見世物のようなダンスを終える。

まだパーティは始まったばかりだというのにもう終盤になったかのような疲労感だ。いったん休憩しようと壁際に向かっていると、聞きなれた声に呼び止められた。

「ガブリエレ様」

ベルだ。

表情をいつものように緩めるか迷い、公爵令息らしい曖昧な笑みを張り付ける。

「……ベルナルディ殿下」

「ああ、ガブリエレ様。お会いしたかった」

ベルが僕の手を握り、瑠璃色の瞳で僕を見つめながら手の甲にキスをした。

「きちんと手袋をしていらっしゃるのですね。よろしゅうございました」

そう言いながら、儀礼通りに手袋をはめている僕の手をうれしそうに撫でるベルは、どういう気持ちなのだろうか。従者をやめても、かつての主人が手袋をしているかどうかが気になるものかな。

僕としては、一国の皇弟殿下を従者として使っていたなどという非礼を詫びなければならないが、ここでは人目があり過ぎる。

どうしたものかと迷って、僕は彼と適切な距離を保つことを選んだ。

「本当にお久しぶりです。卒業パーティに参加されるとは思いませんでした」

「ガブリエレ様……、ダンスにお誘いしてもよろしいでしょうか？」

「喜んで」

まるで教本のようなやり取りをして、僕たちは手を取り合ってダンスへと踏み出した。

ベルは僕の腰を抱いて、身体を寄せ、耳元へ唇を寄せる。

ちょっと密着しすぎじゃないか？　そう思うのだけれど、皇弟殿下を押しのけるわけにもいかない。仕方ないので身体を寄せたままダンスを続けるしかない。

ベルと密着しているのが嫌なわけじゃないし……

「怒っていらっしゃるのですか？」

「いいえ、非礼なことをしていたのは僕の方です。知らぬこととはいえ、お詫び申し上げます」

「ガブリエレ様が詫びる必要などありません。わたしは……」

「今日は助けてくださって、ありがとうございました」

「当然のことです。ガブリエレ様は、身も心も綺麗なのですから」

ベルのその言葉に僕は何も言えなくなってしまった。

高潔な公爵令息ガブリエレ。僕はガブリエレと一体になってもその枠から外れることはない。

僕は……、ガブリエレは、それを当然のこととして生きてきた。

高潔でありながらも断罪を避けるためにと、考えを巡らして行動した。しかし、いくら『ハナサキ』のストーリーと違う展開になろうとも、断罪劇は回避できなかったのだ。

だけど……、ベルが隠しキャラとして出てきたからには、悪役令息が救われるルートであったのかもしれない。断罪劇はあったが、主人公のルカは悪役令息ガブリエレの断罪に失敗した。

これは、生き延びることができたと考えても良いのかな？

この後の僕にどんな処遇が待っているのかは、まったくわからないけれど。

考え事をしたまま、僕はベルのリードでターンを決める。

「ガブリエレ様、ダンスの最中はパートナーのことを考えるものですよ」

ベルに窘《たしな》められて、僕は思わず目を見開く。そんな僕の顔を見たベルは、くすりと笑いを零した。

ベルには、僕がダンスに集中していないことなどお見通しだ。もっとも『ハナサキ』というゲームのことを考えているなどとは思いもよらないだろうが。

「ガブリエレ様とダンスをするのも、久しぶりのこと。大変うれしく存じます」

「そういえば、学園に入学した頃以来でしょうか」

そう言いながら、もう一度くるりと回る。

僕とベルは子どもの頃から一緒にダンスのレッスンを受けていた。お互いをパートナーにして練習をしていたこともあり、とても踊りやすい。

そんなことを思っていると、ベルはわざと難しいステップを踏む。これは彼が従者の頃に僕の練習のためにと自ら身につけてくれたものだ。

僕はベルのリードに合わせて、同じようにステップを踏んだ。何事もないように難度の高いステップを軽く踏んでいく僕たちは、周囲からはさぞや仲が良いように見えるだろう。

ベルが僕を捨てていく前と同じように。

いや、ルーチェ帝国の皇弟殿下として帰ってきたベルには、これまでとは違う目線も注がれているだろう。さっきまで晒し者のようになっていた僕では、隣に並ぶことはできない。

「ああ、なんて素敵なのだろう」

「眼福ですわね」

「息がぴったり合っていらっしゃる」

僕たちを見てみんなが何か言っているが、聞こえない。

音楽はまだ止まず、僕の身体は強くベルに引きつけられた。

ああでも、こうしてベルとダンスをすることができたことにガブリエレは喜んでいる。この時間だけは、ベルの美しい瑠璃色の瞳が、金粉を散らしたように煌《きら》めきながら僕だけを見つめていることがうれしくてたまらない。

――いや、これはガブリエレではなくて、僕自身が思っている。

このダンスが終わらなければいいのに。別れてしまったあの時のように、強く抱きしめてくれればいいのに、と。

やがて音楽は途切れていく。

ダンスを終えた僕はベルの手を放すと笑顔を作り、胸に手を当てて礼をした。

「ルーチェ帝国はベルナルディ殿下が生まれた地とはいえ、しばらく離れていらっしゃったのですから慣れるまで大変かもしれません。どうぞお身体にお気をつけてお健やかに過ごされますように、フィオーレ王国からお祈りしております」

「ガブリエレ様、そんな他人行儀な……。どうかお別れの挨拶はやめてください。フィオーレ王国滞在中に、ヴィオラ公爵家へ伺います。その時にゆっくりお話ししたいと思っております」

「そうですか。楽しみにお待ちしておりますね」

通り一遍の返事をして、僕は顔に笑顔を張り付ける。

そして、瑠璃色の瞳から逃れるように目を伏せた。

ヴィオラ公爵家を訪れると言っているベルと、いったいなんの話をすれば良いのだろうか。

ベルが皇弟殿下とは知らずに無礼を働いてしまっていた僕に、謝罪の機会を与えられるのだと思えば良いのだろうか？

僕とのダンスを終えてから、ベルと踊ろうと群がっている男女の様子を見ながらぼんやりと考える。

なんだかすごく疲れてしまった。

パーティが終わったら、ベルが淹《い》れてくれた美味しいお茶を飲んで休憩したい。

だけど、それは叶えられないことだ。

僕から離れて行くベルの姿を見ながら、すべて白紙になった未来のことを考える。

ベル、ベル……ルーチェ帝国の皇弟殿下であれば、フィオーレ王国の公爵令息である僕と顔を合わせることはほとんどないだろう。

ベルはどんどん遠くなっていく。いや、もう僕はベルに捨てられていたんだった。

「いつまでも僕の側にいると言ったじゃないか……」

僕の口から、そんな言葉が漏れる。

家のために婚約して、傷つけられて、なくなった未来。そして、その次の、何も見えていない未来。

ベルが僕の側からいなくなった未来……

ああ、なんて虚《むな》しいのだろう。


卒業パーティが終わった翌日には、僕は王族の婚約者として王城へ公式に挨拶に行く予定だった。

しかし、リカルドとの婚約は解消されているため、その予定はなくなった。

既に解消されている婚約を破棄すると宣言するという馬鹿げた茶番劇を行ったリカルドに、どの程度の処分が下されるかは今のところ保留とされている。

なにしろ王城では、ルーチェ帝国のベルナルディ皇弟殿下を迎えた歓迎行事をしなければならないのだから、リカルドのことは後回しだ。

翌日、長らく情報が秘匿されていたルーチェ帝国前皇帝の第三皇子で現皇帝陛下アーサー・デ・ルーチェの弟、ベルナルディ・デ・ルーチェが無事であったこと、身分を隠してフィオーレ王国で教育を受けていたことが、ルーチェ帝国とフィオーレ王国で同時に発表された。

これから、王城で催される行事が、いろいろとあるのだろうと思う。

王子の婚約者でなくなった僕には関係ないけれど、夜会などがあれば公爵令息として行かなければならないだろう。

すっかり予定が空っぽになってしまったので、一日中部屋に引きこもっていた。

すると、父が僕の部屋を訪れ、ようやくベルが我が家に来るまでと来てからのいきさつを説明してくれた。

僕が連れてきた子どもが、ルーチェ帝国の皇子だということに、父は、比較的早い段階で気づいたという。引き取ってすぐに神殿で測定した魔力属性の種類と魔力量が、ルーチェ帝国の皇子であるベルナルディ殿下の特徴にあてはまったことが、そう考えたきっかけだったようだ。

そして何より、ベルの瞳は、先代皇帝の母親と同じ金粉を散らしたように煌《きら》めく美しい瑠璃色の瞳だったのだ。ルーチェ帝国の皇室で不穏な動きがあることを掴んでいた父は、第三皇子がまったく表舞台に出て来なくなったことで、ベルがベルナルディ殿下だと確信したという。

僕はその一連の話を聞いて、外務大臣として有能な父を持っているのだということを実感した。

「それにしても、一国の皇子を従者として遇するのは、かなり不敬なことだと思われますが」

「その方が、匿《かくま》っているとわかりにくいだろう？　殿下自身もご納得されてのことだ。ガブリエレは従者を虐《しいた》げるような性格でないのはわかっていたし。何より、ベルナルディ殿下がガブリエレを信用していたからな」

「……そうですか」

そう言われて、また少し心配になる。

僕は、従者としてのベルをきちんと大切にできていただろうか。

僕が俯くと、父は頷いてから言葉を続けた。

「ベルナルディ殿下からは、直接ガブリエレに顛末を話したいという申し出を受けている。ゆっくり話を聞くとよいだろう」

「はい、承知いたしました」

信用されていても、真実はこんな形でしか知らされない。すべて終わってから直接話したいと言われても、気持ちは晴れないままだ。

父は僕との話を終えると、王城に出かけてしまった。

ルーチェ帝国からベルナルディ殿下を、そう、賓客をお迎えしているのだからさぞや忙しいことだろう。それなのに時間を取ってくれたのだ。

断罪劇も、終わってしまえばすべてが夢のような気がする。未来が不透明になってしまったのは、僕だけでなく、リカルドもルカもだ。

ルカについては、僕に対する誹謗中傷と暴力があるからただではすまない。

リカルドは、あの断罪劇の後にルカが僕に暴力をふるう予定だったことを、どこまで把握していたんだろうか。今後、あの計画の詳細を、教えてもらえるんだろうか。僕の知らないところで何もかもが終わっていくような気がする。

そして、僕は、父が言っていた今後の政治的に重要な役目とやらについて考えなければならない。

虚《むな》しい気持ちになるなんて言っていられるのは、一時のことだ。

生まれた時から僕は、国家の、公爵家の役に立つ人間として生きることを求められているのだから。僕はぼんやりと思考の海に沈んでいく。考えても自分で解決できることなど何もないというのに。


それからしばらくの時間が経ち、昼食をとってからしばらくした時だ。

トマスから来客があることを知らされた。相手はもう屋敷に来ているという。

「誰？　先触れはなかったのか？」

トマスに確認していると、トマスの後ろから背の高い美青年が現れた。

「ガブリエレ様、先触れもなく訪れました失礼をお許しください」

艶のある黒い髪に瑠璃色の瞳の彼は、以前と同じように僕の部屋のドアを開けて立っている。

身に纏っている黒に近い紫色のベルベットのジャケットはベルによく似合う。

学園にいる時も、ベルはその辺りにいる貴公子よりも洗練されていて美しいといわれていたが、皇子だということであれば、さもありなんだ。

「ベル……いえ、ベルナルディ殿下、ようこそお越しくださいました。ご機嫌麗しゅう」

僕は、皇弟殿下に向けるに相応《ふさわ》しい礼を取る。

すると、ベルはわずかに眉を顰《ひそ》めて、足早に僕に歩み寄った。

「ガブリエレ様、お顔を上げてくださいませ。ベルは、あなたのお側に戻ってまいりました。どうぞ、以前のようにベルとお呼びください」

そう言ってベルは、僕を正面から強く抱きしめる。

ダンスの時に願った温もりそのものが与えられて、脳が沸騰しそうになる。

いったい、何なのだろうか。何が起きているのだろうか、これは……

心臓が爆発しそうなほどに高鳴り、僕は熱い顔で呆けたようにベルを見つめた。

ベルは腕の力を緩めると、そんな僕を蕩けた瞳で見つめ、その長い指先で僕の頬をなぞった。

「これまでのことを、ガブリエレ様にお話しいたします。わたしからガブリエレ様に事情を伝えますことは、ルーチェの皇帝にもフィオーレ国王にも許可されていますので、ご安心ください」

耳元でそんな話をするベルの声は明らかに高揚している。

いきなり僕を抱きしめて話し始めたベルは、トマスによって引きはがされた。それからソファに座らされて、とりあえず落ち着くようにと促されている。不敬なようではあるが、トマスは僕を守らなければならないので、そういう行動も許されると思いたい。

ベルは、自分で淹《い》れたお茶を飲み、一息ついたところで話を始めようとしている。

僕を見て微笑むベルの顔は少し紅潮していて、そんなに落ち着いているようには見えない。

これまでの話を始める前にベルからは、彼のことを『ベル』と呼び、さらに、言葉遣いも以前通りにすることを求められた。従者に対してしていた話し方をするなんて不敬な気がするのだが。しかし、それでないと嫌だとベルが言い募るので諦めた。

そして、父からも予告されていたように、ベルはこれまでのことを、そう、僕の知らなかったことを話し出した。

ベルが、母であるルーチェ帝国皇帝の側妃と住んでいた離宮から誘拐されたのは、七歳の時のことだ。当時、ベルの父親である皇帝は病に倒れていた。

ベルの兄である皇太子アーサーは十四歳。ベルと同じく火と水と風の魔法属性を持つ優秀な皇子だが、病気の皇帝が譲位するには若すぎる年齢であった。皇妃が生んだ皇子ルチアーノはアーサーと同じ十四歳だったが、水の魔法属性しかないため皇位を継ぐのは難しいとされていた。

皇妃はもともとマーレ王国の王女だ。

アーサーが立太子した折はまだ父である皇帝が健在であったためか、皇妃もその母国も特に意見を差し挟むことはしなかったという。しかし、皇帝が病を得たことで、マーレ王家は自国の王女であった皇妃が産んだルチアーノが皇位を継ぐべきであると、圧力をかけ始めたのだ。

側妃はルーチェ帝国の侯爵の娘であり、父親の侯爵は国の宰相を務めていた。

ルーチェ帝国は議会が政治の中心であり、宰相が議会運営を行う。そのため、皇帝が病に伏せている間に国を牛耳ろうとした皇妃の思い通りに議会が動かなかったことも、マーレ王家が圧力を強めることにつながったという。

マーレ王家は第一皇位継承者であるアーサーを亡き者にし、ベルを誘拐して監禁したうえで、自国の王女が産んだルチアーノを皇位につけようと目論《もくろ》んだそうだ。

皇妃が手引きしていたのだから、側妃の離宮へマーレ王国の手の者が侵入するのはさほど難しいことではなかった。

そしてベルは誘拐されてルーチェ帝国の外れ、フィオーレ王国との境にある館に監禁される予定だった。しかし、マーレ王家が雇った者はかなりのならず者で、美しいベルを売り飛ばして逃げてしまおうとしたという。

その結果、ルーチェ帝国の外れにある館に立ち寄ることなく、ベルはフィオーレ王国の王都まで運ばれたそうだ。

しかし、何が幸いになるかわからない。

ベルは、子どもながら魔力が強いため、魔力封じの腕輪をはめられていた。

だが彼の魔力の強さを知らない人買いの商人が侮って腕輪を外したことで、ベルは魔法を使って逃げ出すことに成功したのだ。そして、闇雲に逃げてたどり着いたところに蹲《うずくま》っていたのを、僕が見つけた――ということらしい。

もちろん、マーレ王国が様々な企てをしていたということは後になってからわかったことだ。

「――その時のわたしは、逃げ出すのに必死で、ここがフィオーレ王国だということもわかっていませんでした」

ベルはそう言って美しい微笑みを浮かべた。

マーレ王国の刺客の皇太子宮への襲撃は失敗した。だが、そこからルーチェ帝国は内乱に近い状態になったのだ。

ベルの父上が病気療養に専念することになり、アーサーが皇帝に即位したのはベルと僕が十四歳になった頃のことだ。それから、ようやく政情が安定し、学園の卒業とともにベルナルディ殿下の消息が明らかにされることになった。

「では、学園に入学する前に父の外交について行ったのは……」

「はい、その折にルーチェに一旦帰国しておりました。学園に入学するためにフィオーレにもどってきましたが」

「……そのままルーチェ帝国に帰国しても良かったのではないのか？」

「いえ、その時はまだフィオーレ王国にいた方が良いと判断いたしました」

「そうなのか？」

ベルの返答に僕は首を傾げる。あの時は、既に現皇帝陛下が即位していたはずだ。

多少、政情が不安定とはいえ、ルーチェ帝国に帰ることもできただろうし、フィオーレ王国に滞在するにしても消息を明らかにしても良かったようにも思う。僕には教えられない政治的な思惑でもあったのだろうか。そして、せっかくフィオーレの学園に通っていたのに……

「三年前にはルーチェ帝国には帰らずに、わざわざフィオーレの学園に入学したのに、今回は卒業を待たずに帰国してしまったのはどうしてなのだ？」

「それは、わたしの人生にとって最も重要なことを達成する準備のためです」

「最も重要なこと……」

「ええ、当初は卒業してから様々なことを動かしていく予定だったのですが、それを早めることができそうになりましたので。単位もそのために急いで取って、卒業資格を早く取得しました。少しでも早く夢を叶えたくて」

「そう。これからベルは夢を叶えて、そしてルーチェ帝国の皇弟殿下として活躍していくのだね」

「はい」

笑みを浮かべて話をするベルは、輝いて見える。

夢を早く叶えたくて行動したベルの夢がどんなものであるかさえ、僕は知らない。

いや、知ろうともしなかったというのが正しい。

ガブリエレは、ベルがいつまでも自分の側にいると思っていて、自分から離れて叶えたい夢がベルにあるなんて、思ってもみなかったのだ。

ベルも未来に向かって進んで行く。僕は、ベルのその未来には必要ないからあっさり捨てられたのだ。

ベル自身にはそんな意識もないだろうけれど。

話は一通り終わった。

僕は一口紅茶を飲み、ベルの味だな、と思う。

最後にこれだけでも飲めて幸運だった。

そろそろ、お別れの時間だろう。ベルの晩餐は王城で用意されているはずだ。

彼が帰る口実を作らなければ、と表情を取り繕ってから立ち上がると、ベルも立ち上がって僕の側に来た。

その表情はなぜか硬い。こうして見下ろされるのは、新鮮な気分だ、と思いながらも、彼の意図がくみ取れず僕は首を傾げる。

「ベル？」

するとベルは以前のように僕の前に跪《ひざまず》いて、手を取った。

金粉を散らしたような瑠璃色の瞳に見つめられると、元のベルとガブリエレに戻ったような気がする。

だけど、時は戻らない。僕たちはそれぞれの未来に向かうのだ。

「ベル、ベルはもう僕の従者ではないのだから、そのような態度をとってはいけないよ」

「いえ、わたしはいつまでもガブリエレ様の従者です。わたしは、あなたのためにフィオーレに戻ってまいりました」

その言葉に困惑する。

「ベル、いったい何を言っているのだ？」

僕の言葉にベルは微笑むと、僕の手の甲にキスを落とした。

「――ガブリエレ様、わたしはあなたを愛しています。どうか、わたしの伴侶になってください」

「……え？」

「どうぞ、わたしをあなたの永遠の従者にしてください。あなたと結婚していつまでもお側にいるお許しをいただきたいのです」

ベルは、僕の手の甲に再びキスをして、僕を見つめる。その視線はあくまでも柔らかく、僕の返事を待っているように見える。

僕を捉えて離さない瑠璃色の瞳は、金色の粉を散らしたように輝いていた。

――え？　ベルが僕に結婚してくれと言ったのか？　これは、プロポーズなの？　ガブリエレがベルからプロポーズされるなんて、『ハナサキ』の想定を超えた事態が起きているんだけど。

それとも、隠しルートにはガブリエレとベルのハッピーエンドがあったんだろうか。

いや、もうゲームは関係ないのか？

現実に何が起きているのかを、もはや正確に認識することができない。

僕はベルに手を取られ、曖昧な笑みを浮かべたまま硬直した。

この手を取れば、僕の望み通りにいつまでもベルは側にいてくれるだろう。しかし、僕には、ヴィオラ公爵令息として生きていく義務がある。

それを思えば、答えは一つしかないじゃないか。

「ベル、結婚の申し込みを受けることはできない……」

暫しの沈黙の後、硬直した喉を緩めて、僕が出した言葉はそれだった。

皇族や王族、高位貴族は『愛している』からといって結婚できるわけではない。

ベルは、ルーチェ帝国皇帝の弟殿下だ。ルーチェ帝国にとって政治的に有利な結婚をすることが、ベルの責務であるはずである。こんなところで、僕に結婚を申し込んでいてはいけない。

「理由をお伺いしても？」

ベルは僕を見つめ、手を握ったまま、僕の従者だったころと同じような優しげな表情と声で僕に話しかける。

「理由は……、それは、僕がガブリエレ・デ・ヴィオラだからだ」

「ガブリエレ様……」

僕もベルと同じだ。ヴィオラ公爵家のためになる結婚をするのが僕の責務なのである。父も、僕にはこれから政治的な役割があると言っていたではないか。

「僕には、ヴィオラ公爵家に生まれた者としての義務がある。僕が生きているのは、愛し合っているからといって結婚するという社会ではない。それは、ベルもよく知っていることだと思うのだが」

僕の言葉を聞いたベルは、少し目を見開いて数回瞬きをした後に、再び僕の手の甲にキスをして、にっこりと笑った。

「ガブリエレ様がヴィオラ公爵家のことを第一にお考えであるというのは、存じ上げております。貴族の社会では、愛し合っているから結婚することができるわけではないということも。しかし、愛し合って結婚する者もいるのではありませんか？」

「それは……」

確かに、愛し合って結婚する者はいる。

例えば、僕の兄は、伴侶と愛し合っている。それは、傍から見ていても、微笑ましいほどだ。しかし、それは婚約が決まって、心を通い合わせてそうなっていったのだ。最初から愛し合っているという理由で婚約し、結婚したわけではない。

ベルだって、従者であれば愛する相手と結婚することもできたかもしれないが、ルーチェ帝国の皇帝の弟殿下ともなれば、そうもいかない。

いや、僕のことを愛していると言っているのか。

僕が相手だったら従者でもだめということかな。だって僕は公爵令息で王族であるリカルドの婚約者だったんだから。

あれ、リカルドとの婚約は白紙になっているんだから、僕たちが結婚をすることで国益が生まれれば良いのか？

だんだんと考えが飽和し、自分に都合の良い考えが浮かんでくる。

ベルが僕と結婚して、ルーチェ帝国とフィオーレ王国に何か国益があるかな。二国間は今でも良好な関係だし、新たに友好関係を結ぶ必要はない。

つまり、えーと……

思考の海に溺れだした僕を、ベルがふんわりと微笑んで救出してくれた。

「ガブリエレ様が、わたしを結婚相手として受け入れ難いということであれば諦めます。とても辛いことですが。けれど、今のところはそういうわけではなさそうです」

嫌だというわけではないのですよね？　と問われて、思わず頷く。

ベルは美しい笑顔を浮かべたまま、言葉を続けた。

「わたしも、ガブリエレ様に結婚の申し込みができると思って、浮かれてしまいました。ガブリエレ様も、リカルド殿下との婚約を解消したばかりで落ち着かない時だったのに、申し訳ないことをいたしました。また、改めて公爵閣下のいる時にお話しさせてください」

ベルはそう言って立ち上がると、僕の額にキスをした。

「ベル……、僕は」

「近いうちに改めて、訪問いたします」

次は、先触れを出して訪問すると言い置いて、ベルは帰ってしまった。


ベルはいったいどういうつもりなのだろう。

一人残された部屋の中で、僕は混乱した頭を整理する。

数か月前に公爵家を去る時にも、僕のことを愛していると言っていた。でも、結婚を申し込んでくるなんて。

「僕だって、愛しているが……？」

僕はベルのことを愛している。だからといって、結婚できるはずがない。僕はフィオーレ王国の王子殿下から婚約解消されたばかりの、いわば傷物だ。そういう表現はあまり好きじゃないけど。

そんな僕が、無事がわかったばかりのルーチェ帝国の皇弟殿下の伴侶に相応《ふさわ》しいとは思えない。

それに、父の言っていた政治的な役割というのがどういうものかわからないのに、うかつな返答はできない。

せっかく、ベルが側にいてくれることを諦めたところだったのに。どうして今になって……

「このまま、そっとしておいてくれれば良いのに」

僕は誰に訴えるでもなく、言葉をもらした。

◇◇◇◇◇

ベルの訪問の数日後、僕は屋敷にある父の執務室に呼ばれた。

父と向かいのソファに座り、声掛けを待つ。

卒業パーティ以降、父は帰って来るのが遅かったので、話をするのは久しぶりのことだ。その間に、僕は、卒業パーティでの断罪劇について、学園と警察の双方からの聴取を受けていた。兄が同席してくれたので、落ち着いて話をすることができたと思う。

「リカルド殿下の処遇と、あの男爵家の子どもの刑罰が決まった。男爵家の子どもの処分については、明日の官報に出ることになっている」

父は、開口一番、そのように僕に伝えた。なかなか早い決定である。しかも、官報に出るということは、それなりの処分になるのだろう。

「僕が先に聞いてもよろしいのですか」

「かまわん。ガブリエレは、被害者としての聴取にも協力しているのだからな。許可は取ってきた。

もっとも、このヴィオラ公爵家を不当に巻き込んだ事件なのだから、許可が出んなどということは有り得ぬが」

父はふんと鼻を鳴らすと、話を始めた。

ルカは、公爵令息である僕を中傷するような話を広めようとしただけでなく、暴漢を学園内に引き込んで、暴行を加えようとした。つまり、公爵令息の暴行未遂の主犯格として刑罰を受けることになった。しかも、王族であるリカルドを騙して巻き込んでいるので、僕に対する暴行未遂だけで裁かれるよりも、罪が重くなるという。

処分が異様に早いような気がするが、男爵令息が王子殿下や公爵令息を貶めようとしたと判断されれば、こんなものだ。

王家に害をもたらした者は速やかに処理される。前世では考えられないが、身分社会とはこういうものなのだ。

ルカは、男爵家の籍を抜かれ、鉱山で働く罪人の怪我を治療するために、鉱山にある神殿で生涯を送ることになったそうだ。

そこでふと違和感を覚える。

「でも、ジラソーレ男爵令息……ルカは、治療の光魔法を使うことが上手くできないのではありませんでしたか？」

「うむ、それは名目上のことだ。官報にはそのように記載されるのだが」

言いにくそうに父が伝えてくれたのは、ルカは治療師の名目で、鉱山で働く罪人たちの性処理を担当することになるそうだ。彼には鉱山で働くほどの体力はなく、できるのがそれぐらいだろうということらしい。本人も、鉱山で掘削作業をするよりは、その方が良いと弁護人に言っているということだ。だから、それで良いのだろう。

いや、本当にそれで良いのだろうか。僕にはわからないけれど。

ジラソーレ男爵家は、ヴィオラ公爵家とガロファーノ公爵家、そしてナルチゾ侯爵家にそれなりの賠償金を支払うことになっている。その金額を支払って、男爵家を保持できるかどうかは微妙だそうだ。

また、リカルド殿下は、僕に対して婚約破棄を宣言するという寸劇で卒業パーティを無用に騒がせたということで、当分の間、謹慎をすることになった。おそらくは三か月程度のことだろうという。

僕を捕らえようとし、さらにアンドレアやロレンツォにまで手を出そうとした衛兵コスプレの暴漢については、リカルドはまったく知らなかったそうだ。ルカが僕に暴漢をけしかけて暴行を加えようとまで画策しているとは思っていなかったらしく、リカルドは大きなショックを受けていたという。

確かに、リカルドの性格を考えれば、僕を暴漢に襲わせようなどとは思いつきもしないだろう。

「リカルド殿下は、本当にあの男爵家の子どもを気に入っていらしたようだ。ガブリエレとの婚約が解消されたら、あの子どもと添いたいとおっしゃっておられた。光魔法の使い手であったから、訓練次第ではあり得ると、王家は考えておられたようだな。今となっては、王家に相応《ふさわ》しい人物ではなかったとしか言わざるを得ん」

「え？　ルカと婚約をするから、僕との婚約が解消になったのではないのですか？」

父は、お茶を一口飲んで少し考えるような仕草をしたが、思い切ったように口を開いた。

「リカルド殿下との婚約が解消となった事由であるから、ガブリエレには伝えても差し支えないだろう。まだ、水面下の話だが、リカルド殿下は、イスラ王国の第二王女と婚約をする話が進んでいる。近々……リカルド殿下の謹慎が解ければ、発表されることとなっている。まあ、イスラ王国との海洋交通利権がらみだ。つまり、まったくの外交上の理由による」

イスラ王国は島国で、大きな貿易港を持つ商業国だ。

海洋交通の要所にあるため、その利権も大きい。フィオーレ王国としては、外交上仲良くする必要がある国ではある。そんな話が進んでいたのか。

「当然、そうなれば、イスラ王国の王女が王子の伴侶として筆頭になる。ヴィオラ公爵家としては、ガブリエレを王子の伴侶として二番目の立場にするわけにはいかないからな。婚約を円満解消することにした」

「では、ルカは……」

「王家は、あの子どもを愛妾として迎える気だったようだ」

父は、苦々しい顔をしながら、僕に一連の事情を話してくれた。

ルカは、どうしても僕を蹴落として、正式な伴侶になりたいとリカルドに訴えたそうだ。そのためには、悪役令息ガブリエレを卒業パーティで断罪する必要があると。そうすれば、ルカとリカルドは正式に婚約をして、結婚して、幸福な未来を迎えられると話していたという。

ルカは、リカルドと僕が婚約解消をしていることは、いまだに知らないらしい。さすがにそこまではリカルドも話していなかったようだ。

リカルドは、ルカを王子の伴侶にするのは難しいと思っていたけれど、いわゆる『惚れた弱み』で、断罪劇をすることにしたらしい。

それだけ、ルカのことが好きだったのだろう。

そして、卒業パーティであんな茶番劇を演じた。

それなのに、最後にルカはベルの元へ走って行ったんだ。

リカルドは、どれだけ傷ついたことだろう。

哀れなことだ。

結局は愛情を得られなかったリカルドを思い、少しだけ苦い気持ちを噛みしめる。

すると話を切り換えるように、父が僕に尋ねてきた。

「ところで、話は変わるが、わたしがいない間にベルナルディ殿下が来られただろう。なんの話だったのだ？」

「はい、ベル……ベルナルディ殿下からは、これまでの事情をお伺いしました。僕だけが知らなかったのは寂しいことだと思いましたが、国家の事情では仕方ありません」

ベルから聞いた話をそのまま答えていいのか迷いつつ、そう答えると父は頷いた。

「そうだな。ベルナルディ殿下は、早くからガブリエレに事情を説明したいと言っておられた。しかし、ルーチェ帝国の皇帝陛下が、慎重に進めたいとおっしゃって、それが叶わなかったのだ。我が国でベルナルディ殿下の素性を知っていたのは、国王陛下と宰相であるガロファーノ公爵とわたし、それに内閣府と外務省の機密を扱う一部の文官だけだ。そのような状況でガブリエレに話をするわけにはいかなかった」

「そうだったのですか……」

自分だけが知らされていないことに傷ついていたけれど、一国の皇帝陛下が絡んでいたのでは仕方のないことだ。その辺りは諦められる。

お茶をまた一口飲むと、父が打って変わってにやにやとした笑顔で僕に詰め寄った。

「ベルナルディ殿下からは、他にも話があったのではないか？」

あまりにも笑顔が眩しくて胡散臭いほどだ。いや、これは家族にしか見せない笑顔だ。胡散臭いなんて言ってはいけない。だけど、いったいどうしたのだろうか。

僕が、きちんとベルからの告白を断れたのか試してでもいるのだろうか？

「はい、結婚を申し込まれましたので、お受けできないと申し上げました」

「は？　何と言った？」

父が虚を突かれたような顔をして聞き返してくる。どうしたのだろうか。

「はい、お受けできないと申し上げたと」

「どうしてだ。ベルナルディ殿下のことが気に入らないのか？」

父がおかしなことを聞いてくる。さっきから反応が変だ。

僕は慌てて首を横に振る。

「いえ、公爵家に生まれた者として生きる義務がございますので、ベルナルディ殿下から僕と結婚をしたいという想いを伝えられましても、お応えできないと思いました。お父様からも、僕にはまだ政治的な役割があると聞いておりましたので」

父は僕の顔を見つめて何度か瞬きをしてから、頭を抱えた。

「わたしの育て方が偏っていたのか……」

父が何か呟いている。

僕は当たり前の答えを返しただけのはずなのに、どうしてそんなに衝撃を受けている風情なのだろうか。その様子を見て、僕は首を傾げる。

父の考えていることがわからない。

じっと待っていると、くわっと父が勢いよく顔を上げ、僕の両肩を掴んだ。

「……ガブリエレ、次にベルナルディ殿下にお会いするまでに、自分が『どうするべきか』ということではなく、『どうしたいか』ということについて考えておきなさい。主語は自分だ。ヴィオラ公爵家ではないからな」

まるで幼い子どもを諭《さと》すように僕に言う。その言葉に、僕は困惑しつつも頷いた。

僕は公爵令息として正しい判断をしたと思うのだけれど、自分として……?

『ガブリエレ』は、ヴィオラ公爵家の子息として相応《ふさわ》しい行動をすることを意識して生きている。

そしてそれが、自分のしたいことだと思っていた。

それが、僕がしたいことなのではなかろうか。

それとも、父の目からは、僕の望みは違うことのように見えているのだろうか。

悶々としたまま眠りについた翌日、僕は王城に向かい、婚約解消後の挨拶を行った。

儀礼的な挨拶の後、王妃殿下にいつでも遊びに来るようにと言われたが、そんなわけにもいくまい。用もないのに、王城に誰が遊びに行くというのか。

「少し話をする時間があるだろうか……」

国王陛下への挨拶のあと、いつになく控えめな態度のリカルドに声をかけられた。父をうかがうと、行ってこいと言わんばかりに頷かれたので、承諾して応接室に赴く。

侍女がお茶を淹《い》れた後、部屋から下がる。話が聞こえない程度に離れた場所に、護衛が数人立っている。リカルドは、秘密の話をするつもりなんだとわかって、僕は姿勢を正した。

リカルドは青い瞳を揺らし、憔悴した様子で上目遣いに僕を見た。

「卒業パーティでは不快な思いをさせた」

「いえ、もう過ぎたことでございますから」

内心、リカルドが詫びるような態度をとったことに驚いた。人が近くにいないのはこのためか。

王族が臣下に詫びるなどあり得ないことだ。

卒業パーティでの一連の件が堪えているらしく、やつれた印象が否めない。

リカルドは僕の言葉が聞こえているのかいないのか、虚ろな眼差しをしてぼそぼそと呟いた。

「俺は、夢を見ていたのだ。その夢に、ガブリエレを、そして学園の皆を巻き込んでしまった。その行動は、王族にあるまじきことだった。今になってそれを理解して、反省している」

「夢を見ていらっしゃった……？」

「ああ、そうだ」

そこから彼が話したのは、責任逃れにしては、あまりにも稚拙な筋立ての話だった。

けれど、『ハナサキ』について知っている僕にとってはどうにも信じるしかないような言葉でもあった。

以前のリカルドは、僕と婚約していることに疑問は持っていなかったという。

恋情はないが、国の安定と王家の守りのために光魔法を持つ公爵家の子息と結婚することは当然であると。実際に僕は、ガブリエレは有能で、リカルドにとって役に立つ臣下であったから、そのまま結婚しても何ら変わらない関係でいられればそれで良いだろうと思っていたそうだ。

しかし、卒業学年になる頃に、婚約者を変更するという話が持ち上がった。

そう、僕からイスラ王国の王女にと。そろそろ結婚式の準備をする時期になっての婚約者変更の検討だ。その時点ではまだ変更が決定したわけではないので、リカルドは急に結婚相手が定まらない状態に置かれたのである。リカルドも王子である以上、結婚をする相手は自分の自由にはならないと理解し、婚約者が変わるだけのことだと考えた。ただ、そうは思っていても、自分の意志を確認されることなく重要なことが決定されていくことには少しの違和感があったという。

それは、今までに感じたことのないものだったとリカルドは話した。

その時期に、学園に編入してきたのがルカだった。

明るくて素直で可愛らしく、思ったことをすぐに行動に移し、思いのままに話をする。王族である自分に対しても、物怖じする様子はまったくない。

その自由な態度に、リカルドは心惹かれたという。

「ルカを見ていると、結婚相手も、これからの人生も、自分の自由にはならない自分が悲しくなったのだ」

そして、ルカが側にいてくれれば、何でもできるような気になったという。

『あなたは自分の力で、この世で一番輝くことができるはず』

ルカは、『ハナサキ』にも出てきたその言葉をリカルドに囁き、リカルドに真実の愛を与えた。

――正確には、愛に似た別のものだったが。

いつかリカルドは、ルカがいつまでも自分の側にいてくれることを望むようになった。イスラ王国の王女との結婚は王族の義務だ。しかし、愛するルカを第二の伴侶として自分の側に置くことは許されると思ったという。

本来ならば、このあたりから無理のある話だけれど……学園のロレンツォやヴァレリオの姿を見ていると、恐らくはルカが『ハナサキ』のヒロインの位置を占めていたことで、摩訶不思議《まかふしぎ》にもルカへの愛は加速していったのだろう。

「……ルカの行動に問題があることには薄々気づいていた。だが、ルカが貴族社会をよく知らないだけのことで、教養を身につけさせることで解決すると思っていた。そのうえ、ルカは光魔法の使い手だ。魔法の使い方が不安定なのも、訓練によって解決するだろう。そんなふうに考えていた」

リカルドはゆっくりと言葉を続ける。

それは己の過ちを噛みしめるようだった。

ガロファーノ公爵家での騒動の後も、ルカが光魔法を使えるように訓練ができる好機だとリカルドは考えたという。騒ぎの質を考えると、リカルドの判断も甘いように思うが、それが恋に夢中になるということなのかもしれない。

卒業を前に僕との婚約解消が成立した時点で、リカルドは国王陛下にルカを近くに置くことの許可をもらった。ただし、それは王子の伴侶ではなく、愛妾としてということだったのだ。

「――ルカは、愛妾となっても俺の側にいたいといってくれた。しかし、もっと良いお呪《まじな》いのような方法があると言ったのだ」

「お呪《まじな》い。それが、卒業パーティでのことでございますか」

「そうだ。……今にして思えば、どうしてあんな馬鹿げたことを信じてしまったのかわからないのだ。だが、あの時の俺は、ルカが満足するのであれば何でもしてやろうという気持ちだった」

リカルドは、僕を犯罪者として拘束するつもりで破落戸《ごろつき》を会場に入れていたとは知らなかったという。

「知っていれば止めることができたのにな」

リカルドは、悲しげな表情を浮かべて、後悔の言葉をもらした。

「ところで、ルカの行動にいくつかおかしなことがあるのだ」

「どのようなことでございますか？」

リカルドが表情を引き締めてルカの行動について語る。

まず、ルカはベルがベルナルディ殿下であることを知っていたと、取り調べで話したという。

ルカはあのパーティの日まで、ベルと話をするどころか関わりもさほどなかったとリカルドは認識している。そして、僕に絡んでベルに叱責されたことがあったということは知っていたようだ。

しかし、その程度の関わりであったはずだと。

「あの日のルカはベルナルディ殿下に明らかな好意を持って近づいて行った。今思えば、俺に近づいたのも王族であるからだろう。それを思えば、ベルナルディ殿下が高貴な身分であるとわかっていたと考えてもおかしくはないような気がするのだ」

リカルドは、自分が王子であるがゆえにルカから好意を示されたのだと自嘲的に口にしてから、再び表情を引き締めて話を続けた。

それまでにもルカは、先見《さきみ》のようなことを話すことがあった。

そうはいっても、予測の範囲を越えないことだった。神殿にも話をしたが、先見の能力はないとされた。だからその後のリカルドは、ルカの発言をただの勘のよさによるものだと思っていたそうだ。

「しかし、ベルナルディ殿下のことは、俺でさえ卒業式の前日に知らされたことだ。ルカにそれを知る手立てがあったとは思えない」

「そう……、そうですね。僕も知らなかったことですから」

「身近にいたガブリエレにさえ知らされなかったことを、なぜルカが知ることができたのか、調べなければならなくなった」

他にもルカの行動には奇妙な点があるため、処分は決まったものの、いまだ王都の警察に留置されているということだ。多分、秘密警察の牢だろうなと予想する。

ルカは転生者で『ハナサキ』の内容を僕なんかよりも詳しく知っていたのだと思う。

しかし、僕がそんなことを話してしまうわけにはいかない。

ルカはこれから卒業パーティに関わる以外のことについて尋問されるだろう。前世と違ってこの世界では容赦ない取り調べが行われる。ルカはそれに耐えられるのだろうか。僕は、ルカに酷い目に遭わされそうになったのだけれど、可哀想な気持ちが湧いてくる。

そして、ルカ自身が、この世界は『ハナサキ』に似ているけれど、一人一人意思のある人間が生きている世界だということを認識しなければならない。

最後に、今回のことで、王位継承者の行方は混沌としてしまったけれど、イスラ王国の王女との婚約は予定通りに行われるとリカルドは話した。

「ところで、ガブリエレの方も、ベルナルディ殿下との結婚の準備を始める手筈はできているのか？」

「え？　どうして、殿下がそのようなことをご存知なのですか？」

「ルーチェ帝国の皇族とフィオーレ王国の公爵令息とが縁を結ぼうというのだ。父上とルーチェの皇帝の間でも話ができているはずだぞ？」

「……そう言われれば、そうでございますね」

「どうした？」

「実は……」

言い淀む僕の顔を、リカルドが楽しげに見つめている。婚約者であった頃にはリカルドがこんな表情を僕に向けることはなかったと思うと、不思議な気持ちになった。

僕は、リカルドにベルからの結婚の申し込みからの一連の流れを伝えた。リカルドは、面白い話を聞くような顔をしていたのだが、最後には本当に笑い出してしまった。

「いや、其方《そなた》の性格を考えれば、実にガブリエレらしい展開だな。むしろ、ベルナルディ殿下がそういう反応を予想していなかったことが不思議でならない」

「僕らしいということは、お申し込みをお断りするという予想もあったのではないのでしょうか」

「いや、そういうことではないが。しかし、父上もヴィオラ公爵も断るとは予想していなかったとは思うぞ」

リカルドは、ベルが僕に恋慕していることには気づいていたようだ。僕の様子に主従を越えた感情は見えなかったが、従者が主人を慕うことはよくあることで、不思議なことだとは思っていなかったという。

「しかし、卒業式の前に、ベルナルディ殿下がガブリエレとの結婚を望んでいると聞いた時には、周到に行動されたのだなと思った。自分の思いを通すことができることについては、うらやましくもあったな」

「しかし、我が国とルーチェ帝国でほぼ固まっている話なのに、どうしてベルナルディ殿下は僕に改めて結婚を申し込んでくるのでしょうか」

「いやこれはまた……、ベルナルディ殿下もお気の毒だな。それは、ガブリエレが考えなければならないところだと思うぞ」

「僕が、考えなければならないところ……でございますか？」

リカルドはこっくりと頷いて、僕を見つめる。

その視線は、今までリカルドが僕を見てきた中でも一番まっすぐなものだった。

「ガブリエレ、俺は自分の気持ちを優先しようとして方法を誤った。あの時の俺は、自分が『どうしたいか』ということだけを考えて、『どうするべきか』ということを重視しなかったのだ。ガブリエレは、俺とちょうど真逆なのだろう」

真逆。

僕がその言葉に息を呑むと、リカルドはふっと微笑んで、もう一言続けた。

「其方《そなた》は公爵令息としてどうするべきかということに、囚われすぎているように見える。自分の本当の望みは何なのか、心の中を見つめてみれば良いのではないか？」

俺には説教されたくないだろうけれどと言ってリカルドは笑い、その後、少し寂しそうな顔をした。

リカルドの心は、まだルカにあるのだろうか。

リカルドにとってルカは『真実の愛』の相手だったのだろう。

リカルドは、愛する人に裏切られたのだ。

そう思うと切ない気持ちになる。

そして、僕は、どうしたいと思っているのだろうか。僕の本当の望みとはなんだろう？

僕は、王城から帰る車の中から赤い夕陽を眺めた。

「僕の本当の望みはなんなのか……」

屋敷に帰っても、頭の中は僕の望むことはなんなのかという自分への問いでいっぱいだ。

眠る前に自分の部屋のベッドの上で手帳を開き、一年前から書き込んでいた内容を読み返す。これを書いていたころの僕の望みは『生き延びたい』ということだったのだ。

実際に生き延びることができた今は、一年前に進むつもりだった道から既に外れている。

あの頃の僕は、生き延びた後の人生のことを何か考えていたのだろうか。いや、公爵令息として何か別の役割を果たすのだと漠然と考えていたのかな。思い出せない。

ベッドに横になり、自分の未来を考える。

うつらうつらと眠りに吸い込まれていく僕の耳に聞こえてきたのは、いつか自分が発した言葉だった。

『ベルは、僕の側にいつまでもいると言ったではないかっ』

ベル、僕を置いて行かないで……

ああ、これが自分の本当の望みなのか。

ベルに置いて行かれたくない。いつまでも側にいてほしい。

そう思いながら僕は深い眠りに入って行った。

翌日、目覚めると、頬に涙の痕がついていた。

ただ、何か美しいものを失ったという感覚があるばかりで、それがなんなのか思い出せない。

自分にとって一番大切なものがあったはずなのに、と思っていた時、ベルが再度我が家にやってくると先触れがあった。

通常であれば、帝国の皇弟殿下が公爵家にたびたび訪れるということは考えにくいが、ベルと我が公爵家の関係を考えれば違和感はないらしい。それで良いのだろうか。

日付は二日後の昼間。父は王宮で仕事を終えた後急いで帰ってくるが、ベルの到着には間に合わないという。皇弟殿下が来るというのだから、事前に確認をしているのではないのか？　と疑問に思ったが、ベルがどうも無理やり予定を入れたらしい。

とりあえず了承の返事を送ってもらい、その日はまた物思いに沈むばかりだった。


二日後、僕は、朝からモイラに磨かれて、衣服を整えられて、ベルを迎えた。

「ようこそお越しくださいました」

父が到着するまでは、二人きりだ。

今日の本題は、ベルと僕の婚約に関わることだろう。皇弟殿下から国を通じて公爵家に正式な申込みをされてしまえば、断ることはできない。

これまでのガブリエレ・デ・ヴィオラは、『しなければならないことを真面目に行うこと』を行動規範として生きてきた。そして、父やリカルドの言う通り自分の望みについてはあまり考えてこなかったと思う。

「ガブリエレ様、先日のわたしの申し出について、お考えいただけましたか？　もう一度お願いいたします。どうか……わたしと結婚してください」

応接室で、ベルが僕の前に跪《ひざまず》いてそう告げる。

よくよく考えれば、父にいくら王宮で仕事があろうと、隣国の皇弟殿下をさしおいてやるような仕事もないだろう。おそらく、父とベルは、僕の意志を確認するために、先に二人きりの時間を作ってくれたに違いなかった。

本来であれば、自分の意志を尊重されるということについて喜ぶべきなのだろう。

けれども、決断のできていない僕は、戸惑うばかりだ。

ベルの瑠璃色の瞳が、懇願するように僕に向けられる。

「僕は……」

そうだ、僕はどうしたいのだ？

ここで重要なことは、それだ。父からもリカルドからも諭《さと》されたことだ。ずっと考えていたのに、明確な答えがなぜか出てこない。考えれば考えるほど、自分の本当の望みがわからなくて、不安定になっていく。

僕を見つめるベルの瑠璃色の瞳が、金粉を散らしたように煌《きら》めく。

七歳の時から、僕を見つめ続ける美しい双眸。

あの時まで、僕は、いつまでもこの瑠璃色と見つめ合っていられると思っていたのだ。いつまでも、何があっても僕の側にこの瞳はあって、僕を守ってくれると信じていた。

ベルに見つめられるだけで、不安な気持ちはすべて解消された。

そう、ベルが僕の元を去ると言ったあの時まで。

その後、僕は、ベルを諦めた。

そもそも、従者がいつまでも側にいることを信じていた自分が愚かだったのだと、そんな自分を切り捨てたのだ。

『ベルは、僕の側にいつまでもいると言ったではないかっ』

僕の言葉が記憶の中から蘇る。そうだ、夢でも同じことを思い出したんだ。

僕が望んでいたことは、いつまでもベルが側にいること。

けれど、ベルが自分の側を離れるまでは、ガブリエレにとっての『本当の望み』は叶っていて当然のことであり、特別に意識する必要はなかったのだ。だって、ベルはいつもガブリエレの側にいたから。ベルはいつまでも僕の側にいると言っていたから。

だけど、その通りにはならなかった。

だから、すべてを諦めた。そう、本当の望みはとっくに諦めていたのだ。

あの日、僕は捨てられてしまったから。

ベルのいない人生を生きていくことになることを、僕は受け入れた。

僕の感情が、ガブリエレのあの時の悲しかった感情が、そして、諦めた今になって結婚を申し込まれる割り切れない感情が、一気に溢れ出し、拗ねた言葉が口を突いて出た。

「……ベルが僕と結婚したいのならば、ルーチェ帝国の皇弟殿下としてフィオーレ王国に申し入れればすぐに了承されるだろう。たとえ、僕が拒否しようとも。なぜ、僕の意志を確認するような回りくどいことをするのだ」

貴族らしさなど皆目ない、掠《かす》れた泣き声に近い声だった。

僕が突然に表情を乱したのを見て、ベルが目を瞠《みは》り、跪《ひざまず》いたまま首を横に振る。

「ガブリエレ様の了承なしに、結婚の話を進める気はありません。わたしは、ヴィオラ公爵家の子息と結婚したいのではなく、ガブリエレ様と結婚したいのです」

——どうしてそんな悲しそうな顔をするのだろう。僕から離れて行ったのは、ベルの方なのに。

僕はほとんど幼子が駄々をこねるように、ベルに向かって言った。

「そもそもベルは、僕を捨てて行ったのに……、どうして今になって、結婚しようなどとわざわざ僕に言いに来るのだ」

「ガブリエレ様……、捨てて行った？」

「そうだ。ベルはいつまでも僕の側にいると言っていた。それなのに、あの日僕を置いて出て行っただろう？　ベルは、僕を捨てて行ったではないか。僕は……、僕は……」

それ以上の言葉は出てこない。寂しかったと、泣きながら眠った夜が幾度もあったと、それを言葉にすることはどうしてもできない。

本当は、ベルはいつまでも僕の側にいるはずだと思っていた。

本当は、ベルが側にいない人生など受け入れたくなかった。

僕は口にできない気持ちを抱えるように両手を握りしめ、瞬きを繰り返す。

ああ、どうして僕はこんなに公爵令息に相応《ふさわ》しくない行動をしているのだろうか。

ままならない。自分の身体が思うように動かない。

けれど、ベルはそんな僕の様子を見て微笑みを浮かべると、立ち上がって僕の隣に座った。

そして、強く握りしめていた僕の拳を優しくほどいた。

「ガブリエレ様、何か月もの間、あなたをおひとりにして、寂しい思いをさせたことをお詫びいたします。どうか、わたしに一生あなたの側にいる許しをください」

ベルはそう言って、僕の身体に両腕を回し、強く抱きしめる。

瞳の奥が熱くなって何かがこみ上げてくる。

「寂しくなんかっ……」

「わたしは、ガブリエレ様と十年以上一緒にいたのですよ。寂しかったという顔をしていらっしゃいます」

どうやら僕は泣いているらしい。

ベルの手が、僕の頭を撫でている。

今の僕は、まるで子どものようだ。

「これからは、ずっと、いつまでもお側から離れませんから、どうか私と結婚して、一生あなたの従者でいさせてください。どうか……ガブリエレ様」

「本当に、僕の側から離れない……か？」

「はい、決してガブリエレ様の側から離れることはありません」

「いつまでも……？」

「ええ、いつまでも……」

ベルの体温とベルの匂い、耳元で聞こえるベルの声。そのすべてによって、今までの不安がゆっくりと消えていく。まるで、魔法をかけられているかのようだ。

「……ベル、手を緩めてくれないか」

僕の言葉に従って、ベルが僕を胸から解放する。見上げると、ベルの瑠璃色の瞳がすぐ側にあった。きらきらと金粉を散らしたような光を帯《お》びている。僕の心を平静へと導くその金色の光。

僕はベルの頬に両手を添えて、その瑠璃色の瞳を見つめてから、深呼吸をした。そして、すっかり落ち着いた気持ちで言葉を紡ぐ。

やっと気づいた僕の『どうしたいか』、それを叶えるための言葉を。僕の本当の望みを口にする。

「ベルナルディ殿下、結婚の申し込みをお受けいたします。末永く、僕を伴侶としてお導きください。どうか、いつまでも僕の側にいてください」

僕の言葉を聞いたベルは、大きく目を見開いて、顔に満面の笑みを浮かべた。

「ガブリエレ様……！　ありがとうございます」

「ベル、僕はベルを愛している」

「……！　ああ、なんという喜びがわたしに！」

ベルは僕を抱え上げると、踊るようにくるくると回った。

僕は驚いてベルにしがみつく。ベルは何度も僕の名前を呼びながら踊っている。いつも落ち着いているベルに、こんなところがあるとは思わなかった。

いつ終わるともしれないベルの歓喜に、僕は目が回りそうになって彼の服の胸元を引っ張った。

「ベル、目が回るよ。下ろしてくれないか」

「ああ、ガブリエレ様、申し訳ありません」

僕が音を上げたのを聞いて、ベルはやっと僕をソファの上に下ろし、目の前に跪《ひざまず》いた。

そして僕の手を取ると、頬ずりをした後で、僕の額に、頬に、そして唇に、触れるだけのキスを落としていく。

ベルに愛されているという感覚が、僕の中でふくらんでいくのがわかる。ガブリエレは、ベルに愛されていることを知っていたはずなのに、それは無意識の奥底にしまいこんでいた。

その感覚がようやく押し込められていたところから弾け出てくるかのようだ。

「あまりのうれしさに、我を忘れてしまいました。生涯お側に置いてくださるという喜びで胸がいっぱいです」

公爵令息が皇弟殿下を側に置くというのは、語弊があると思うのだが、ベルの意識の中ではそうなのだろう。言及しておきたい気持ちを抑えて、言葉を飲み込む。

興奮気味のベルを宥めて、ソファに座らせ、新しいお茶をトマスに用意させる。

温かいお茶を飲んで、ようやく僕たち二人は一息ついた。

ベルは、公爵家を離れる日の別れ際に、僕に『迎えに来るから待っていてほしい』と言っていたらしい。

僕には、そのような言葉を聞いた記憶はない。

ベルのその発言があった頃には、僕は眠っていたのだろう。

もし、その言葉を聞いていたとしたら、僕の行動はどんなふうに変わっていただろうか。

ベルにしてみれば、迎えに来るという約束を守って卒業パーティに臨んだのだ。

それなのに、僕に冷たくされてしまって、わけがわからないと思っていたという。そのうえ、結婚の申し込みに対しては、事務的な対応をされたので酷く落ち込んだそうだ。父から、ベルがいなくなってからの僕の落ち込みようを聞いて、少し気を取り直したということだけれど。

いや、父はそんなことを勝手にベルに伝えていたのか。

引っ掛かるところはあるものの、結局は僕のことを思ってくださってのことだろう。

様々な誤解やすれ違いが、二人でゆっくりと話すことで解けていく。

ベルと僕の話が一通り終わったところで、父の帰還が伝えられた。

僕は涙の痕も隠さないボロボロの顔で、ベルは皇弟殿下とは思えないほどの蕩けた笑顔で玄関に向かう。その顔を見た父は、即座に事の顛末を悟ったようだった。

「おお、丸く収まって安堵した。一時はどうなることかと思ったぞ」

父は僕がベルからの結婚の申し込みを受けたことを心底喜んでくれた。

父は、リカルドとの婚約が解消されるという見込みができたところで、ベルが僕と結婚したいと言い出すと思っていたという。

「わたしは、ガブリエレが幸せになることを望んでいる。政治的に役に立つことよりも重要だ」

父はそう言って、家族にしか見せないであろうまたにやにやとした笑みを浮かべた。

さて、そんなグダグダとした了承劇から事はあっという間に進んだ。

ベルの兄上であるルーチェ帝国の皇帝アーサー陛下は、既にベルと僕が結婚することに了承済みで、なんと、ベルがルーチェ帝国に帰ってからの皇弟殿下としてのお披露目会をする時点で、婚約も発表する心づもりでいるらしい。

ちなみに、これからいつまでも側にいるという約束をしたものの、結婚式まではベルはルーチェ帝国に、僕はフィオーレ王国に留まる。

もちろん、様々な準備や行事があるからお互いの国を行き来することにはなるだろうけれど。ただ、ベルと離れることの不安が、僕の中からなくなっているのは確かだ。

そこで気が付いた。

いや、ちょっと待って。僕が了承する前に、どうして結婚の話が、決まりごとになっているのだろう。

国同士の約束だと言われればそれまでだけれど、僕の了承が欲しいと言ったのはベルだ。

誰も僕がベルからのプロポーズを断ると思っていなかったのだろうか。

ベルも父も皇帝陛下も、僕が断ったらどうするつもりだったのだろうか。

今後、機会があれば聞いておきたいと思う。

翌日、国王陛下からルーチェ帝国の皇弟殿下との婚約の命を正式に受けるために、僕は王城へ赴いた。

これも僕にとっては急展開のことだが、王城では行事として予定されていたようだ。

やはり、僕がベルのプロポーズを断るという前提は誰にもなかったようだ。解せぬ。

国王陛下も王妃殿下も、大層喜んでくださっているようだ。それは、外交上の都合が良いという理由によると知っているので、儀礼的に挨拶をすれば良いのだろうが。

怒涛の展開だったけれど、もはや初めの望みを思い出し、それを失う恐怖すらなくなったガブリエレ・デ・ヴィオラにとってはどうということもない。

隣国からの迎えを待つベルのもとに歩み寄って、僕は微笑みかけた。

「ガブリエレ様、すぐに会いに戻ってきますから、待っていてくださいね」

「わかった。ベルを信じて待っている」

「ああ、ガブリエレ様」

ベルが僕を力強く抱きしめて、唇に触れるだけのキスをする。キス以上のことは、結婚する前には許されないだろう。

ベルは名残惜しそうにしながら車に乗って、帰国の途についた。

これから僕は、結婚のための準備に追われることになる。

結婚式は一年後だけれど、それまでに様々な行事をこなさなければならないし、ルーチェ皇室の儀礼を覚えなければならない。

まあ、ガブリエレは優秀だから何とかなるだろう。

ハードスケジュールになるけれど、愛するベルの側で過ごすためのことなのだから、必ず乗り越えていけるはずだ。

終章　いつまでも側に

ベルと結婚するための準備に専念している僕に、思わぬ知らせが入って来たのはそれからしばらくしてのことだ。

「ルカが消えた？」

ルカは取り調べが終わってから、鉱山にある神殿に送られた。

ところが、厳しく監視されているはずのその鉱山から、ルカが忽然と消えたというのだ。一生涯を鉱山で送ることになっているのに、どうやって逃げたのか。

事情を聞くと、あり得ないようなことが起きたそうだ。

ルカは、鉱山で働く受刑者の中でも、監視の厳しい神殿預かりの受刑者の房ではなく、刑務官などの政府の役人の性処理をするための部屋を所内に与えられていたらしい。

本来、ルカは神殿が用意した場所で受刑者の性処理をするはずだった。しかし、ルカの可愛らしさに目をつけた刑務所長が、自分の相手をさせようと勝手に決めたという。

しかも、刑務所長は『魔封じの腕輪をはずせばもっと楽しめる』とルカに言われて、行為の最中に腕輪を外したというのだ。

魔封じがなくなったルカは、魔力で刑務所長を気絶させた。そして刑務所長が気を失っている間に逃げ出したのだ。翌日の朝になってから目を覚ました刑務所長は、ルカがいないことに気がついたものの、自分の失態が発覚しないように自分だけで行方を探していたという。

それからしばらくして、ルカの所在を神殿が尋ねたことでようやくルカの脱走が公になった。そこからは大人数で捜査をしたが、既に鉱山はおろか、近隣の街にもルカの姿はなかった――というのが、顛末のようだ。

なんというか……、馬鹿としか言いようがない。

フィオーレ王国は、鉱山労働の受刑者に性的な発散を許しているぐらい性的にはおおらかな文化の国であるが、刑務官に受刑者を自由にする権限は与えられていない。

ましてや、ルカは生涯を鉱山で過ごすと決められた重罪人だ。

もともとルカの罪状は、王族に対する不敬罪と公爵令息に対する傷害未遂罪だ。完全な生涯禁固刑……幽閉状態にならなかったのは、成人したばかりという彼の年齢によるところの温情によるものが大きい。

しかし、たとえ刑務所長がルカに宛がった部屋の監視が甘い状態だったといえど、鉱山地域そのものには厳重な警備がなされている。

その鉱山から脱走して足取りを掴ませないというのは、ルカの主人公補正なのだろうか。

いや、いくらなんでも『ハナサキ』とはストーリーが変わっているのだからそんなことはないだろうと思いたい。

それとも『ハナサキ』の隠しルートには、ルカの脱走エピソードがあるのだろうか？

……そんなことは考えても無駄だな。

とにかく、ルカが鉱山から消えたということで、僕の護衛が増やされることになった。ルカが王都から遠く離れた鉱山からこちらまで移動するのはかなり困難だ。

しかし、ルカが異常に僕に対して攻撃的だったことを思えば、警戒は必要なのだろう。

以前も王族の婚約者であったけれど、今となっては、僕はルーチェ帝国の皇族の婚約者だ。

厳重な警護による不便もある程度受け入れる必要がある。

学園を卒業した僕が、出かけなければならないところは限られている。ルーチェ帝国の皇族に嫁すために必要な教養教育を受けるために王城へ行くことと、神殿での奉仕活動だ。

お茶会などへのお誘いもあるけれど、それについては当面お断りすることになる。

そのように毎日を過ごしていたが、ルカが確保されたという知らせが入ることはなかった。

◇◇◇◇◇

「ガブリエレ様、お久しぶりです。ああ、お会いしたかった」

その言葉とともに僕をぎゅうぎゅう抱きしめているのは、ベルだ。

「ベル、僕も会いたかったよ。顔が見えるように、腕をゆるめてくれないかな」

「なんとうれしいことを。ガブリエレ様……」

僕を見つめるベルの瑠璃色の瞳は、金粉を散らしたように煌《きら》めく。

最近になってから知ったのだが、ベルの瞳が金粉を散らしたように煌《きら》めいて見えるのは僕を見つめている時だけらしい。ベルの瞳自体は角度によって瑠璃色に金粉を含んでいるかのように見える。しかし僕が見て、ベルの瞳が金粉を散らしたように煌《きら》めいていると思うのは、それとは違う理由だという。

教えてくれたのは、ロレンツォだ。

学園卒業後、王宮魔術師団に入ったロレンツォが、魔道具の実験に使用する光魔法のサンプルを求めていたので、僕は王城でのルーチェ帝国の世情に関わる授業の後、何度か研究室を訪問していた。ロレンツォの言う実験とは、『ハナサキ』のスチルとは関係なかったようだ。

「ベルナルディ殿下の瞳が金粉を散らしたように煌《きら》めくのは、ガブリエレ様を見ている時だけですよ」

「え……、そうなのですか？」

「ええ、そして、あの金色は魔力が溢れている現象なので、限られた人にしか見えません。ガブリエレ様や僕のように魔力の流れが見える者でなければ視認できないでしょう。まあ、もともと殿下の瑠璃色の瞳は金粉を含んだようにも見えますから、特別なことだとは気づきにくかったのかもしれません」

「なるほど、そうだったのですか。あれはベルの魔力なのですね」

「そうですね。ふふ。魔力が溢れるぐらい、ベルナルディ殿下は、いつもガブリエレ様への愛を溢れさせていらっしゃるのですね」

「ロレンツォ様……」

僕は恥ずかしくなって、俯いた。ロレンツォは楽しそうに笑っている。

ロレンツォは、魔術師団に入ってから肩の力が抜け、明るくなった。

本人によると、リカルドの側近であることで自由に振る舞えないことが、枷《かせ》になっていたらしい。

現在は、好きな魔術研究に専念できるので毎日が充実しているそうだ。

ベルの瞳を見ながら、ロレンツォの言っていたことを思い出して、つい、笑ってしまった。それを見とがめるようにベルの眼差しが鋭くなる。

「ガブリエレ様、わたしといる時に他の誰かのことを考えないでください」

「え？」

ベルはそう言うと、僕の額に、頬にと、キスの雨を降らせた。

「ベル、やだ。ベルったら」

「だめです。お仕置きですから」

「ベル、んぅう」

僕の言葉はベルの唇に飲み込まれる。ベルにお仕置きをされる日が来るとは思わなかった。

最近は会うたびにベルの行為が激しくなっていて、キスに舌が忍ばされることもままある。

そして、お仕置きをされているらしいのに、僕の心は満たされてしまうのだ。

ベルの温かさとベルの匂いに包まれて、いつまでも抱きしめられていたいと思う。

ああ、僕はなんて幸せなんだろう。

ベルが今回フィオーレ王国へやってきたのは、僕をルーチェ帝国に連れて行くためだ。

結婚式はまだ少し先だが、フィオーレ王国公爵令息ガブリエレ・デ・ヴィオラが、ルーチェ帝国皇帝陛下へ婚約の挨拶を行うために訪問することになっている。そしてそれに伴《ともな》い、皇弟殿下の婚約者のお披露目会も行うことになっているのだ。

また、僕が学園を卒業する前に孤児院に訪れた際に神殿前で爆発があった一件について、話を直接聞きたいとルーチェ帝国から申し出があったのだ。あの事件だけは、ルカによる関与がなく、ルーチェ帝国の反体制派――ベルが皇弟殿下であると知った過激派が、ベルの存在を知っていると示威するための行動であったのではないかという声が帝国で上がったことがその理由である。

そんなわけで僕と護衛だけでルーチェ帝国に向かおうとしたのだけれど、ベルは自分が迎えに行くと言って聞かなかったのでこのようなことになっている。

ベルもものすごく忙しいはずなのに。

「ガブリエレ様の御身を守って、お側にいることはわたしの幸せです」

そんなことを主張して僕を迎えに来たのだ。皇弟殿下自らが、である。

僕の婚約者――ベルは、僕を愛しすぎているのではないだろうか。

言葉づかいも未だに従者の時のままだし。

まるで僕が、ベルを虐《しいた》げているかのようではないか。

「ベル、僕のことをガブリエレと呼ぶのだ」

「ガブリエレ……さま……」

「違う。ガブリエレと呼び捨てに」

「が、ガブリエレ……」

さま、と言いかけた口をキスで塞ぐ。真っ赤になって口を押さえているベルの瑠璃色の瞳から、金粉が溢れるように煌《きら》めいている。可愛い。

「ベル、ルーチェ帝国に行くまでに言葉づかいを修正しておかなければ、僕がベルを虐《しいた》げていると思われる」

「はい……」

それからはベルに僕への敬語を取り払ってもらう特訓をした。そして、僕はルーチェ皇室で使われる言葉の発音の総仕上げをしてもらう。

いつまでも一緒にいるためには、知識や教養だけではなく、日頃からの振る舞いを不自然にしないための努力が必要なのだ。

どこの世界に行ってもこういう努力はいるのだと、僕は思うのだった。

◇◇◇◇◇

「それでは、行ってまいります」

「道中の無事を祈っておるぞ」

父が、ベルと僕を見送ってくれる。

この数か月で外交知識や教養、ルーチェ皇室のしきたりを叩き込み、僕はベルと同じ車に乗り込んだ。前後を護衛の車に守られ、さらに魔法による防御がなされた特別車だ。

昨日は、王城で国王陛下と王妃殿下に挨拶をしている。

その後、宰相であるガロファーノ公爵とも話をしたが、いまだにルカの消息は掴めていないそうだ。警察では、ルカはフィオーレ王国から出ているのではないかと考えているとも言われている。

「お二人とも、御身お気をつけください」

ガロファーノ公爵は、かなりルカを警戒している。

尋問に参加していた時も、ガブリエレを断罪しなければ自分は幸せになれないということを繰り返しているルカを目にしたそうだ。当然、ルーチェ帝国の反体制派のことも警戒する。それはルーチェ帝国としては織り込み済みのことだけれども。

フィオーレの王都から、ルーチェ帝国の国境までは一日。そこからルーチェの首都まではさらに一日だ。今回は、あまり行程に時間をかけないように計画されている。フィオーレ国内では、少しばかりの交通規制を行って、速度を上げて駆け抜ける予定だ。

フィオーレ国内を順調に進み、ルーチェとの国境を越えてしばらく行ったところで、急に車が停止した。

「休憩する予定ではない場所ですね」

「どうしたのだろうか」

ベルと僕は思わぬ事態に首を傾げるとともに、警戒すべきだという思いでお互いの目を合わせる。

「ベルナルディ殿下、この先の道路で事故が起きたようですので、しばらく停車いたします。車からは決して出られませんように、お願いいたします」

前方の護衛から、通信用の魔道具でそんな連絡が入った。

車の事故と聞いて、前世のことを思い出す。

肌がちりちりと危険を知らせてくるように思うのは、気のせいか。

そんなことを考えていた時だ。

大きな音とともに衝撃が訪れた。

後方の護衛車に向かって暴走した大型車が突っ込んできて、僕たちの車の後方部分に玉突き事故を起こしたのだ。

「ベルナルディ！　車から降りろ！」

大きな声は、誰のものか。ベルを呼び捨てにしている。

車の中によくも聞こえるものだ、と思ったけれど拡声用の魔道具を用いているようだ。

「ベルナルディ！　正当な皇帝はルーチェ帝国とマーレ王国の血を引くルチアーノ様だ！　偽りの

皇帝の血筋は絶やしてやる！」

「反体制派の襲撃のようです。車内に待機なさってくださいっ！」

かなり強固な防護魔法が車にかけられていたうえに、魔法防壁を張っていたため、車の損傷は軽微と判断したらしい。護衛はそう言うと、魔道具で前後の護衛車と連絡を取るとともに、近隣の警察にも援護を依頼している。

僕は、さらにベルと自分に防護壁を張った。

ルチアーノというのは、前皇帝とマーレ王国から来た皇妃の間に生まれた皇子で、ベルの腹違いの兄の名前だ。彼は、離宮に幽閉されているはずだけれど。

それにしても、反体制派のテロルにしては手ぬるいし、規模が小さい気がする。

そんなことを考えていた時だ。

僕の耳に響いたのは、懐かしくも鬱陶しい甲高い声だった。

「悪役令息ガブリエレ！　さっさと車から出て来いっ！　僕が断罪してやるっ！」

僕のことを悪役令息と呼ぶその声には聞き覚えがある。

僕は振り返って、車の後部の窓から外を見た。

僕たちの後ろにいる護衛車に突っ込んだとみられる大型車の天井に、誰かが仁王立ちになっている。それは、向日葵《ひまわり》のような金色の髪に空色の瞳の、姿だけは可憐な少年。いや、成人したから青年だ。

顔立ちが子どもっぽいし華奢だけれど、それはともかくとして。

「ルカ……？」

そう、それは『ハナサキ』の主人公であるルカ、その人だった。

二度と会いたくなかったのに……

窓越しに僕と目が合うと、ルカはにたりと悪辣な笑みを浮かべた。

懐かしい……か？

「僕を罪人にしたガブリエレとベルナルディの二人は、この世から抹殺してやる！　いや、ベルナルディは利用価値があるから生かしておいてもいいかもね。ほら、ガンガン車をぶつけて壊しちゃってよ！」

ルカは、大型車の屋根に仁王立ちになりながら運転手に指示を出している。その姿は、前世のアニメで見た何かのキャラクターのようだ。

いや、あの大型車の上に立ったまま僕たちの車に衝突させてしまっては、普通に危ないのではないだろうか。

そして、ルカの言っていることがおかしい。ルカは自分が罪を犯したのであって、僕たちが罪人に仕立て上げたわけではない。しかも、温情によって多少減刑されたはずだ。

がんがんと大きな音が響きつつも、壊れる様子のない車内で僕とベルはひそひそと声を交わした。

「ルカは、あれで自分が無事でいられると思っているのだろうか……？」

「ガブリエレ、あのような者を心配なさる必要はありません。もっと大規模に攻撃を仕掛けてきたら自分だけに防護壁を張ってください。あなたが傷つくなんて、耐えられません。とにかく、わたしの側から離れないでください」

「ああ、承知した」

指示の通りに身体を寄せると、ベルは僕の身体に手を回した。僕に注意を促したわりには、僕の髪の香りを嗅いでいるベルの態度には納得できないものがあるけれど。

まあ、それは気にしなくても良いか。

防護壁をもう一段階強いものに変える。

別に、僕はルカの安全について、心配をしているわけではない。

ルカは、この世界が『現実である』という認識が薄いような行動が多い。もしかしたら、夢の世界で生きているような感覚なのかもしれない。

ルカにとっての此処は、『ハナサキ』のゲームの世界であって、実際に生活して、生きている人がいるという実感がないのではなかろうか。これまでの場をわきまえない行動や、無茶苦茶な言動もそういう感覚で生きているのが原因のように思える。

だからといって、彼の性格が邪悪であることを許容できるわけではないけれど。

ともかく、僕たちは現実を生きているのだから、自分のことを主人公だと思っているルカに巻き込まれてはたまらない。

さらに数度、鈍い音が重なる。しかし、この車が壊れる気配はみじんもない。

焦れたように、ルカがまた声を張り上げるのが聞こえた。

「何をやってんだよ！　僕は大丈夫だから、早く車をもっとぶつけるんだよ！」

「いや、お前、降りて来いよ」

「いいから、早く！」

ルカはどうやら運転手ともめているらしい。ルカが拡声用の魔道具を使ったまま話をしているから、声がよく聞こえてくる。

これはどう考えても、運転手が正しいだろう。ルカの安全を考えてくれていて良い人じゃないか。テロリストだけど。

だって、これから衝突する車の屋根に立ったままだと危ないはずだもの。

最終的に運転手は、ルカを説得するのを諦めたようだ。

車が再びこちらへ向かってくる。

僕たちの車には魔法防壁を張っているので、それをこじ開けるようにルチアーノ派のテロリストが魔法を繰り出しているのがわかる。そこに綻びができれば、車をぶつけるつもりなのだろう。

こちらの護衛も、魔法で防護壁を強化する。車による物理攻撃と魔法の攻撃の合わせ技は、こちら側に大した武器がない時には有効なのかもしれない。

光魔法の使い手は、王族を必ず守らなくてはいけない。忘れかけていた、ガブリエレ・デ・ヴィオラとしての使命を思い出す。

ベルは僕を守る気でいると言っていたけれど、今の立場では僕がベルを守らなければならない。

本物のテロルに遭うのは初めてだけど、きっと大丈夫だ。絶対ベルを、守ってみせる。

だって、僕はガブリエレ・デ・ヴィオラなのだから。

間もなく衝突するというところで、こちらに向かって動き出していた大型車が速度を上げた。

「きゃあああああっ！」

悲鳴とともに、大型車の屋根にしがみついていたルカの姿が消えた。

——落ちたのかな？

予想通りだ。

いや、とりあえずルカはどうでもよい。

大型車が衝突するタイミングで、身体への物理的な衝撃を軽減する防護壁を張る。

大型車が、まさに僕たちの車に衝突しようとした時だ。大型車が、中心部から縦に真っ二つに割れると、僕たちの車を避けるように両側へ分かれてそのまま横転した。

護衛の魔法攻撃がテロリストの防護壁を破壊し、風魔法で車を裂いたのだ。

……あっけないというか、なんというか。

ちょうどその時、応援部隊も到着して、あっという間にテロリストたちは拘束されていった。

短時間で解決したというだけで、起きたことは重大事件だ。

緊張した割に、僕はそれほど活躍できなかったのが残念だけど、この方が国としては納まりが良いといえるだろう。捕獲されたテロリストたちは、悪態を吐きながら連れられて行く。もちろんルカも捕まっているが、気を失っているようでいつもの叫び声は聞こえなかった。

——これで、本当におしまい？

いかにルカが『ハナサキ』の主人公としての力を持っていたとしても、さすがにこれ以上の逃亡などはできないだろう。いや、そもそも温情を与えられてもあれほどに重罪とされたのだ。

今回ばかりは、生涯の禁固刑、もしくは処刑を免れまい。

連れ去られていくルカを見ていると、隣でそっとベルの指が僕に触れた。

「ガブリエレ、どこか痛くしているところはありませんか？」

「ふふ、子どもの頃みたいに聞くのだね。大丈夫だよ。ベルは無事かい？」

「はい。これからあなたと結婚するというのに怪我をしている暇などありません」

ベルはそう言って、僕を抱きしめてくれる。

ベルの体温を感じて、緊張が解けていくのがわかる。

僕たちは後から到着した部隊が準備した新しい車に乗って、皇宮に向かった。


皇宮に辿り着くと、怪我の有無などの身体のチェックを受けてから、皇帝陛下のもとへ案内された。

今日は正式な謁見ではなく、私的な面会、ということになっている。

「ガブリエレ、緊張しなくても大丈夫ですからね」

「ベル、ありがとう」

道中でテロルに遭うというアクシデントがあったので、ベルが気にしてくれている。だけど、僕は皇族の前に立つ時よりさっきのテロルの時の方が緊張していたと思うのだ。

だって、ベルの命が危険に晒されたのだからね。

高貴な人の前に出るのは慣れているから、心配はしていないけれど、僕を思いやってくれるベルの気持ちがうれしい。

僕がベルに向かって笑顔を見せると、ベルの瑠璃色の瞳にいつものように金粉を散らしたような光が宿る。ベルのこの眼差しがあれば、僕は安心して皇帝陛下とお会いすることができる。

皇帝陛下はベルによく似た面差しで、同じような艶のある黒髪をしている。瞳の色は異なっていて皇帝陛下は透き通った青だ。

自然な笑顔を浮かべていて、思ったよりも親しみやすい雰囲気だった。

「ベルナルディ、お帰り。大変だったようだね」

「そうですね。でも、護衛のおかげで無傷ですよ」

「それは良かった」

そう軽く挨拶を交わし、ベルは僕の背に手を添えると、皇帝陛下に僕を紹介してくれた。

「兄上、婚約者のガブリエレです」

ベルの態度は家族に婚約者を紹介するもののようで、いかにも非公式という風情だ。

とはいえ、僕も同じようにするわけにはいかない。

僕は片膝を突き、ルーチェ帝国の正式な所作で皇帝陛下に挨拶をした。

「フィオーレ王国、ヴィオラ公爵家のガブリエレと申します。拝謁が叶いまして恐悦至極にございます」

しかし、アーサー陛下は即座に手を振り、僕に向かって悪戯《いたずら》っぽい笑みを向けた。

「ああ、堅苦しいのは明日の謁見の場まで、取っておいておくれ。ベルナルディの兄、アーサーだ。今回はテロルに巻き込んでしまったことを申し訳なく思う。怪我がなくてなによりだ」

「いえ、あのような事態には、常に対処せねばならないと思っております。ルーチェ帝国の護衛の方々が優秀で、驚嘆いたしました。おかげさまで、無事に皇宮に到着することができ、うれしく思います」

そう言って僕が微笑みを浮かべると、皇帝陛下……アーサーは、実にうれしそうな笑顔を浮かべた。

「うん、ガブリエレ殿は、美しい上に肝が据わっているな。これは、ベルナルディが夢中になるはずだ」

「お褒めにあずかり、光栄でございます」

「兄上……」

こんなふうにまっすぐ褒められることは、フィオーレ王国では有り得ないことだ。

なんでもできて当然だったヴィオラ公爵令息を褒めてくれるのは、神殿の神官ぐらいだった。

じんわりと胸に広がる喜びをかみしめていると、その後、パオラ皇妃殿下と第一皇子のフィリッポ殿下をご紹介いただいた。

正式な謁見の前に、このような形で顔合わせをさせてくださるとは驚きだ。

そのまま私的な晩餐にまで招かれ、アーサー陛下、ならびに皇帝の一族が僕を『家族』として受け入れようとしてくださっているのだと思えて、心が温かくなる。

フィリッポ殿下は現在三歳だ。まるい頬がふくふくとして可愛らしい。

晩餐が終わる頃には、すっかり懐かれてしまった。フィリッポは柔らかくて小さな手で僕の手を握り、愛らしい微笑を浮かべて見上げてくる。

「ガブリエレ、ほんとうにきれいね。ぼくとけっこんしてください」

「フィリッポ殿下、光栄ですが、僕はベルナルディ殿下と結婚すると決まっているのです」

「えー、じゃあ、ベルおじうえとけっこんしてから、そのつぎに、ぼくとけっこんして？」

「フィリッポ、ガブリエレはずっとわたしの側にいるのですから、諦めてください」

「やだー。ベルおじうえはずるいですー」

フィリッポは、そんなことを言いながら僕にしがみついて離れなくなってしまった。

そんなフィリッポに大人げなく対抗しているベルが、可愛いと思ってしまう僕がいる。

その翌日以降は、議会や謁見の間での僕のお披露目会が続いていく。

滞在期間はそれほど長くない。とにかく、ベルが僕から離れたがらなくて、それが大変だったということは言っておきたい。

すぐに腰を抱いたり髪の匂いを確かめたりするので、恥ずかしかった。

数日後、フィオーレ王国に帰る時も僕を送ってヴィオラ公爵邸までやってきたのだ。まったく、僕の婚約者は過保護で困る。

さて、ルカは、テロリストの仲間としてルーチェ帝国に拘置されている。

卒業パーティの断罪劇の件では、学生だったことが考慮されて終身禁固刑にはならなかった。だけど、ルーチェではテロリストとして裁かれる。さらにルカは、フィオーレ王国の脱獄囚でもあり、重罪人として裁かれるのは必至だ。おそらく処刑となるだろう。

悪役令息である僕ではなく、主人公のルカが処刑となったことに不思議を感じる。

そしてルカの件は、フィオーレとルーチェの外交にも影を落とすことになると考えられる。

また、フィオーレの社交界ではルカの人となりが知られているため、僕たちが謗《そし》られることはあまりないが、ルーチェ帝国ではそうはいかない。

ベルナルディ殿下とその婚約者の同級生が、わざわざテロリストとしてルーチェ帝国の過激派とテロルを行った、ということにより、様々な憶測が流れるだろう。

『ハナサキ』では、今回のように主人公がテロリストになるルートもあったのだろうか。

そんなことを知るすべはないのだけれどね。

ルーチェ帝国では取り調べに『影魔法』を使う。本当のことを洗いざらい話してしまう魔法だ。使用するにあたっては注意が必要であるし、今回のような重罪の容疑者にしか使われないという。皇族の血を引く者の一部に現れる魔力であり、取り調べは厳重に行われる。

前世では考えられないほどの恐ろしい話だ。

僕はそんなことを考えて、身体を少し震わせた。

お前は、僕の話に興味があるんだ。

いいよ。話してあげる。

ここは、ＢＬゲームの『王立学園に花は咲き誇る〜光の花を手折るのは誰？』の世界で、僕はその主人公なんだ……

どうしてシナリオ通りに進まなかったんだろう。

僕が、ここは『ハナサキ』っていうゲームの世界だって気づいたのは、父親だと名乗るジラソーレ男爵に引き取られた時だった。

僕、ルカ・デ・ジラソーレは、主人公じゃないのかって。

前世の記憶ってやつが、急に頭の中に湧いてきたんだ。

病気だった母ちゃんが死んでから、やつはやって来た。こいつが早く迎えに来ていれば、母ちゃんは死ななくてすんだのかもしれないと思うと、めちゃくちゃムカついた。

ジラソーレ男爵が僕を引き取る気になったのは、僕が光魔法を使えるからだ。

王立学園に入れたら、高位貴族を引っ掛けられると思ったんだろう。僕は見た目も可愛かったからね。

うん、僕は『ハナサキ』の主人公だから、王子もその側近たちも引っ掛けることができるさ。そして、とても高貴な人と結婚してみせる。だけど、そのおこぼれをジラソーレ男爵に分ける気はない。だって、母ちゃんを見捨てたんだぜ？

僕はそう思ってた。

学園に転入した僕は、すぐに第一王子のリカルドと仲良くなった。側近のアンドレアもヴァレリオもチョロいもんだった。ロレンツォだけは、様子見してる感じだったけど、ただのツンデレなんだろうと思っていた。そのうち僕に夢中になるはずだって。

そのうえ僕はこのゲームの主人公なんだ。みんな僕の思い通りになるに決まってる。

町で暮らしていた頃は貧乏だった。お金に困っていた僕は、近くにある冒険者のたまり場へ行ってはお小遣い稼ぎをしていた。僕は可愛かったから、ちょっと冒険者たちに身体を触らせてやったらお金をくれた。どんどん要求は過激になっていったけれど、お金のためなんだから仕方ない。

光魔法が使えるとわかってからは、冒険者の怪我を治してやってから身体を触らせていた。だって光魔法を使うと、身体が疼いてしょうがなくなるんだもん。

それから、僕の光魔法を浴びたらエッチなことをしたくなるって言ってる人が、ときどきいたんだ。

そんなふうに暮らしていれば、僕はお金をたくさんもらえるし、冒険者は怪我が治って僕を抱けるんだから、ウィンウィンだ。そう思って生活していた。

だから、リカルドとも、光魔法を使ってから体の関係を持てば、もっと僕に夢中になるはずだと思っていた。それなのに、光魔法を使う機会がやってこない。

前世の記憶を活かそうと思っても、みんながシナリオ通りに動いてくれないんだ。

リカルドの婚約者で悪役令息のガブリエレが、光魔法を使えるんだって聞いたのはその頃のことだ。

ガブリエレは悪役令息のはずなのに、僕に意地悪をしてこない。

『ハナサキ』でガブリエレがどんな意地悪をしてたかは忘れた。だけど、確か彼は僕の邪魔をして、死んでいくような役目だったはずなのだ。

なのに、この世界のガブリエレは、何にも言ってこないし、近づいてもこない。

自分の婚約者に近づいてる僕にやきもちを焼くのが普通だろう。それに、公式の設定に、ガブリエレが光魔法を使うっていうのはなかったはずなんだ。その時は、僕が覚えてなかっただけかもしれないって思ったんだけどさ。

もしかしたら、隠しルートの設定かもしれないとちょっとだけ思った。でも、詳しいことまでは覚えていなかったし、なにせこの世界にはスマートフォンなんてないから確かめられない。

とにかく、相手が何もしてこないんなら、意地悪を作っちゃえばいいやと僕は思った。

だからリカルドに、ガブリエレに意地悪されてるって言って、いろいろと証拠を作った。

もちろん、自分で作ったんだよ。だけど、リカルドがガブリエレにその話をしてくれたのは、一回だけだった。その時に、リカルドはガブリエレに何か言われたんだ。そしたらリカルドが「学園の執行部に知らせて、調べてもらおう」って言い出したから、僕はガブリエレに意地悪されているっていうのを続けるのは無理だと思った。ここはシナリオ通りじゃないんだって。

そのうえ、アンドレアの家のお茶会では、僕の光魔法にみんなが感動して尊ばれるようになるはずが、謹慎させられる羽目になった。

アンドレアの家のオヤジのせいだよね。

おかげで、一番親切だったヴァレリオもいなくなっちゃった。

なんで、主人公の僕がこんな目に遭わないといけないんだ？

疑問に思った僕は、いっそリカルドの婚約者のガブリエレを排除しちゃおうと考えたんだ。

ガブリエレはとても美人だった。恵まれた家に生まれて、ぬくぬくと守られて育ったって感じがして、上品で、賢くて、大嫌いだった。

ヒドい目に遭わせてやったら、気持ちいいだろうなって思ってた。

だからそれを実行したんだ。

ガブリエレの側には、いつもベルが控えていた。ベルが、ルーチェ帝国の皇帝の弟で、ベルナルディ殿下だっていうのは、隠しルートの情報をネットで見ていて、知っていた。

本当は高貴な身分なのに、ガブリエレに従者として虐《しいた》げられていたベルは、ガブリエレを恨んでいるはずだった。だって、ゲームではどのルートでもそうだったんだもん。

僕はベル推しだったから、最後はベルと結ばれるルートに行く予定だ。リカルドでもいいかなと思う時もあったけど、俺様なはずなのに意外に頼りない性格だったことにイライラした。

やっぱり、ベルがいち推しだよ！

皇帝の弟だし、結婚しても王様になるリカルドよりは厄介なことが少なくて、ぜいたくができそうだし。とりあえず僕は、大嫌いなガブリエレをヒドい目に遭わせるために、神殿兵士を焚きつけてみた。

神殿兵士のサンドロに、ガブリエレが診療所で光魔法の治療をした後に、神官たちとヤッてるって言ったら、自分たちもあの美しい公爵令息とヤリたいって張り切っていた。

もちろん、ガブリエレが神官たちとヤッているなんて嘘だ。本当にヤッているかどうかなんて知らないし、多分ヤッてなかったと思う。

ガブリエレは、王子の婚約者だから、自由に性行為をしている他の人間と違って、処女童貞のまんまでいるっていうのがゲームの設定だった。

学園で聞いた話でも、王族や高位貴族は、あんまり自由に性行為をしてはいなかったから、ガブリエレの処女童貞は設定と同じだろうと思ったんだ。だから、そんな計画をした。

ガブリエレを汚すためにさ。

あのおキレイで高潔な公爵令息が神殿兵に輪姦されたら、めちゃくちゃにされたら、どんなに傷つくだろうと思うとワクワクした。でも、ヒドい目に遭ったのは神殿兵士の方だったんだ。

詳しくは知らないけれど、ガブリエレを守るためにベルがサンドロを叩きのめしたって話は流れてきていて、ムカついた。そして、謹慎から帰ってきたら、ベルがいなくなっていた。これからガブリエレを断罪するために協力してくれるはずだったのに。またシナリオと違って絶望した。

リカルドは僕を愛してくれていて、攻略はうまくいっている。

このまま卒業パーティの断罪劇まではいけるかもしれないと思ったけど、なぜかゲーム通りにはならない。卒業パーティの前に、リカルドは僕を愛妾として迎えることができるようになったと言ってきた。それが、男爵令息としては分相応らしい。

そのぐらいでいいやってことか。

……僕は主人公なのにおかしい、って思うよね？

リカルドは、ガブリエレとは穏便に婚約解消するからって言っていたけど、そんなことじゃ断罪劇ができないじゃないか。そのイベントがあれば、僕はリカルドの愛妾になるんじゃなくって、いち推しと結婚できる。きっとそうだ。僕は、リカルドにねだって、お呪いとして、ガブリエレの婚約破棄と僕たちの婚約を発表してほしいと言った。

すると、リカルドはなんとか「うん」と言ってくれた。でも、リカルドでは足りない。結局彼は僕のことを本当に愛しているわけではなかったし、ガブリエレを傷つけたいと思っているわけでもなさそうだった。

だから僕は、破落戸《ごろつき》を雇い、確実にガブリエレをヒドい目に遭わせようと考えた。

結局、断罪劇はうまく行かなかった。

ガブリエレは憎たらしいほど落ち着いているし、アンドレアもロレンツォも僕の味方をしてくれなかった。それどころか、僕の邪魔をしたんだ。ハーレムルートを達成できていなかったのはよくなかったな。せっかく身体を売って雇った破落戸《ごろつき》もあっという間に倒されてしまった。

ねえ、ガブリエレ本人が、戦う上でもチートだなんてずるくない？　ずるいよね！

せっかく出てきた隠しキャラのベルも、ガブリエレの味方だった。ベルは、ガブリエレが身も心も綺麗だって言って庇ったんだ。意地悪されてるんじゃなかったの？

どうして。どうして。どうして。

僕は主人公なのに。

そのまま拘束された僕は、生涯、鉱山で働く受刑者の性処理をするという刑を受けることになった。隠しキャラが出てきたから隠しルートなのかもしれない。それだったら設定と違うことがあるかもしれないけど、主人公が鉱山に行くというのは知らなかった。

バッドエンドでも、そんなルートはどこにもなかったはずだ。どうしてこんなにシナリオとずれてるんだ。もう、考えても仕方ないかと諦めかけた。

当然男爵家の籍も抜かれた。だけど、ジラソーレ男爵家は、ガブリエレやアンドレア、ロレンツォの家に賠償金を支払わなければならなくなったと聞いた。

母ちゃんを見殺しにしたくそオヤジ、ざまあみろだ。それだけは、すっきりしたところだ。

鉱山では刑務所長をたらしこんで、神殿の犯罪者がいる場所じゃない、いい部屋を用意させてやった。そこで思い出したのは、『ハナサキ』の同人誌に出てきた脱獄の話だ。

脱獄するのは、ルカじゃなくて誰かの婚約者だったけど。

そこで、この人生を諦めるのをいったん中止した。

試しに、刑務所長に「魔封じの腕輪をはずせばもっと楽しめる」と言ってやれば、やつは簡単に僕の腕輪を外した。

そこから、そいつが気を失うまで楽しませてやったんだから、嘘はついてない。

同人誌に載っていた通り、僕は刑務所長の私服に着替えて帽子を深くかぶり、その建物を出て行った。信じられないぐらいあっさりとしたもので、フィオーレ王国の刑務所は大丈夫なんだろうかと思ったぐらいだ。刑を受けている人間を刑務所長の部屋に招き入れるということが、あり得ないことなんだというのは、後で知り合ったルーチェのおっさんから聞いたけど。

これは、僕が主人公だからできたことなのかもしれない。

ゲームの強制力というか、主人公補正なのかなって。

そんなわけで、僕は街道をはずれ、森を抜けて町へ出た。刑務所長の財布もいただいてきたから、しばらくの間はなんとかなりそうだと思っていた。

そして、僕は森を歩くうちに、国境を越えていて、ルーチェ帝国に入り込んでいたんだ。

僕は、ルーチェ帝国の国境の近くにある町の宿屋で働くことにした。マルコと名前を変えて。

ルーチェ帝国は、数年前に皇帝が入れ替わってから景気が良くなったらしい。おかげで、町はにぎやかになっているって宿屋の主人が言っていた。フィオーレの王都とは比べものにならないけど、そんなこと言ってられないよね。

その宿屋では、人手が欲しいということで、すんなり雇ってもらえた。身元確認もいいかげんでラッキーだ。

いろんなところから人が入り込んでいるから、細かいことは言ってられないんだってさ。

とにかく、食べる分は稼がないといけない。まだ、死にたくない。男爵家に引き取られる前の生活に戻っただけだと思えばいい。

そんなにたくさんのお金はもらえないけど、男爵家と学園で読み書きと計算を教えてもらった分、賃金が高くなるから、あの頃よりましだ。

うまく脱獄できて、自由な生活ができるだけでもラッキーだ。

そんな感じで気持ちを切り替えた。

ここは『ハナサキ』の世界と違うんだってさ。そう思って生きていくことにしたんだ。本当は主人公のはずだったんだけどね。

だけど、そんな生活をしていたのは、ほんのわずかの間だった。

宿屋の炊事場の裏で、一人で野菜を洗っている時、さらに人生を変える出来事があったんだ。

「あれ？　お前、ルカじゃねえのか？」

そう、誰かに名前を呼ばれた。

だけど僕だって馬鹿じゃない。追われている最中に本名を呼ばれて振り返るなんて、ありえない。

無視して野菜を洗っていると、肩をぐいっと掴まれた。

「なあ、ルカだろ？　あっ、もしかしたら、そう呼んじゃいけねえのかな。俺は、フィオーレの神殿兵士だったジーノだよ。仲良くしてくれてただろ？」

振り向いたところにいたのは、サンドロの仲間であり、神殿兵士のジーノだった。

ガブリエレの事件には関わっていなかったけど、サンドロと一緒に悪さをしていた他のことがバレて、神殿を追放になったはずだ。こんなところで会うなんて。

僕を捕らえるつもりか、と身構える。

「僕は……」

「ああ、不敬罪かなんかでフィオーレにいられなくなったとか？　大丈夫だよ。黙っててやるからよ」

しかし、ジーノは意外なことに何もしてこなかった。

どうやら、僕が罪人として鉱山に行ってたことも、脱獄のことも知らないようだ。フィオーレの王都のことは、ルーチェの田舎町までは伝わってきていないらしい。このままやりすごしちゃえば大丈夫そうだ。

「うん、そんなとこ。ここではマルコってことになってるから」

「わかった。マルコだな」

にたりと笑ったジーノは、あまり感じがよくない男だった。どうせ、僕の身体目当てなんだろう。だけど、この宿屋では、そういう商売はやってない。なんとかやり過ごせるだろう。

光魔法を使うことがなくなったら、どうしても誰かと身体を繋げたいと思うことが少なくなった。本当は身体を売らないで、好きな時に気に入った相手と楽しむ方がいいに決まっている。

ジーノはもともとルーチェ帝国の神殿にいたんだって。

家族がルチアーノ派の家の下僕だったからって、今の皇帝が即位した時に、フィオーレ王国に異動させられたらしい。ルチアーノというのは、一瞬だけ帝位についていた前の皇帝だそうだ。『ハナサキ』には出てきたけど名前だけのモブだったから、僕はよく知らない。ともかく、ジーノは神殿をクビになったから、冒険者登録をしてルーチェに帰ってきたそうだ。

ジーノは何日かうちの宿屋に泊まっていた。

その間は、何度か話しかけてきたけど、とくに僕を疑っている感じじゃないと思った。そのうち、ギルドから次の依頼があったと言って移動していったんだ。

何か言われたわけじゃないけど、いなくなってほっとしたな。

これで、僕の「本当のこと」がバレないかとハラハラしていた日は終わった。

そう、僕はそう思って油断してたんだ。

ジーノは、しばらくしてまたうちの宿屋に来た。なんだか目つきが悪くて、強そうな男たちを連れてたけど、破落戸《ごろつき》って感じじゃないなと思った。そんな勘はあたらなくていいのにね。

「脱獄犯だってバラされたら、困るのはお前だろう?」

僕を部屋に押し込めたジーノは、フィオーレでの僕のことをくわしく調べたって言って笑った。

ジーノが連れてきた男たちに僕は囲まれて、どうにもしようがない。

こいつらは、今の皇帝をやっつけて、モブの前皇帝を再び皇帝にしようという考えで動いていると話した。前世でも、反乱とかを起こして政権を倒すということがあったけれど、そういうことをしようとしているらしい。そんなの、僕には関係ない話だ。

「なあに、皇弟ベルナルディの車列を襲う時に手伝ってくれればいいんだよ。お前の光魔法を車列に浴びせてくれればいいんだ。そしたら、お前が脱獄犯だって黙っててやるよ」

「ベルの車列を襲うって、ベルを殺すのか?」

「いや、あいつは人質だ。今の皇帝を脅すためと、市民向けの宣伝活動に使う。だけど、一緒に乗ってる予定の婚約者は殺すつもりだ。そうすれば、フィオーレとの国際問題になるからな」

「フィオーレとの国際問題? ベルの婚約者って、フィオーレの人間なのか?」

嫌な感じだ。まさか。まさか。

「ああ、ヴィオラ公爵家のガブリエレだよ。あの皇弟を、従者として保護してたとか言ってたけどな。神殿でも、いっつも二人でくっついて歩いてたよな。あの頃からデキてたのかもしれねえ。そうだ、あの公爵令息は、お前の大っ嫌いなやつだったんじゃねえのか？」

ジーノは、僕がサンドロを焚きつけてガブリエレを襲わせたことを面白そうに仲間に話している。それを聞いて、みんなゲラゲラと笑っている。それだけでも僕を信用できるだろって、そんなことを言って。

いや、嫌いなやつをおとしいれるのは当たり前のことだろ？

それより、ガブリエレがベルの婚約者だって？

僕は怒りで目の前が真っ赤になった。

どうして。どうして。どうして。

主人公の僕が、こんな田舎町でこんな安いお金でこき使われているのに。脱獄犯としてこんな男に脅されているのに。

どうして、悪役令息のガブリエレが、僕のいち推しのベルの婚約者になるんだ。

「結婚前のフィオーレの公爵令息が、ルーチェで殺されたとなっちゃあ国際問題だからな。政情不安定にするための方法の一つってわけだ。そして現皇帝を引きずり下ろし、ルチアーノ殿下を再び皇帝に戴《いただ》く……」

「わかった。協力するよ」

「おい、急に随分前向きになってくれたなあ」

ジーノが薄ら笑いを浮かべ、他の男たちもその言葉に頷いている。

交渉は成立だ。それなりの報酬も出すと言っている。

だけど、そんなものどうでもいい。モブの前皇帝なんかも、どうでもいい。

ガブリエレを殺してやる。

あいつが、ガブリエレが、ちゃんと悪役令息をやっていれば、僕はこんなことにはならなかった。

ああ、あの美しい身体がひしゃげて、おキレイな顔を血塗れにして、汚い地面に転がっていたら。

ボロボロになって死んでいるガブリエレを見たら、どんなに気持ちいいだろう。

これは、チャンスだ。やっぱり僕は主人公だ。

主人公補正に違いない。

そして、人質になったベルを慰めて、真実の愛に目覚めさせるんだ。

皇帝が入れ替わったら、ベルと一緒に逃げればいい。きっとうまくいく。

だって、僕は主人公なんだから。

そう思って、宿屋には一週間の休暇をもらって、僕はジーノたちと出掛けた。既に計画はでき上がっていて、僕はそれに乗っかるだけのことだった。

ところどころで爆破のテロルをしているのも聞こえてきたし、怪我をした仲間の治療も手伝った。

彼らは、僕の身体にはまったく興味がない感じだった。体の関係を強要されることもなかったし。

ルーチェでは、フィオーレのようにカジュアルに性行為をすることはないらしい。

むしろ、光魔法で治療をした後に、疼く身体を収めるのが大変だったぐらいだ。

だけどそれも、わずかな期間のことだ。ベルに出会えれば、思う存分抱いてくれるに違いない。

だって、僕は主人公なんだから、隠しキャラのベルと結ばれて当然だ。

そう思っていたのに。

襲撃は、あっさりと失敗した。せっかく、僕が参加してやったのに。

計画が悪かったからに決まっている。

テロリストは全員捕まったんだよね。僕も仲間ってことになってるの？

だって、僕は脅されて、無理矢理連れて来られたんだよ？

僕は主人公なんだから、ここでヒーローが助けに来てくれるはずだよ。

誰も助けに来ないって。どうして？

エピローグ　断罪必至の悪役令息に転生したので、幸せになります

お披露目会から二か月が過ぎた。ベルは再びフィオーレ王国の、ヴィオラ公爵家を訪れている。

こんなに度々フィオーレ王国を訪れていて、公務は大丈夫なのかと心配になるが、大丈夫らしい。

ベルは主に外交を担《にな》っているので、フィオーレ王国だけでなく、他の国も巡っているということだ。そしてその帰りにフィオーレ王国に立ち寄るらしい。

……それで良いのだろうか？

ベルが久しぶりにお茶を淹《い》れてくれるというので、トマスを控えさせて僕の部屋でともに過ごすことにした。ベルと僕は同じソファに身を寄せて座り、お茶を楽しむ。

ベルの淹《い》れてくれるお茶は、美味しい。馥郁《ふくいく》たるお茶の香りに、思わず隣を見上げて微笑みを浮かべると、ベルはその瑠璃色の瞳を煌《きら》めかせる。魔力が溢れているのだ。美しいその光を見ていると、僕は安心する。

婚礼の儀式までの準備のことや近況について話し合った後、ベルは改まった表情になり、ひそやかな声で言った。

「ガブリエレ、テロリストのその後について、取り調べに影響がない範囲で伝えておこうと思うのです。実は……、ルカが取り調べ中に急死しました」

「え、ルカが？」

「はい」

ベルの瞳の煌《きら》めきは消え、僕をまっすぐに映している。

僕は困惑して、眉を顰《ひそ》めた。

聞くと、ルカは、取り調べの中で、自分にはこの世界に生まれる前の記憶があると語ったという。その記憶の中にはこの世界の物語があり、その中でルカはこの世界の主人公だった。そして、主人公は、幸せになることが約束されていたと。

そして、前世でどのような亡くなり方をしたかという話をしている途中で、急に眠るように事切れたということだ。

「そんな、ことが……」

心の底から驚きながら、僕はぐっと奥歯を噛みしめた。

予想通り、ルカは転生者だったのか。そして、『ハナサキ』というゲームを知っていた。

取り調べをした者によると、ルカは、現実とは異なる自分に都合の良い物語を取り調べで話したらしい。影魔法を使って取り調べをしたので、ルカの証言に「嘘はない」と判定されている。

取り調べの中で、ルカは筋書きの異なるいくつかの物語を語ったという。

伴侶となる相手は、リカルド、アンドレア、ヴァレリオ、ロレンツォ、そしてベルと物語によって異なるが、どれであっても最後には愛を得てルカは幸福になる。

そして、ガブリエレはそのすべてで断罪され処刑される。ベルと結ばれる物語だけは曖昧だったということなので、隠しルートはやり込んでいなかったのかもしれない。

『ハナサキ』には、いくつかバッドエンドがあった。

ルカはバッドエンドルートの話は覚えていなかったのか、それともバッドエンドルートに入ったことがなかったのか。

ルカが亡くなってしまった今となっては、それを知ることはできない。しかし、自分が愛を得て幸せになるつもりだったのは間違いないだろうし、そのための行動をしていたのだろう。

だけど、自分の思うイベントは起こらず、自分の思う筋書き通りにはならなかったのだ。

「ルカは、ガブリエレが物語の通りに動かなかったのが、自分が幸せになれなかった原因だと言っていたようです」

ベルの言葉に僕は動揺する。

そう、僕は『ハナサキ』の悪役令息とは異なる行動をしていた。それは、断罪されたくなかったからだ。

ベルの手が僕の腰に回り、まるで逃すまいとしているかのように感じる。心臓の鼓動が速くなる。

「そうなのか。けれど、その物語がこの世界に似ているというだけで、同じではないのだろう？」

「その通りです。ルカは取り調べで、わたしが従者として虐《しいた》げられたことでガブリエレを憎み、断罪に協力したと言っています。しかし、わたしはあなたを憎んだことはない。ルカの卒業パーティの時の不可解な態度は、その思い込みがあってのことだというのは、今ならわかります」

「ベル……」

僕の腰を抱く手の力が強くなる。僕を見ながら少し眉を寄せている。

これまで、ベルのこんな顔を見たことがあっただろうか。

「――ガブリエレは、ルカが転入して来た頃に少し雰囲気が変わりました。あの時は、リカルド殿下がルカと仲良くしているから、思い悩んでいることがあるのだと考えていたのですが……」

ベルの瑠璃色の瞳からまき散らされる金粉が多くなる。

怖い顔だ。ベルがこんな顔を僕に向ける日がくるなんて、思っていなかった。

そうか、僕は今、ベルからの取り調べを受けているのか。

それならば、怖いなどとは言っていられない。

「ベル、僕に何を聞きたいのだ？　何か聞きたいことがあるのならば、はっきりと質問をすれば良いのではないのか」

僕は、毅然としてベルに言葉を返す。

僕は、ガブリエレ・デ・ヴィオラなのだから。それに相応《ふさわ》しい態度を取らなければならない。

「ガブリエレ様……！」

ベルは僕を抱きしめて、肩に顔を乗せ、しばらく動くことができないようだった。

取り調べ中に、ルカが「ガブリエレにも、前世の記憶があるんじゃないのか」と発言したらしい。

ルカの知る物語の中のガブリエレと僕は、あまりにも行動が違うからと。

ルカとはろくに話をしたことがなかったので、そのようなことを考えているとは思わなかった。

もしかしたら、思い付きで言ったのかもしれないが、事実、僕には前世の記憶があり、それにより断罪を回避しようと行動していた。

ルカに前世の記憶があるのだろうという予測を僕がしていたのだから、ルカも同様のことを考えていても不思議ではない。

しかし、ベルは僕に前世の記憶があるかどうかを聞いて、どうしたいのだろうか。それがわからずに話をしてしまって良いのか迷う。今となれば、僕の記憶は何の未来予知にもならず、誰の運命を揺るがすこともない。話してしまっても、危険人物と判断されるようなことはないはずだ。しかし、妄想といえるような内容なので、自分の心の中に留め、他の人には話していなかったことであるし……

「ガブリエレ様、わたしに本当のことを教えてください」

迷っていると、ベルは泣きそうな顔をして僕に乞うた。

本当のことを、真実を知りたいと。

その思いつめたような発言を聞いて、僕は心を決めた。

「ベル、わかった。本当のことを話そう。落ち着いて聞いてほしい」

僕はベルの瑠璃色の瞳を見つめながら、話し始めた。

「ベル、確かに僕には前世の記憶がある。ベルが気づいているように、ルカが転入してきた時に思い出したことだ。もしかしたら、それは僕の妄想なのかもしれない。真実はわからないけれど、僕の頭の中には確実に存在した物語だ」

「ガブリエレ様……」

「僕の記憶の中の物語では、ガブリエレは卒業パーティで断罪され、輪姦されて処刑されるという悲惨な姿で生涯を終えていた。僕はその運命から逃れるために、ルカと関わらないことを選んだのだ」

輪姦されて処刑されるという言葉に、ベルの身体がぴくりと反応する。

ガブリエレはその高潔な行動を憎まれ、何の罪も犯していないのに処刑される。

ただし、僕はその物語に直接触れていないため、詳しい筋書きはわからなかったとベルに説明した。

それでも悲惨な運命を回避するために、リカルドとの婚約を解消することを望み、穏やかに学園での生活を送ることができるように行動したこと。ゲームのことは理解してもらうのが難しく、分岐によって筋書きが変わる物語であったこと。僕自身も、記憶が薄らいできてよくわからなくなっている部分があること。

説明が進むにつれて、ベルがハッとした表情になった。

「ガブリエレ様が、一時期、わたしに対してよそよそしかったのは……」

「そう、ルカが語っていたように、物語の中のベルはガブリエレを裏切った。だから、様子を見ていたのだ」

「ガブリエレ様っ。わたしはそんなことは一度も――」

ベルが泣きそうな顔をして、僕を見つめる。僕は、ベルの顔を両手で包み、その瑠璃色の瞳を見つめて言葉を続ける。

「わかっている。すまない。そして、ベルが僕から離れて行くと思った時。その時に、ガブリエレが、僕が、ベルを愛していると自覚したのだ」

「ああ、それは……」

僕はそれから、前世の記憶と思われるものが曖昧になっていったことを話した。今では、学園で断罪を避けるための行動をするために意識していた内容ぐらいしか、思い出すことはできない。

それ以外のことは、妹のことぐらいしか思い出すことができなくなったのだ。

ベルは何が聞きたかったのだろうか。

ルーチェ帝国から、僕に尋問することを求められたのか。それとも、ベル自身が、僕が前世の記憶があることを黙っていたのが気に入らなかったのか。

ベルの瞳が不安げに揺れている。皇弟として行動するようになってからの、自信に満ちた様子はない。こんなに不安そうなのは、初めて会った頃以来ではなかろうか。

ベルは、僕を詰問したかったわけではなかったのだろうと、揺らぐその瞳を見て気づく。

僕はゆっくりと首を傾げた。

「ベルは、何が不安だったのだ？」

「わたし……わたしは。ガブリエレ様は、本当にわたしを愛しているのかと。物語の記憶に引きずられて、わたしを愛しているような気になっているのではないかと、そう思ったのです」

「ルカの話を聞いたのではないのか？　あの物語の中に、僕とベルが愛し合う設定はまったくないと思うが」

隠しルートではそのようなことがあったのかもしれないが、生憎僕はその内容を知らない。

「いいえ、わたしがガブリエレ様を裏切るという設定がまったく信じられませんでしたので。わたしがガブリエレ様を裏切るなどあり得ません。ルカの記憶が間違いであると。きっと、わたしたちは愛し合っているはずだと思いました。それで、それをガブリエレ様に確かめたくなってしまったのです……」

「ベル、『様』は不要だ。ガブリエレと呼べ」

「はい、ガブリエレ……」

僕はそのまま、ベルの唇に自分の唇を重ねた。

ベルの不安は、僕が以前抱いていたものと似ている。

それを取り去ってくれたのは、ベル自身だ。だからこそ、今も僕がベルの不安を取り去らなければ。

そんな思いで、ベルの髪を撫でる。ベルはほっと息を吐き出し、僕の肩に頭を預けた。

「ベルは、僕に愛されている自信がないのか？」

「いえ、愛されているとは思っているのですが、あまりにうまく行きすぎているような気がして。わたしの人生にこんな大きな喜びがあって良いのかという気持ちになってしまって」

「物語はどうでも良い。僕はベルを愛している。そして、もうすぐ僕たちは伴侶になるのだ」

「はい……」

ベルは、僕と愛し合う物語しかないと思っているのが可愛らしい。

しかし、ルカの証言をこんなに僕に教えてしまって良いのであろうか。職権濫用ではないのだろうか。僕はそちらの方が不安だ。

それから僕は、前世のことで覚えていることをぽつりぽつりと話した。懐かしい、妹のことを。曖昧になった記憶の中で、それは幸せな気持ちを呼び起こすものだ。

ベルがようやく落ち着いて、僕たちは静かにキスをする。

もうすぐ、僕たちは結婚式を挙げる。

外交を担《にな》うベルとともに、僕は、様々な国を巡ることになるだろう。

◇◇◇◇◇

ルーチェの帝都は晴天だ。見上げると、雲一つない青空が広がり、周囲はさわやかな空気に満ちている。

今日はベルと僕の婚礼の儀式が執り行われる。婚約から一年の時を経て、ここまで来た。その間に、ルーチェ帝国のこと、外交のことを叩きこまれた僕に隙はない。

僕は、ガブリエレ・デ・ヴィオラなのだから、当然だ。

早朝から磨かれて、純白の婚礼用の式服に着替えた僕は、黒い車に乗って神殿へ向かう。

この世界の婚礼の儀式では、伴侶となる双方が同じデザインの衣装を着る。同性婚も異性婚も当たり前の世界であるからだろう。衣装は、裾の長い袴のような下衣、襟の高いシャツを着て、裾の長い上衣を三枚重ねるだけの飾り気のないものだ。神殿で神に伴侶として認められるための衣装なのだから、シンプルなものが相応《ふさわ》しいと考えられているのだろう。

「ああ、ガブリエレ、なんと美しいのでしょう」

神殿の控室で、そして、祭壇に向かう扉を開く前に、ベルは何度もそう言ってうっとりとした様子で僕を見つめていた。ベルの瑠璃色の瞳が煌《きら》めき、金粉が散っているかのように見える。

もちろん、僕から見たベルは美しいのだが、ベルとは違って、僕はそんなことを告げたりはしないのだ。

やがて、ベルと僕は笑顔で手を取り、開かれた扉の向こうへ足を踏み出す。

祭壇に向かう身廊《しんろう》の両側には、ルーチェの皇帝陛下と皇后陛下、皇族方。フィオーレの第二王子殿下夫妻と僕の家族が並んでいる。神殿での結婚式は親族や親しい間柄の者だけが参列する。そして、ルーチェの皇弟であるベルと、フィオーレの公爵令息である僕の結婚は国同士の結びつきを強めるものでもあるので、フィオーレの王族として結婚されたばかりの第二王子殿下が参列されている。

リカルドはまだ婚約中だ。まあ、ベルは来てほしくないと思っているだろうけれど。

僕たちは身廊をゆっくりと歩き、祭壇前に立つ神官長の前に跪《ひざまず》く。

「わたしたちは、愛を育《はぐく》み、支え合い、生涯をともにすることを誓います」

誓いの言葉に頷いた神官長は、僕たちに手をかざしながら歌うように祝詞《のりと》を唱え、光魔法による祝福を授けてくれる。

これによって、僕たちの間に子どもが生まれる道ができた。

子どもは必ずできるわけではない。それこそ神様からの授かりものなので、授かる人もいれば授からない人もいる。しかし、そもそもこの祝福を受けなければ、子どもを授かることはできないのだ。

まばゆいばかりの光に包まれて、ベルと僕は神様から伴侶として認められた。

婚礼の儀式が終わった僕たちは、神官見習いの子どもたちから花冠や花の首飾りを受け取った。

それらを身につけ、車に乗って帝都を一周して、市民に結婚のお披露目をするのだ。

ベルは僕との結婚を機に、臣籍降下してルーチェ帝国のラピスラッツリ公爵位を賜り、外交を担《にな》うことになる。

夜に行われる晩餐会も外交のために必要なことという扱いであり、ベルと僕は、各国要人との挨拶をこなしていく。

そして、盛大な晩餐会が終わると、ようやく僕とベルは二人きりの時間を過ごすことになった。湯浴みした後、侍女たちに香油を塗られる。侍女たちが念入りに身体の手入れをしてくれるのが心地よい。しかし、疲れているのに、緊張しているせいか、眠くはならなかった。

ゆったりとした夜着を着て、寝室のソファに腰を掛けてベルを待つ。

こんな日が来ることを不思議に思っているのは、ガブリエレの感情だろう。

僕の中のガブリエレを感じるのは、久しぶりだ。

やがて、ドアを叩く音とベルの入室の許可を求める声が聞こえた。

それは、僕たちの長い夜の始まりの合図だった。

ベルは、部屋に入ると「お茶をお淹《い》れします」と言って、ハーブのお茶を淹《い》れ、僕の前に置いた。いつまでも従者のような振る舞いが抜けないが、そうしているのが幸せらしいので、僕はそれを受け入れている。

「ガブリエレ……、疲れたでしょう」

「そうだな。しかし、これからベルがいたわってくれるのだろう？」

僕が、ベルを見つめてそう言うと、ベルは少し目を見開いて僕を見つめる。僕の唇にキスをしたベルは、「いえ、もっと疲れさせてしまうかもしれません」と囁いた。

ベルは、お茶を飲み干すのを待ちかねたように、僕を抱き上げ、僕の額や頬に繰り返しキスを落としながら、ベッドに運んだ。平然を装っているが、僕の心臓は、どくどくと大きな音を立てている。もしかしたら、ベルにも聞こえているのではないだろうか。

ベルの瑠璃色の瞳は金粉を散らしたような光を帯《お》び、愛おしそうに僕を見つめる。

「ああ、ガブリエレ、この日をどんなに夢見たことか。いえ、今でも夢のようです」

ベルはそう言いながら僕の髪を撫で、頬を撫でると、僕の唇にキスをした。

ベルのついばむようなキスは、やがて食べるようなキスに変わっていく。唇の間から侵入してきた舌は僕の舌を搦《から》めとり、口の中を優しく愛撫する。

「んあっ……」

キスをすることには慣れたと思っていたけれど、今日のベルはいつもより念入りだ。気持ちよくて声が出てしまう。

ベルの唇は僕の顎から喉を辿っていく。その間に夜着は広げられ、僕の身体はベルの前に晒される。

裸体を晒し、触れられるのは初めてだった。

僕の身体を見て、ベルが囁くような声で言う。

「ガブリエレ……、なんて美しい……」

「ベル、恥ずかしいからそんなに見ないで……」

僕はそう訴えたが、ベルは無視して身体をその大きな手で撫でていく。それから鎖骨から肩にキスをしながら時々強く吸い上げた。ちくちくとした刺激が肌を襲い、思わず声が漏れる。

「あああ……」

「ふふ、可愛い……」

ベルの手がわき腹から胸を撫で上げ、僕の乳首を摘まむ。そのむずむずとした感覚に思わず声を上げると、ベルはうれしそうに笑った。

ベルは僕の乳首を咥えて舌で転がし始める。そして、僕の中心に手を伸ばして扱き始めた。

「ああっ、ベル、やあ……」

「気持ちいいようですね……」

ベルは乳首を弄りながら胸から腹を舐めた後、僕の中心を咥えた。

「あっ……そんなとこ、やだっ」

僕は抵抗しようとしたのだが、温かいものに包まれたそこが気持ちよくて仕方ない。ベルの舌と口で扱かれ、そこはどんどん昂っていく。

「だめっ……出る、出るから、放してっいやあああっ！」

あまりの気持ちよさに耐えきれず、僕はベルの口の中に出してしまった。慌ててベルをうかがうと、ごくりと喉が動く。

「飲み込んだのか……？」

「はい。ガブリエレのだと思うだけで甘美な味がいたします」

「うそ……」

ベルはにこりと微笑むと、香油の瓶を手に取り、僕の腹の上に垂らした。薔薇の香りが辺りに広がっていく。その香油を指に纏わせると、ベルは僕の後ろの窄まりに指を這わせた。

「あっ……ああ……」

ベルは、「痛くないようにいたします」と言いながら、僕の中に香油をたっぷりと注いでいく。

そして、ベルの指が僕の穴を広げながら中に入り込んでくる。ベルの指が僕の中のある一点を掠《かす》めると、今までにないもどかしい快感が僕に訪れた。

「いやっ……そこはだめだ……」

「ああ、いいところはここなのですね……」

ベルは高揚した声を上げながら、その場所をうまく掠《かす》めるように僕の中を解していく。

僕はベルの手によって解かれ、与えられる気持ちよさに溶かされていく。

やがて、僕の足はベルによって担ぎ上げられ、ベルの屹立した大きな象徴が、僕の窄まりに宛がわれた。

「ガブリエレ、あなたをわたしの、わたしだけの伴侶に……」

「ベル……、ああっ！　あっ！」

僕の中に、指とは比べ物にならない質量のものが入り込んでくる。

僕は身体をそらせて、その圧迫感を受け止める。

それを中に納めてから、ベルは躊躇するように動きを止めて、僕の顔を見つめた。瑠璃色の瞳は情欲に溢れ、僕を喰らおうとする獣のように輝いている。

ベルの汗がぽたぽたと僕の腹の上に滴る。動くのを我慢しているベルも、辛いはずだ。

「ベル……、動いて……」

「しかし、ガブリエレ……」

「いいから、だいじょうぶ、だから……」

僕がそう言って微笑むと、ベルは少し顔を歪めてから、腰を引いた。

そして再び僕の奥にそれを押し込む。

「ひあああっ……あんっ……んうっ……」

ベルは緩やかに、そして激しく、腰を何度も打ち付けながら、僕の身体を揺さぶった。香油が僕とベルの間で淫靡な音を立てている。

「ガブリエレっ！　ああっ、なんて素晴らしいっ！」

「ああっベルっ、ベル……」

身体の中のいい場所を、身体の奥深い場所を、擦られ、掻き回されて、僕は快感を与えられ続ける。

「ガブリエレ、愛していますっ……ガブリエレ、ガブリエレ！」

「あんっ、ベル、ぼくもあいしているよ……ああっ」

「ああっガブリエレっ！」

やがてベルは僕の中で果てた。ベルの熱が僕の中に広がっていくのがわかる。

自分の腹に白濁をまき散らしながら、達した僕から、ベルは自分を抜き取った。

呼吸を整えている僕に、「まだまだ、夜は長いと思ってください」と囁いたベルは、僕をひっくり返すと、今度は後ろから僕を貫いた。そしてベルは、後ろから僕を抱きしめたまま、揺さぶり始めた。

「ひっひあっ！　あああん……あああああっ！」

「ああっ、素敵だ……。ガブリエレ、ガブリエレ……、わたしの愛しい人……」

僕はベルに何度も穿たれ、揺さぶられ、やがて気を失った。その夜、ベルが僕の中に精を放った回数はわからない。

微睡《まどろ》みの中から意識が覚醒する。温かいものに包まれて気分が良いけれども、腰が重いしあちこちの関節が痛い。

寝返りを打とうとしたのだけれど、身動きができないことに気づいた。

「あれ……僕は……」

ベルがくすりと笑う声が聞こえて、目を開けると、僕を見つめている瑠璃色の瞳が目に映る。僕は、ぱちぱちと瞬きをしてから、伴侶になったばかりの美しい男を見る。

「ガブリエレ、あなたの菫《すみれ》色の瞳はなんと美しいのでしょうか。この菫《すみれ》色の瞳に見つめられるのは、わたしにとっての最大の喜びです。愛しています……いつまでもあなたのお側に……」

僕はベルの言葉を聞いて、微笑みを返す。

「そうだな。いつまでも僕の側にいるという言葉を違えることのないように……」

「はい、いつまでも……」

ベルは、その言葉を発した唇で、僕にキスをする。

いつまでも、ベルは僕の側にいる。そして、僕もベルの側にいて、お互いに幸せを紡いでいくのだ。

断罪必至の悪役令息に転生したけど生き延びた。

僕は、とても幸せだ。

番外編　この世で一番幸せなのは

「んぅ……ベル……」

「ガブリエレ？」

「ん……」

「寝言だったのか……」

名前を呼ばれて愛しい人の顔を見る。

その目は閉じられたままで、長い睫毛が頬に影を落としている。

ベッドの中で愛するガブリエレがわたしの名を口にしながら身を摺り寄せてくるとは、なんという喜びだろう。

七歳の時に誘拐されたわたしは、監禁されていた場所から這《ほ》う這《ほ》うの体《てい》で逃げ出した。しかし、わたしが連れて行かれたその街は、今までに歩いたことのない見知らぬ場所だった。とにかく右も左もわからなかったのだ。監禁場所から遠く離れた場所へ行こうとしたわたしは闇雲に歩き回った。そして疲れ果てたわたしは、道路脇の植え込みの中へ蹲《うずくま》ってしまう。空腹と喉の渇きでこのまま死んでしまうのではないかと思いながら。

わたしが座り込んでいた植え込みの近くに車が停止したのは、本当に偶然だったようだ。魔石の具合が悪くなってのことだったらしい。わたしはそこでガブリエレに出会った。いや、ガブリエレが、植え込みの中で途方に暮れるわたしを見つけてくれたのだ。

「……僕はガブリエレという。君の名前を教えてくれないか？」

「ベル……」

プラチナブロンドの美しい少年に名前を聞かれてとっさに口にしたのは、本名であるベルナルディではなく、母や兄がわたしを呼ぶ愛称だった。

わたしを見つけた菫《すみれ》色の瞳の美しいその人、ガブリエレは、その唇を「ベル」と動かして微笑んだ。

あのまま植え込みの中にいれば、飢えと渇きでわたしは命を落としていただろう。ガブリエレはわたしを救ってくれた。彼のおかげでわたしは今でも生きている。

それからわたしは、ガブリエレの側にいる。ほんの少し離れた時期には表現しがたいほどの苦痛を感じた。

わたしがいつまでも側にいることを許し、それを喜んでくれた愛しいガブリエレ。

生涯わたしは、ガブリエレの従者として生きていくのだ。

わたしはルーチェ帝国皇弟からラピスラッツリ公爵に臣籍降下したものの、本来、従者となるような身分ではない。しかもガブリエレはわたしの伴侶なのだ。しかし、そのようなものに関係なく、わたしはガブリエレに尽くして生きると決めている。

それはなんと幸せなことだろう。

出会った時のことを思い出して思わず笑みが浮かぶ。わたしは隣で微睡むガブリエレの顔を眺め、白い額にキスを落とした。

ガブリエレが目覚める前にベッドから出て、軽く湯を浴びる。自分で身支度をして、ガブリエレの衣服の準備をする。従者の時とは異なり、侍女が用意したものを確認するだけなのであまり楽しくない。本当は、ガブリエレの身につけるものは全部自分で用意したいのだ。

準備を終えて寝室へ戻ると、ガブリエレがベッドにぼんやりとした様子で腰をかけていた。

「おはようございます。ガブリエレ」

「ベル……、おはよう……、ベル」

笑顔で朝の挨拶をしたわたしを見て、ガブリエレは大きく目を見開いた。そしてわたしの名を呼ぶと、ベッドから降りて駆け寄って来た。

「ガブリエレ、どうしたのですか？」

「ベルがいなくなる夢を見た」

そう言ってわたしの首に腕を回し、抱き着いてくるガブリエレは、とてつもなく可愛らしい。普段は凛とした風情のガブリエレだが、わたしの前でだけこのような可愛らしさを見せてくれる。

しかしガブリエレが、こんなに不安そうにするなんて……

ガブリエレには、前世の記憶があるという。その記憶の中にある自分が断罪される悪役令息である世界に生まれ変わったということがわかり、ガブリエレは一人でその運命に立ち向かおうとしていた。その前世の記憶の中にある物語の世界では、わたしがガブリエレを裏切ることになっていたらしい。

わたしがガブリエレを裏切るようなことが、あるわけはないのだけれど。

ちょうどその頃にわたしはルーチェ帝国に帰っていて、ガブリエレの側を離れてしまったのだ。

そのため、前世の記憶で不安になっていたガブリエレは、わたしに捨てられたと思ってしまった。

結婚してからはそのような不安を訴えることはなかったのだが、今朝はよほど夢見が悪かったのだろう。

わたしは強くガブリエレの身体を抱きしめる。腕の中の愛しい人が安心するようにと願いながら。

「ガブリエレ、わたしはここにいます」

「うん、良かった。ベルが僕の側にいる」

ようやく、ガブリエレの腕の力が抜けていく。安心したような声音にわたしもほっとする。

「いつまでも、わたしはガブリエレの側にいます」

「ベル、ベルが側にいてくれれば、僕は幸せだ」

ガブリエレはわたしを見あげて、花のように微笑んだ。ああ、なんと美しいのだろう。なんと愛しいのだろう。

そして、ガブリエレはわたしが側にいれば幸せだと言ってくれたのだ。わたしの心は喜びに溢れる。

わたしはこの美しい人をもっと幸せにしよう。

しかし、この世で一番幸せな人間にすることはできないだろう。

この世で一番幸せなのは、ガブリエレの側にいつまでもいることを許されたわたしなのであるから。

「ガブリエレ、あなたの側にいることができてわたしも幸せです」

わたしは腕の中で微笑むガブリエレの赤い唇に、自らの唇を重ねた。

ハッピーエンドのその先へ ―
ファンタジックなボーイズラブ小説レーベル

&arche NOVELS
アンダルシュノベルズ

おれが助かるには、
抱かれるしかないってこと……!?

モテたかったが、こうじゃない
魔力ゼロになったおれは、あらゆるスパダリを魅了する愛され体質になってしまった

三ツ葉なん ／著

さばみそ／イラスト

男は魔力が多いとモテる世界。女の子からモテるために魔力を増やすべく王都にやってきたマシロは、ひょんな事故に巻き込まれ、魔力がゼロになってしまう。生きるためには魔力が必要なので補給しないといけないが、その方法がなんと、男に抱かれることだった!!　検査や体調の経過観察などのため、マシロは王城で暮らすことになったが、どうやら魔力が多い男からは、魔力がゼロのマシロがかなり魅力的に見えるようで、王子や騎士団長、魔導士長など、次々と高スペックなイケメンたちに好かれ、迫られるようになって――!?

詳しくは公式サイトにてご確認ください。
https://andarche.alphapolis.co.jp

異世界BLサイト“アンダルシュ”
新刊、既刊情報、投稿漫画、X(旧Twitter)など、BL情報が満載!

この作品に対する皆様のご意見・ご感想をお待ちしております。
おハガキ・お手紙は以下の宛先にお送りください。

【宛先】
〒150-6019 東京都渋谷区恵比寿 4-20-3 恵比寿ｶﾞｰﾃﾞﾝﾌﾟﾚｲｽﾀﾜｰ 19F
（株）アルファポリス　書籍感想係

メールフォームでのご意見・ご感想は右のＱＲコードから、
あるいは以下のワードで検索をかけてください。

アルファポリス　書籍の感想　検索

ご感想はこちらから

本書は、「アルファポリス」（https://www.alphapolis.co.jp/）に掲載されていたものを、
加筆・改稿のうえ、書籍化したものです。

断罪必至《だんざいひっし》の悪役令息《あくやくれいそく》に転生《てんせい》したけど生《い》き延《の》びたい

中屋沙鳥（なかや さとり）

2025年 2月 20日初版発行

編集－古屋日菜子・森 順子
編集長－倉持真理
発行者－梶本雄介
発行所－株式会社アルファポリス
〒150-6019 東京都渋谷区恵比寿4-20-3 恵比寿ｶﾞｰﾃﾞﾝﾌﾟﾚｲｽﾀﾜｰ19F
TEL 03-6277-1601（営業） 03-6277-1602（編集）
URL https://www.alphapolis.co.jp/
発売元－株式会社星雲社（共同出版社・流通責任出版社）
〒112-0005 東京都文京区水道1-3-30
TEL 03-3868-3275
装丁・本文イラスト－神野える
装丁デザイン－AFTERGLOW
（レーベルフォーマットデザイン―円と球）
印刷－中央精版印刷株式会社

価格はカバーに表示されてあります。
落丁乱丁の場合はアルファポリスまでご連絡ください。
送料は小社負担でお取り替えします。

ISBN978-4-434-35320-8 C0093